静水流深 XII

河南省电力女职工优秀读书心得

河南省电力工会委员会 编

中国水利水电出版社
www.waterpub.com.cn
·北京·

图书在版编目（CIP）数据

静水流深：河南省电力女职工优秀读书心得．Ⅻ / 河南省电力工会委员会编．-- 北京：中国水利水电出版社，2021.11
ISBN 978-7-5226-0228-8

Ⅰ．①静… Ⅱ．①河… Ⅲ．①读后感－作品集－中国－当代 Ⅳ．①I267

中国版本图书馆CIP数据核字(2021)第225660号

书　　名	静水流深——河南省电力女职工优秀读书心得．Ⅻ JING SHUI LIU SHEN——HENAN SHENG DIANLI NÜ ZHIGONG YOUXIU DUSHU XINDE. Ⅻ
作　　者	河南省电力工会委员会　编
出版发行	中国水利水电出版社 （北京市海淀区玉渊潭南路1号D座　100038） 网址：www.waterpub.com.cn E-mail：sales@waterpub.com.cn 电话：(010) 68367658（营销中心）
经　　售	北京科水图书销售中心（零售） 电话：(010) 88383994、63202643、68545874 全国各地新华书店和相关出版物销售网点
排　　版	中国水利水电出版社微机排版中心
印　　刷	天津嘉恒印务有限公司
规　　格	170mm×240mm　16开本　14.75印张　234千字
版　　次	2021年11月第1版　2021年11月第1次印刷
印　　数	0001—3300册
定　　价	**58.00元**

本书编委会

目录

Contents

孤独是生命圆满的开始/孔　冰　1
党员父亲/朱　寅　4
以爱的名义/王丽丽　6
日日是好日/杨君超　8
读《槭树下的家》有感/李　华　10
致敬，鲜红的党旗/程晓丹　12
留得清白在人间/唐慧丽　13
观《你好，李焕英》有感之我的父亲/王阳洋　18
党呀，我亲爱的党/刘　畅　20
《心理营养》读后感/梁振杰　22
《骆驼祥子》观后感/侯月坛　25
心之所向　无问西东/邵　丽　27
《匠人匠心》中国梦/陶忠正　29
做一个刚刚好的女子/金　娜　32
生命的重建/刘　岩　34
简单的幸福/陈梦鸽　37
让读书成为一种生活方式/金　娜　40
一心为民/王晓林　42
奋斗百年路　启航新征程/张钰琛　45
再读《平凡的世界》有感/姜　琳　47
初心，一直未曾改变/梁　贞　49
读《道德经》有感/罗丽冉　51

感悟初心　激发活力　争做新时代焦裕禄式
　好党员好干部/崔继洋 54
观《山海情》有感/郑红玉 56
让读书成为一种习惯/汪　磊 57
我和我的祖国/王荣玉 59
我眼中的宋词/汪　磊 61
“红色经典党在我心中”读后感/毕明娟 63
根植思想，传承奋斗/范文鹏 66
送你一朵小红花/娄　辉 68
对星空的梦与想/姜凌月 70
元夕/郁　森 72
《书房花木》读后感/张廉洁 74
读《牧羊人的奇幻之旅》有感/李梦雨 76
读《责任比黄金更重要》有感/龙静帆 78
《谁能写出玫瑰的味道》读后感/杨艳萍 81
身如浮萍，心如磐石/史笑影 83
追逐的路/陈　莉 85
寻找属于自己的一束光/卢丹阳 87
你若盛开　清风自来/赵　蕊 90
《轻轻走向完美》读后感/李宝琴 92
汇小我之劳　筑大国之梦/杨晓霞 94
人生紧要处常常只有几步/王　璐 96
不忘初心，继续前行/贾艳丽 98
妈妈，请让我再爱你一次/王翠翠 100
活在当下，珍惜眼前/王翠翠 103
行走，只为更好的遇见/高雯娣 106
读《习近平扶贫故事》有感/高金梅 108
红妆自可张军气/郭　琪 110
风华百年　电力巾帼心向党/袁　媛 112

读《梁家河》有感/郁晨曦 114
书自香我何须花/牛涵佳 116
平凡中的不平凡/董伟伟 118
《做事做到位》读书心得体会/黄　鹤 121
《爱的教育》读后感/白雪萍 123
喜迎建党一百年/贾漫漫 125
我的父亲/贾惠银 128
人生海海，山山而川，潺潺成镜，生生不息/庞宁宁 131
小玩具记录大变化/刘　莹 132
每一场灾难都是一个故事/沈　建 134
风雨人生路，电力几度秋/高　俭 136
读《我们仨》有感/赵　丹 138
观《海棠依旧》有感/李树丽 140
读《平凡的世界》有感/王　雅 142
读《红岩》有感/杨　洋 144
《钢铁是怎样炼成的》读后感/李新宇 146
行之有恒自芬芳/张　梅 148
枝繁叶茂累硕果　愿为深处无言根/张　梅 151
女人的姿态/张　梅 153
绽放/张　涔 156
《罪与罚》读后感/张新伟 158
读《林海雪原》有感/闫志博 161
《童年》读后感/徐翠红 163
人间有味是清欢/张金辉 165
读《长征》有感/杜　霞 167
读《中国梦》有感/高　惠 170
读《红色》有感/张　妍 172
《爱的教育》读后有感/王冬菊 174
《千顷澄碧的时代》观后感/史良燕 176

《红岩》读后有感/胡鸿雁 178
《人生不过如此》读后感/陈先丽 180
读书让我体会百味人生/常　娥 182
向着梦想奔跑/张　杰 184
眼眸有星辰，心中有山海/胡　杨 187
我的心里话/李海燕 189
你我同心，砥砺前行/董英霞 191
以史为鉴，以史育人/闫俊丽 193
读党史，悟初心，促发展/闫俊丽 195
我的家乡/孙晓芳 197
我与祖国共奋进/辛明洋 199
同事老浩/赵　芳 201
细节的力量/卫　璞 203
《你好，李焕英》观后感/张雅真 205
心怀感恩、母爱至真/高　玥 207
加油！李焕英/厉祥岚 209
感恩父母，与爱同行/李　倩 211
传递爱与救赎/彭佳薇 213
志合者，不以山海为远/张　维 216
传承“大国工匠”精神，我们在路上/王海霞 218
读《少有人走的路》有感/李旭贞 220
奋斗中的幸福/刘芳芳 222
父亲的遗憾/付红艳 224

孤独是生命圆满的开始

孔 冰

孤独可以分两种，一种主观体验，自觉与他人或社会隔离与疏远的感觉和个人体验；一种是客观状态，是一个人生存空间和自我封闭的生存状态。

有一种孤独是“有情皓月怜孤影，无赖闲花照独眠”；有一种孤独是“梧桐更兼细雨，到黄昏、点点滴滴”；有一种孤独是“前不见古人，后不见来者”；有一种孤独是“念天地之悠悠，独怆然而涕下”；有一种孤独是“惶恐滩头说惶恐，零丁洋里叹伶仃”。

“留人旅梦归不得，渔火一痕汀外孤”是孤独；“悲夫士生之不辰，愧顾影而独存”是孤独；“落霞与孤鹜齐飞，秋水共长天一色”是孤独；“寂寞孤灯愁不寐，萧萧风竹夜窗寒”是孤独；“寂寞舟中谁借问，月明只自听渔歌”是孤独；“飘飘何所似，天地一沙鸥”是孤独。

孤独是一种宿命，它无处不在，又不可避免。不是谁都敢面对孤独，也不是谁都喜欢孤独。记得20世纪70年代，社会心理学家发现巴黎的上班族一回到家就打开电视、收音机，他们也不看也不听，只是要有个声音、影像在旁边。这篇报导在探讨都市化后的孤独感，指出在工商社会里的人们不敢面对自己。

近些年，我发现手机正在成为人不可分离的生活伴侣，生活中的消费、娱乐、社交等，基本上都在手机上进行，离开了手机就不知道自己该干嘛。即便不需要使用手机，也会在空闲时掏出手机，刷刷微信和抖音，玩会儿小游戏。忙碌了一天，睡觉前也要翻一会儿手机，感受一下突然间的自我。最后发展到，即便和亲朋好友吃饭、聊天，也会不由自主拿出手机。手机就像一扇门，可以随时打开，回避或躲避社交及孤独。我们借助手机不停地在生活中跑神，并没有真正地体验或感受生活。

孤独其实没有什么不好的，只有害怕孤独，孤独才会变得不好。孤独时，最适合读书，读书是一个人的朝圣。蒋勋在《孤独六讲》中，把孤独分为六种，一种是残酷青春里的情欲孤独，一种是众声喧哗却无人肯听的语言孤独，一种是始于踌躇满志终于落寞虚无的革命孤独，一种是潜藏于人性内在本质的暴力孤独，一种是不可思、不可议的思维孤独，最后一种是以爱的名义捆缚与被捆缚的伦理孤独。

蒋勋是这样看待情欲孤独的："孤独是一种福气，怕孤独的人就会寂寞，愈是不想处于孤独的状态，愈是去碰触人然后放弃，反而会错失两千年来你寻寻觅觅的另一半。有时候我会站在忠孝东路边，看着人来人往，觉得城市比沙漠还要荒凉，每个人都靠得那么近，但完全不知彼此的心事，与孤独处在一种完全对立的位置，那是寂寞。我们心灵一旦不再那么慌张地去乱抓人来填补寂寞，我们会感觉到饱满的喜悦，是狂喜，是一种狂喜。"

蒋勋认为语言孤独是因为："每个人都急着讲话，每个人都没把话讲完。快速而进步的通讯科技，仍然无法照顾到我们内心里那个巨大而荒凉的孤独感……我想谈的就是这样子的孤独感。因为人们已经没有机会面对自己，只是一再地被刺激，要把心里的话丢出去，却无法和自己对谈。"

在他看来，孤独是不孤独的开始，当惧怕孤独而被孤独驱使着去找不孤独的原因时，是最孤独的时候。孤独是一种沉淀，而孤独沉淀后的思维是清明。静坐或冥想有助于找回清明的心。因为不管在身体里面或外面，杂质一定存在，我们没办法让杂质消失，但可以让它沉淀，杂质沉淀之后。就会浮现一种清明的状态，此刻你会觉得头脑变得非常清晰、非常冷静。就像气球，被看起来什么都没有的气体充满，整个心灵也因为孤独而鼓胀了起来，此时便能感觉到生命的圆满自足。

蒋勋指出："孤独是生命圆满的开始，没有与自己独处的经验，不会懂得和别人相处。所以，生命里第一个爱恋的对象应该是自己，写诗给自己，与自己对话，在一个空间里安静下来，聆听自己的心跳与呼吸，我相信，这个生命走出去时不会慌张。相反地，一个在外面如无头苍蝇乱闯的生命，最怕孤独。"

书籍最应该是人不可分离的生活伴侣和导师。在盛行以快餐式、碎片式阅读为特点的浅阅读时代，缓慢而深沉的沉浸式阅读显得尤其重要。传统的纸质阅读，仍然有着不可取代的独特魅力。它古典式的宁静，以及在白纸黑字之间弥散着的想象力和慰藉感，是任何其他阅读方式不可比拟的。

此时此刻，明亮的落地窗下，我享受着日光的温暖，鼻尖是鲜花的芬芳，手捧着蒋勋的《孤独六讲》，感受着时间的流逝，咂摸着生活的美好，任这种淡淡的幸福充溢在我的心田。

（作者单位：国网河南省电力公司）

党员父亲

朱寅

今天是父亲80大寿，依旧帅气威武的父亲坐在主位，他穿上了许久不曾穿的军装，还特意别上了一枚党徽，脸上的笑容灿如朝阳。

寿宴正式开始，父亲微笑着环顾四周，突然问了一句："咱家都有谁是党员呀"。除了母亲和三个孩子，三个女儿女婿都是党员，看着我们齐刷刷举起的手。父亲高兴地举起酒杯，提议大家为建党100周年干杯。这一刻，我的心里涌起一股暖暖的热流，80岁的老父亲，时刻不忘自己是党员，以孩子们都能成为党员而自豪，父亲这代人是从苦日子走过来的，正因为经历了苦，才更懂得珍惜如今的甜。

1939年父亲出生在豫东平原开封兰考的一个贫困小村庄，他兄妹5个，排行老四，上有兄姐，下有弟弟。兰考紧邻黄河，风沙严重侵蚀土地，仅靠几亩薄田度日，家里日子十分清苦。1958年7月，父亲通过招工考试到郑州市无缝钢管厂当工人，当时父亲被分配到原料车间，用机器粉碎矿石炼铁，父亲当时年轻又肯吃苦，没多久就被车间选派到上海无缝钢管厂实习，之后又到郑州钢铁厂当工人。1961年7月，22岁的父亲报名参军，进入武装警察部队，从此开启了30多年的军旅生活。

在我的记忆里，身为军人的父亲经常外出执行任务，有时候两三天，有时候大半个月。只是我后来才知道，父亲曾参与过抓捕震惊全国的持枪杀人抢劫案"东北二王特大杀人案"的主犯"二王"，即王宗坊和王宗玮兄弟。1983年，两兄弟在沈阳犯下的第一起命案后，在逃亡的过程中五次逃脱警察的追踪，打死打伤公安干警和无辜百姓二十余人。公安部作为特大案件颁发通缉令，由公安、武警、解放军、民兵组成的多支队伍，对"二王"展开追捕。当年7月，"二王"逃窜到河南境内的社旗县，接到命令后，父亲主动请缨，带着20名战士迅速赶往现场。两兄弟藏在玉米地里，隐蔽性非常强，父亲和战士们在玉米地开展拉网式排查，但狡猾的

“二王”反侦察能力很强，他们随身携带枪支弹药，枪战随时可能发生，面临未知的危险和挑战，父亲和战士们整整两天两夜没合眼进行搜捕，不料狡猾的“二王”声东击西，在这边放了一个烟幕弹，从另外的地方逃了。这是父亲30多年的军旅生涯中距离死亡最近的一次，虽然没能成功抓捕到“二王”留下遗憾，但这次生死考验也让他在做好工作的同时，更懂得珍惜亲情、珍惜家庭。

我童年记忆中的家是南阳市独立营的军队大院，寒冷的冬天，家家都生的老式煤炉子，最幸福的时光莫过于一家人围坐在炉子旁，五口人，一锅白米汤，一个大葱炖豆腐菜。雪白的豆腐被煎得两面金黄，配上白绿相间的大葱，浇上豆酱，用小火慢炖，那个香味，让人直流口水。一家人，一锅菜，吃得满头大汗，吃得酣畅淋漓。那时候父亲总爱站起来，微微俯下身子，觑着眼睛，从氤氲的热气中伸进筷子，夹起豆腐，放在我们姐妹仨的盘子里，看着我们把豆腐吃掉，那时的父亲已经不再严厉，眼神中充满着慈爱。

1988年夏天，南阳遭遇了大暴雨，山洪暴发，顷刻间，我们所居住的独立营家属院被洪水淹没。我家住在二楼，我眼睁睁地看着一楼被完全淹没，楼下邻居顾不上搬运家里的东西，匆匆跑到二楼避难，我们眼睁睁地看着水势上涨，心里怕的不行。当时的父亲是独立营的营长，他指挥官兵家属开展自救，有条不紊地转移官兵和家属，抢救被洪水淹没的物资，那是我第一次见到工作状态的父亲，那么威武、那么从容果敢。从此，军人的形象就在我心里扎了根，看到绿军装就有一种莫名奇妙的好感。

每次家庭聚会，看着这和乐幸福的一大家子，父亲总会感叹，我们的幸福固然是自己努力奋斗来的，但最重要的还是我们赶上了一个好时代啊，做人不能忘本，要时刻怀有一颗感恩之心。

是啊，我们要感恩努力的自己，感恩成就自己的亲人，更要感恩这个和平崛起的伟大时代。

（作者单位：国网河南省电力公司）

以爱的名义

——再读《飘》有感

王丽丽

《飘》是我最喜欢的两本书之一，一度是我的睡前读物。每天躺在床上，随手拿起来，不论翻到哪一页，都仿佛老朋友见面，读上几页才能安心睡觉。

随着年龄增长，成家生子，日子变得像树叶一样稠密，郝思嘉的爱恨情仇敌不过生活的繁琐，孩子的哭声代替了书页翻过的声音，渐渐把书束之高阁。

最近偶有闲暇，整理书橱，《飘》又溜进了视野。老朋友重新见面，欣喜不已，但岁月还是给思想留下了痕迹——曾经独宠最爱的郝思嘉依然让我心动向往，但书中另一位伟大女性韩媚兰也被时间拂去了珍珠上的尘土，焕发出自己的光华。

《飘》场面宏大，是美国著名作家玛格丽特·米切尔的著作，曾获得普利策文学奖。该书以郝思嘉和白瑞德的爱情纠葛为主线，再现了南北战争期间美国南方地区的社会生活。

对这本书，杨绛先生曾说了这样一段话，她说：“横看全书，是一部老南方种植园文明的没落史、一代人的成长史和奋斗史；而纵观全书，则是一部令人悲恸的心理剧，以戏剧的力量揭示出女主人公在与内心的冲突中走向成熟的过程。所以看《飘》，就犹如走进原始森林，越深越美。”

确实，初看《飘》，郝思嘉就夺走了我的全部注意力。她是一个骄纵的，只为今天穿什么或者腰围是否多了一寸发愁的贵族小姐，心眼都用于和女伴争夺男人的眼光，娇嫩的好像塔拉庄园田野上盛开的山茱萸。她总是对生活充满热情，浑身洋溢着活力，母亲和爱她的黑嬷嬷竭尽全力，也只能用淑女的外表遮挡一下郝思嘉骨子里的叛逆。

她是莽撞的，只因为表白遭到拒绝便轻易决定了自己的终身大事；她是自私的，只因为需要保住塔拉庄园，就抢走了妹妹的未婚夫；但她又是坚毅果敢的，在塔拉庄园遭遇战火一片破败时，在自己的精神支柱、最爱的母亲逝去时，抹去眼泪，一力承担起家庭重担，成为所有人的主心骨。

郝思嘉的优点和缺点就如同黑白一样显眼，展现出人性的复杂和美好。当看到郝思嘉绞尽脑汁，为了拿到钱拯救塔拉庄园，连耳坠摇晃的角度都要尽善尽美时，我无法不爱这个复杂又简单的郝思嘉。

比起郝思嘉，韩媚兰的出场是暗淡的。其貌不扬，瘦弱文静，如果说郝思嘉是散发活力的太阳，那么韩媚兰只能是一缕惨淡的月光，也许只是一颗安静闪烁的星星。

在郝思嘉因为表白卫希礼被拒，选择嫁给韩媚兰的哥哥时，媚兰欢天喜地接受了这位家庭新成员，并给予了思嘉最纯粹的信任和爱护。初读《飘》时，觉得媚兰是一株攀援的菟丝花，随波逐流，不能理解为什么白瑞德把爱给了郝思嘉，却把尊重给了韩媚兰。

但是，今天再读《飘》，我却无比认同白瑞德对韩媚兰的评价。白瑞德认为南方女人总是伪装出一副高贵优雅善良的外表，但这只是为了符合社会道德规范装出来的，而媚兰不是，她是唯一一个里外一致的真实女子，她就是善良坚毅本身。

韩媚兰嫁给卫希礼，在南方社会秩序崩坏时，成为卫希礼的支柱。她接受了郝思嘉，哪怕所有人都在指责郝思嘉，她也坚定地站在郝思嘉身旁。当郝思嘉因为塔拉庄园遭受入侵而选择杀人时，她主动站出来善后，安慰郝思嘉，认为她没有错。哪怕在生命的最后，她给予郝思嘉的依然是最温柔的抚慰。

人生得一知己足矣。韩媚兰就是世界上最理解包容郝思嘉的人，哪怕白瑞德也不能与之媲美，这样的韩媚兰，谁不想拥有？

不管是郝思嘉还是韩媚兰，在《飘》这本书里，他们的所有行为都出自爱的名义，爱塔拉庄园、爱家人、爱生活，因为爱，所以打动人心。他们的故事都已结束，山高路远，让我们也携爱上路，珍惜当下吧。

（作者单位：国网河南省电力公司）

日日是好日

杨君超

阳春三月，恰读书时。记忆里谈起读书，总是心心念念的一本小说、游记或者诗集。作者像是蓄意的用蜜糖编织一张大网，让人困在其中却甘之如饴，那才叫读书；课本工具书什么的，都不能算数的，就算也被困住，确无蜜糖，只速求网开一面。

读想读的书，那种美满的感觉，在中学生时代尤为明显。十来岁的年纪，“我看青山多妩媚，料青山见我应如是”，不论谁都有一股子“挥斥方遒”的劲头。那时宿舍里每人都藏有一个手电筒，夜来谁甘心睡？必得畅读一段，或江湖豪气，或蜜意浓情，或空灵禅意，或妙语连珠，需口齿噙香，才好入梦呢。如果忽然遇到寝管老师检查，或是悄悄从窗台向里张望，更惊险刺激，怎能不拿出点“立雪”“囊萤”的本事，被子挡着微光，真正属于自我的空间，墨香与体香萦绕，不一会儿就分不清“栩栩然蝴蝶也”，抑或“蘧蘧然周也”了。

大学时代功利心重，总想着时不我待，要看有用的书，须知有用的书大多无趣，曾经要坐穿图书馆板凳的宏愿，也终于在一本本“有用”却未看完的书中风流云散了。手机、电脑加速了颠覆感官网络时代的步伐，在网文中又是几度沉浮。网文大多读来很有快感，无论是九州风烟飘渺的大地，还是艳艳十里桃花的儿女；无论是后宫杏花疏影中的遗世独立，还是宇宙灿烂星河中的孤独战舰，哭哭笑笑，亦真亦假，多少拯救在“有用”中挣扎的我，仍能保有一颗愿意阅读的心。

上班很多年后，忽然觉得“无用”的书里才能长出活生生的感觉，不再觉得自己看闲书是浪费时间，而是发掘平常之心。看的书也杂起来。长篇巨著看不下去，就读两首小诗，经史子集晦涩难懂，就翻几页漫画，在轻松自在中寻找轻和重的平衡。忽然觉得不追求“开卷有益”的时候，开卷才真的“有益”。

直至有了孩子，也愿意他沉浸书香。从小给他寻书买书，每日必读。孩子的爱，更加赤诚，我三十年找到的平衡，他三年就找到了。

孔子说“随心所欲而不逾矩”，在小小的孩子身上，那种“随心所欲”的豁达与磊落，常常令我这蝇营狗苟之辈叹服，他读图画书，必定先专心致志地自己翻看一番，再让你讲读，我常怀疑我们看的是否是同一本书，我们看到的书中世界是否是同一个世界。怎么也想不到，我现在读的最多的，竟然是跟孩子一起看图画书和大百科。一起读书的我们，并非传承了一种习惯，而是打开了两个世界。

读书，成了一件开心的事。每每读到趣处，儿子和我放声大笑，笑得眼角含了泪，互看一眼，也停不下来；每每读到伤感处，我俩的泪水就禁不住落，儿子会蜷起小小的身体窝在我怀里，害怕像书中的小恐龙一样，再也找不到妈妈。从没想过图画书能带给我这样的阅读感受，我想可能是见过了春秋就自以为看懂了春秋，其实未必，看的文字多了反而忘了走心，而跟孩子一起，读出声的故事，才更加走心了吧。

平常心，放怀世界，才有见微知著的能力，不忘初心，不蒙尘垢的眼睛才看得到周围的光。感受生命，感受成长，感受变化，感受随心所欲的自由，春花秋月，万物枯荣，被书籍涤荡过心灵，就会发现，日日是好日，何况这阳春三月呢！

（作者单位：国网河南省电力公司郑州供电公司）

读《槭树下的家》有感

李 华

泛黄的书页，稍露毛边的书皮，时隔多年，再翻开这本高中时买的《槭树下的家》，却是另一番心情、另一种感悟了。席慕蓉，著名画家，作家，也许正是因为身为画家的缘故，她艺术的敏感性与对美的追求，让她的散文读起来十分有画面感，像老友般的娓娓道来。

“在写作的时候，我一无所有。在写作的时候，我只想把深藏在心中的感觉牵引出来，只希望把生命中极为我所珍惜的这一部分，认真地整理好，也就是这样而已。”读高中时，我最爱读小说，喜欢金庸的武侠世界，喜欢基督山伯爵所讲述的快意恩仇，喜欢海底两万里的科幻奇观，喜欢哈利·波特的魔法世界……那样的阅读爱好，让我对散文实在是提不起兴趣来。

这本散文集，大约是喜欢它淡雅素净的封面才买下来的。还记得当年回家读了后，我就对这本书爱不释手，她的文章文字优美，又极具人文情怀，我大约是从中欣赏到了一种恬淡的美。同样是台湾文人，她和三毛的率性又是不一样的，席慕蓉幸福得多，有一个温馨的家，是一位幸福的妻子和有爱的母亲，绘画、文学事业有成，所以她的文字也是安静细腻的，字里行间都透出温暖来。

少年时读来，会向往自己未来的时光。多年后捧起来再读，却又有了不同的心境。再读其中的《猫缘》，我会心一笑，我与先生也是由猫结缘，在大学时因为喂流浪猫而相识，然后相知相爱。“我想，一个那么爱猫的男生，一定有一颗善良的心，将来除了爱猫之外，一定也爱太太，爱小孩。”是了，我也是这样想的，对猫温柔的男孩子，一定是个温柔的人。

文中的女子当了妈妈之后却变成了一个有洁癖的主妇，猫忽然变成了世界上最可怕的东西了。“不过，我妈妈很讨厌猫，猫一进屋子她就大叫，我们跟爸爸只好趁她不在家的时候，把猫偷偷地放进来，抱一抱。”“女子的孩子声音里带着稚气，却还是一本正经，女人不禁微笑起来，傍晚的室内，有一种温馨的柔光。”再读其中的《谜题》，描述了对生命的感慨。生命有种极限，即使是一棵树，也逃不过枯萎的命运。但是，这样的生命一定有它的意义。

幸福如作者那样，她不能说生活不甜不美，但是正是因为生活让她感受到了甜美，她的心中更是充满了忧伤。有人评价席慕蓉的这本书为“矫情的文学”，其实他们哪里知道，她的文字并不是靡靡之音，是感性的表述而已。再读其中的《时光》，这是当初整本书里我最喜欢的一篇文章了。已为人母的作者，也开始懂得自己母亲的心情了，小时候，她总觉得自己是家里多余的一个，因为她是五个兄弟姐妹中最不出色的，她希望能得到母亲的夸奖。但是母亲和那个年代大多数的妇人一样，是个沉默的妈妈，对年幼的作者没有搂抱过，长大后的她撒娇或者纠缠母亲时，母亲更是会说“别闹了！这么大的人了，也不怕别人看了笑话你。”这种遗憾和怅然若失，直到作者自己有了孩子。母亲抱着她的孩子，忽然笑出声音来“蓉蓉！快来看，这小家伙和你小时候简直一模一样啊!”说完后，母亲把她的孩子抱在怀里，狠狠地亲了好几下。作者突然发现，她一直想要拥有的母亲的拥抱与关爱，其实在她生下来的那一刻开始，母亲已经给予了她。

然而，随着母亲岁数渐长，再度中风后，医生宣判再也不可能恢复到从前的那个妈妈时，作者悲伤地发现，从前的那个妈妈一天一天地在改变，从来也没能回来过。回不到持杖走路的白发老太太，回不到在欧洲锦衣华发的贵妇时，回不到在台北和孩子们一起合影时，回不到在重庆躲避日军空袭时护着腹中胎儿，回不到穿着黑呢大衣站在北平雪地院子里的少女时，更回不到在内蒙古草原的河床边捡石头的小女孩时。为了五个孩子，她们的妈妈一天天苍老，从前的那些妈妈一天天被遗落在身后。现在，我又重把这本书放在了自己的床头前，每晚睡前，在灯下随意地翻看几章，感受那份温暖与淡淡哀愁。

（作者单位：国网河南省电力公司郑州供电公司）

致敬，鲜红的党旗

——纪念中国共产党建党一百周年

程晓丹

您是一面旗帜，又是一个整体，是您把镰刀铁锤高高举起，因为您代表中国工农。我们举起右手面对您宣誓，为共产主义奋斗终身！从此，我们就是您的儿女。

我们，总把您的历程回忆。从南昌城头的枪声到井冈山的烽火，从遵义会议到毛泽东力挽狂澜；从“五次反围剿”到抗战八年，从“三大战役”到打败蒋家王朝。二十八年的浴血奋战，二十八年的前仆后继，千百万党的好儿女用鲜血和生命，换来了1949年10月1日的这一天。中华人民共和国成立了！中国人民从此站起来了！您开创了中国历史的新纪元！人民翻身做主，祖国建设日新月异，您带领人民绘制崭新的蓝图。

从改革开放到中国特色社会主义新征程，从科技强国到和谐社会国富民强，百年来的理想信念，百年来的纲领路线，只为中华民族的振兴，只为祖国强盛人民幸福。百年来的日月星辰，百年来的艰苦奋斗，洒满了共产党人的泪水和汗水，映红了共和国的未来与期望。

“没有共产党就没有新中国”一辈子都如痴如醉地唱，赞美您，鲜红的党旗！跟随您，奋勇向前！

（作者单位：国网河南登封市供电公司）

留得清白在人间

——我的爸爸

唐慧丽

我的爸爸离开我们多年了。他是因膀胱癌离世的，享年 67 岁。每到清明或十月一的时候，我都想写一篇怀念他的文章，以尽儿女微薄孝道。但每次不是哽咽难忍，便是思绪杂乱，不知从何处入手。因为爸爸留给我太多值得去揣摩、留恋、继承和发扬的东西，千头万绪，几种版本，难以下笔。

他是老三届的高中生，在激情飞扬的青春年华，怀揣爱国爱民的远大志向，上过北京，下过海南，干过地质，从事过医药事业，当过记者，大江南北留下了他不安分的步伐，尤其是为地方新闻媒体事业付出了毕生的心血。

20 世纪 70 年代，爸爸在登封县制药厂任厂长。当时，主要制作山楂丸和葡萄糖水，还有甘草、桔梗等中药材，车间、晒药厂、实验室是我童年经常玩耍的地方。后来不知什么原因，制药厂人员全部遣散，重新安排，爸爸被分配到登封县粮食局。同时，为了不给国家添麻烦，爸爸主动申请，让在药厂当工人的妈妈回农村老家务农。自此，我家成了“一头沉”，为了再进城，我们家奋斗拼搏了多年，一言难尽。

1983 年我升初中时，爸爸为了让我接受良好的教育，把我从农村老家转到登封县城关初中（现市直三初中）上学。那时，爸爸是粮食局的通讯员，职责是在报纸、杂志、广播、电视上宣传本单位的突出贡献和感人事迹。初中几年，我印象中，爸爸一直奔波在新闻采风的路上，经常几天不见他人影。登封广播电台、郑州电台、郑州晚报上却时常出现爸爸的稿件，我在跑早操的时候、中午放学的时候、晚自习放学的时候，经常听到大路两边的喇叭里播音员甜美的声音：本通讯由通讯员唐志福同志报道。

我感到非常的自豪，并暗下决心，一定要做个像爸爸那样的人。

有一次爸爸问我，你的理想是什么？我毫不犹豫地说，我要当作家。爸爸说，当作家要多看书，要广泛地学习多方面的知识，要注意收集好句好段，不是说说就会实现的。我家兄弟姐妹四个都在上学，负担很重，但在我的要求下，爸爸在学校给我订阅了图书报纸，同学之间相互传递的琼瑶、金庸、三毛、亦舒等流行的课外书陪伴我度过了初中时光。由于心中埋下了种子，我如饥似渴，该抄的抄，该划的划，该记的记，像插上了翅膀，文学的小苗在我心中茁壮成长。上初三的时候，我写了一本空洞无物的中篇小说，写了 20 多篇无病呻吟的文章。语文老师看完后只是笑了笑，没发表意见。我知道很幼稚，但中国文字的魅力已向我招手示爱了。

爸爸在捕捉新闻线索方面有其独到的敏锐性，能在平凡的事件中抓住要害，窥探出其闪光点。我经常听到他和别人交谈时妙语连珠，风趣幽默，坦率直言。他的作品和他性格一样，不拘一格，潇洒自如，妙笔生花。由于工作卖力，业绩突出，拿回的荣誉证书三个抽屉都塞不下，后来县粮食局给配备了 28 型自行车专车，再后来被县委宣传部直接调过去了，爸爸从此踏上了宣传登封的这条任重而道远的路，并且走出了风采，走出了身为宣传工作者应有的风度和气节！

爸爸笔下的文章有深度，有广度，铿锵有力，他也在同行中被戏称为“登封的笔杆子”、登封一支笔、酒仙李白。但在为人处世方面却非常简单，正直率真，丁是丁，卯是卯，不会一点曲里拐弯，不占国家一点便宜，不去利用工作中的便利为自己谋私利，否则于情不忍，于心不安。他经常告诫我们，国家培养我们，是为国做贡献的，不是叫中饱私囊的，如果都去贪污，都只顾自己，那这国家还咋发展？社会还咋进步？老百姓咋过上好日子？他是这样说的，也是这样做的。当他的同行、同学大多在县城有自己的家的时候，我们一家几口还挤住在他朋友为我们提供的栖身之所内。当时还不理解，为什么工作能力不如他的人衣食无忧，而风里来雨里去、舍小家为大家的爸爸家里却如此寒酸呢？现在理解了，那是爸爸高风亮节的体现，他一身正气，两袖清风，展现了一个新闻工作者崇高的职业操守！

我家虽然不富裕，但爸爸却时常接济他人，帮助他人。同学、朋友、亲戚、老乡、路上碰见的、新闻采访中遇见的、甚至听说的贫困人群及需要帮助的，都是他施予的对象，经常是参加宣传会议发的纪念品还未进家门就已经分散出去了，钱和物老是算不住账。为此，妈妈没少跟他生气。但爸爸觉得，他比人家强，广济救人是一种美德。爸爸尽己所能，帮人解困救难，豪爽相送，视金钱如粪土，广交了朋友，也树立了威信。

我们几个参加工作后，爸爸就时常教导我们，要好好工作，对得起国家的培养，对得起组织的信任，尤其要好好做人，不许干偷鸡摸狗、偷奸耍滑之事。只要听到我们几个说起谁谁通过关系干上了好差事，谁谁送礼当上了领导，爸爸就异常气愤：我是不会这样做的！如果人人都这样做，那谁还干工作？国家不是白培养你们了？只要你们好好干，国家是会看见的！我没有送礼，没有托关系，登封政府还不是把登封的宣传大任交给我了？当时，爸爸已经是登封报社总编了。

干过宣传的都知道，从事文字工作是一项高强度的脑力劳动，而爸爸干起工作来尤其拼命，他从不辜负国家、组织、县领导对他的培养和信任。多年来，他白天跑线索，找素材，晚上爬格子，赶材料，累了困了喝口酒、吸口烟、泯口茶提提神，醒醒脑，强行使工作进行下去。经常半夜我醒来，看到爸爸不是在吞云吐雾中写材料，就是在专注地翻阅查找各类书籍，工作性质导致他烟酒成瘾，作息紊乱，但他从不叫苦，白天依然精力充沛地活跃在宣传一线。登封能走出河南、走向全国、冲向全世界，是和许多像爸爸一样敬业爱岗、孜孜不倦、甘当人梯的宣传工作者的努力分不开的！

爸爸从岗位上退休后，非但没有歇下来，反而好像更忙了。用他的话说，终于可以干自己的事了，他为自己的退休生活做了规划。每天依然忙碌，找他的人非常多，经常三五成群，高谈阔论，马不停蹄，东奔西跑，好像陀螺，总是不知疲倦地在转。

爸爸主编了一本《长寿宝典》，但这本书并没有使爸爸长寿。2010 年临近春节，他连续几天吃不下东西，被他最疼爱的小女儿强行带到医院去做检查，被宣告疑似癌症。当时，我们全家人都不相信爸爸会得这样的病！我们的爸爸每天像打了鸡血一样，活力充沛；在公园打羽毛球，一蹦三尺高；说话嗓门能把房顶掀开；他是铁人！永远不知道什么是累！乐善好施、乐于助人、乐在其中、乐观向上、乐天派这些好听的词语用在他身上最贴切不过了，他怎么会有病？但我们还是瞒着病情带着爸爸上省城、进北京为爸爸做治疗。

治疗期间，爸爸生活习惯改了不少。手术后，烟酒都戒了。那段时间，爸爸身体虚弱，说话有气无力，走路都气喘吁吁的。饭吃一点，觉睡一点，最让人难以接受的是，爸爸身上多了一个尿袋，因为他的膀胱被切除了。我不知道爸爸当时的内心会有多崩溃，但我明白，他再也不能为所欲为了！这于他是多么痛苦的事！可爸爸还一直在说：我要快点好起来，我还有许多事情没有办完，我需要时间。当时，爸爸正在为全市各单位写志（比如《登封市志》《公安志》等等），他带领一班资历深厚的创作人员，深入相关单位组织座谈调研，了解其发展史、奋斗史，深挖力掘，力争写出其单位的特色，写出团队的水平，写出自己的风格。

我只能说，爸爸这一生，无愧于国，无愧于党，无愧于民，无愧于心，他是一个合格的、真正的布尔什维克！2013 年初夏，爸爸病情恶化，癌细胞扩散至全身多处部位，无法手术，听从医生建议，进行化疗。当时他正在撰写《广电新志》，办公地点设在嵩阳公园附近的一个类似于琴棋书画活动的院子内。经常是上午他在市医院化疗后，我开车送他到此地办公，结束后我再送他回家。我想让爸爸休息，但他好像更乐意忙起来，仿佛在忙碌中才能找到他生存的价值，才能找到成就感、归属感。我就想，算了，由他去吧！三个疗程的化疗没有做完，爸爸就撒手人寰，弃我们而去、弃他热爱的事业而去了。我知道他死不瞑目，他的人生规划还没有画上令他满意的句号，他是带着遗憾、带着无奈离去的。

他在生命的最后几天，吃不下饭，骨瘦如柴；喉咙叽里咕噜，话一句也说不清楚。看望他的人络绎不绝，病房里谈笑风生，都在为他加油鼓劲，他只是很坚强地笑笑不作答，或者作揖以示感激。这种情形下，我只会躲到医院走廊门后痛哭。现在我都在后悔，为什么当初不给爸爸送上纸和笔，让他写下他想表达的话，他要交代的事情呢？真是榆木脑袋啊！爸爸最终还是去了，带着全家人的悲痛和不舍离去了。但爸爸的影子还在，他在院子里种的树木和花草，一年比一年茂盛；朋友送他的字画，还在墙上挂着；他喜欢的瓷器还在博古架上放着；他的那些不值钱的玉器古玩，妈妈都收藏着；甚至那个古董老箱子他也舍不得扔，说是结婚时奶奶送给他的唯一家具，扔了是对奶奶的不孝。箱子里放的是我们几个给他买的春夏秋冬的衣服，许多标签还没有拆掉。

爸爸走了，但他留给我的精神财富让我受之不尽！虽然我没有成为作家，但在他的启蒙下，我汲取文学众多精华，能于平凡中窥见灿烂，无奇中见证缤纷，生活充实而丰盈。虽然我没有成为先进模范人物，但我为人处世，堂堂正正，正大光明，无愧于人，无愧于心。虽然我是个女子，但在遇到困难和挫折时，我很坚强，很乐观，没有沉沦堕落。虽然我没有走上领导岗位，但我没有怨天尤人，能很坦然地接受现状，因为每个人都有自己的位置，适合自己的才是最好的。

虽然我没有雄厚的经济实力，但我知道，人生不仅仅是为了钱，更多的是使命、责任和担当！粉身碎骨浑不怕，要留清白在人间。这可能是对我的爸爸、一个老党员一生最好的写照了吧！

（作者单位：国网河南登封市供电公司）

观《你好，李焕英》有感之我的父亲

王阳洋

上学时，学到朱自清先生一篇散文《背影》，讲述的是他的父亲在车站送别时，蹒跚翻过铁道买橘子，留下了难以忘记的背影。在我们的传统文化中，父亲是家庭的顶梁柱，有这么一根顶梁柱在，无论何时都让家人感到安心。小时候，我最崇拜的就是父亲。

父亲出生在一个小山沟，家里穷、兄弟多，为生存小学毕业辍学养活老小，最艰难的岁月，也曾逃过荒、要过饭。16 岁入伍，当过 9 年兵。复员后，因运气不佳摔断腿，尚未入职便丢了工作。回到家乡，种过地、贩过布，在生产队当过会计，在乡里干过文书，最终从乡里走到城里，立住了业、撑起了家，却也摔过跟头，掉过泥坑。一生吃过苦尝过甜，风光过窘迫过，人生算得上有起有伏、丰富多彩。

穷人的孩子早当家，也早立志。少年时艰难穷困的生活，让父亲早早地确定了"要通过写作改变贫穷命运"的志向。上不成学，他就自学，拿着借来的书本，在放羊、捡羊粪的途中看书。入伍后，把空余时间全拿来看书，把帮助战友写信当做写作训练。写作水平有所提高后，就开始向报社投稿，屡投屡退、屡退屡投，报社没采用多少，却得到了部队领导的认可。在家乡务农期间，家里唯一不断的是稿纸，最多的是各种书籍。一路坚持下来，手中的一支笔是他唯一的坚持，也是改变命运的武器。

在我的印象里，父亲不高的个子却总是挺着腰杆、昂首阔步，十分的威武气派，这威武气派既有历经生活磨难形成的不屈意志，也有几分因饱览书籍带来的文人自傲。这威武气派是我小时候最大的憧憬与依赖，这威武气派也往往在家人面前消散如烟。

电影《你好，李焕英》中，一句经典又朴实的台词感动了无数人："我的女儿，我只要她健康快乐就行。"我 38 岁的一天，在父母家里小聚，父亲小酌后对我们说："我小时候家里穷，当兵以后，我一直努力，最大的心愿就是我的子女不要像我一样受同样的苦。”父亲的努力与坚持，从我和弟弟出生起，就不再是为自己。他在退休后，依旧不断写作，为别人写稿，与朋友合作写书，所做的不过是为这个家再多撑一会，值得欣慰的是，他写的书都已出版，这也是他坚持的收获。

去年某一天，恰逢节日，我想带父母和全家一起出去吃饭，父亲却连连摆手说不去，我好奇地问原因，母亲搭话说，“你爸吃不了硬东西。”父亲张开嘴指着嘴里缺了几颗牙的窟窿说，“看，牙都坏了，快掉光了，啥都吃不了。”一瞬间，一股心酸莫名的涌上心头。看着多数花白且稀少的头发，看着缺少门牙的父亲，我突然意识到，父亲老了，走在路上已不再是昂首阔步、威武气派，这一刻我想到了朱自清先生的《背影》：“这时我看见他的背影，我的泪很快地流下来了。我赶紧拭干了泪，怕他看见，也怕别人看见。”我没有朱自清先生的文笔，无法写出朴实感人的词句，只能借助他的语言表达自己的感情。

父亲一生节俭，至今仍不舍得丢掉一点剩饭剩菜，最大的爱好是烟酒，家人多次劝他戒烟戒酒，却常闹个不欢而散，我也不例外。如今，我不再劝了，他这点爱好大约毕生都断不了了，我只能尽量买些好烟好酒给他，因为他自己从不舍得买好的烟酒。

相比于父爱，母爱被歌颂的更多一些。其实父爱、母爱都是一样的，只是“父爱如山”，山的厚重大概只有在自己撑起一个家的时候才能有所体会。筷子兄弟的《父亲》有一句歌词“时光时光慢些吧，不要再让你变老了”。为人子女，我多希望时光能慢一些、再慢一些，“我愿用我的一切，换你岁月长留”，但这终究是歌词、是美好的愿望，就像回到过去的贾玲终究要回归现实，重新开始自己的人生。还好，我还能陪伴我的父亲、母亲，这也是我的幸运。惟愿所有人都不要留下“子欲养而亲不待”的遗憾。

（作者单位：国网河南登封市供电公司）

党呀，我亲爱的党

刘　畅

时光匆匆，岁月流逝，今年我们迎来了中国共产党100周岁生日，全国到处洋溢着喜庆的氛围。当我们在安静的教室里愉快地学习时，当我们生活在安宁舒适的环境里，当我们偎依在爸爸妈妈的怀抱里，当我们无忧无虑享受大自然的欢乐时……有没有想过，是谁为我们缔造了这样美好的环境？是谁给了我们这幸福的生活，是她——中国共产党，舒展着她那宽大的翅膀，精心哺育我们，为我们创造幸福、甜蜜的生活。

三十年前，我年纪尚幼，家住在离县城很远的山村。那个时候，不要说汽车了，连摩托车都是很稀罕的东西，每次逢年过节和爸爸妈妈一起去看望住在县城的外公外婆，自行车就成了最主要的交通工具。时间过去的太久了，当时的细节都很模糊了，只有几样还记忆犹新：二八大杠的自行车、坑坑洼洼的路面上还有塑料袋。为什么呢？因为当时都是爸爸骑着老式二八自行车，我坐在前面的大杠上，随着路面的起伏上上下下。而当时农村还以土路为主，一旦下雨道路就泥泞不堪，为了不让难得穿上的新鞋弄脏，就会准备塑料袋，套在脚上小心翼翼地走。

二十年前，我离开家去外地求学。偶尔只有在放假的时候回来看一看外公外婆。到了这个时候，摩托车已经相当普及，就连小轿车也开始慢慢多起来了。每次回县城坐在公交车上，行驶在柏油路面上，曾经自行车上的颠覆起伏变成了车窗里不断后掠的沿途风景。十年间，外公家的屋子也变成了宽敞明亮的新房子。有一次，晚上陪着外公出门，整个集镇都只有几盏路灯，于是我一手拿着手电筒，一手扶着外公慢慢往前走。现在想起来，握着外公粗糙的手，在黑暗中循着手电筒照在地面上的那一点光亮慢慢前行的场景依旧清晰。

十年前，我回到了县城工作。在以后的时间里，我背着照相机走遍了家乡大大小小的村庄，走过长长短短的道路。在我的镜头里，有空旷田野上拔地而起的工厂，有绵绵不断宽阔平整的路面，有夜幕降临时照亮前路的一盏盏路灯。还有欢度佳节时一张张幸福的笑脸，有孤寡老人受到慰问时一张张欣慰的笑脸，有莘莘学子专注求知时一张张纯洁的笑脸，还有小区居民在广场上翩翩起舞时一张张快乐的笑脸。

现在，每当我开车行驶在县城宽阔的道路上，每当我看着愈加繁华热闹的集市，每当我看着大大小小的工厂，每当我看着更加美丽的乡村，我都在想，这一切的变化都是因为什么呢？于是我又重新拿起相机，一次次翻看这些年留下的痕迹。慢慢的，我发现，照片里除了翻天覆地的变化，还有一群我一开始未曾注意的身影，他们奔波在项目建设工地，他们奔波在集镇建设现场，他们奔波在美丽乡村建设现场，他们奔波在田间地头之中，他们奔波在为群众排忧解难的路上。

其实，与其说是未曾注意，不如说是习以为常，因为这些身影，就是平时和我一起共事的同事们，就是扎根在这块土地上的普通共产党员。在我们家乡日新月异的背后，其实都是许许多多普通党员习以为常的平凡工作，连我们自己都不曾在意的默默付出。没有波澜壮阔，没有丰功伟绩，可是社会的发展，事业的进步，并不是光阴似箭般的一蹴而就，而是靠水滴石穿的尺寸之功。聚沙成塔，积少成多，正因为这许许多多的普通党员，用点点滴滴的踏实苦干，才有了今天家乡的新变化，才有了今天祖国的新气象。

对于我们许许多多的普通共产党员而言，可能不习惯说什么豪言壮语，可是总是有那么一股朴素而执着的念头指引着我们。习近平总书记多次强调要不忘初心、继续前进，而我认为，所谓“不忘初心”，说大了，就是要永远保持共产党人的奋斗精神，永远保持对人民的赤子之心；说小了，就是每个党员都要做好自己分内的事，做好群众最希望最期盼的事。

只有不计微小，不辞劳苦，踏实做好自己的那一份事，献出自己的那一份力，我们的国家才会变得更好，我们的生活才会变得更好。“雄关漫道真如铁，而今迈步从头越”，成就属于过去，而未来等待我们去开创。新时代，新征程，正期待着我们每一个共产党人新的出发。

（作者单位：国网河南登封市供电公司）

《心理营养》读后感

——“喂”出健康孩子

梁振杰

最近重读了林文采老师的《心理营养》这本书，感受颇深，好像重新上了一次老师的亲子课程，中间太多的知识点，太多的育儿好方法，比如了解五大心理营养，如何认识孩子的先天气质，因材施教。我想说这本书简直就是育儿宝典。

书本的上篇着重讲了五大心理营养，“喂”出健康孩子，怎样根据“天生气质”因材施教以及生命中的五朵金花。而下篇就更加实用，直接进入了问题与解决方法上，安全感、情绪管理、性格难题、行为偏差、社交与社会化、夫妻关系、妈妈的自我成长和支持、父亲养育、隔代养育、性教育……这些是否都是每一个父母关心或头疼的问题呢？林老师的书中都有详细的解答，所以我觉得这本书值得每一个养育者阅读，而书中的许多养育方法和技巧让我平时在女儿的许多事情上受益匪浅。

今年我家大女儿刚上一年级，记得她第一次考试结束回来告诉我，一百分的小朋友都拍照了，还会奖励新本。她很失落，而我当时并没有注意到她情绪的变化，还在说没关系的，你九十九分也很不错啊！她说一点都不好，我就问那一分错在哪里了自己知道吗？她说知道，但是我不想再说了。其实这时候孩子已经很难过了，而我却过于急切地想告诉她题都会做，就是马虎了，错了改正下次再认真就行了。我这无疑是在给孩子“贴标签”，孩子情绪一下就出来了，说我不是马虎，做错了就是做错了什么马虎啊根本不是……

我心里知道我说错话了，我想起来《心理营养》中情绪管理的问题与解决办法中说过切记三个“不要”，一是不要伤孩子自尊，讲你很笨这类贬低人格的话，二是不要在公共场合让孩子觉得羞耻，三是妈妈自己不要太焦虑。所以我稳定了自己的情绪后问她，是不是今天别的小朋友都可以拍照还有礼品你心里很失落很难过？她说是的，然后就大哭起来，想让我抱抱，我就赶快抱着她，让她把自己难过的情绪都释放出来。她抱着我说我不去上学了，我说好。她赶紧又说那明天再去下午不去了，我说行啊没问题。然后她又说我书包还在学校呢！我说那怎么办？她说那我下午还去吧，明天不去了。我说行，然后她说那明天没人当路队长咋办？我知道孩子只是在为自己的情绪找一个出口，如果我说不可以不上学，孩子一定更加反抗，而我接纳地对她说好的时候，她自己却知道不行还是得上学。这时候情绪已经释放得差不多了，高兴地去吃饭了，而吃完饭后因为一点小事又嚎啕大哭起来，此时我采取了冷处理，因为我怕我自己也有情绪，如果我自己带有情绪地去安慰她，孩子不仅能感受到我不好的情绪还会觉得我表里不一并且也会学习我这种模式，我要给孩子做表率，就是人人有情绪，一会儿就会过去。等我觉得自己可以了才去看她，她说我要妈妈，妈妈抱抱我，我抱着她说是不是还是因为考试影响了你的心情，她就对我说妈妈你知道吗？平时经常被老师批评的人都考了一百分，我说哦，原来这样啊，你平时都没被批评一次还没有经常被批评的小朋友考得好，所以你是不是嫉妒她了？她说是的。我说妈妈知道了，嫉妒是很正常的情绪，你心里觉得不平衡，难以接受，不过妈妈要告诉你虽然你没考一百分不代表你学得不好，不代表你就不是好孩子了，因为你上课认真听讲了，回来也很好地完成作业了，这样就足够了。知识学会了就是你自己的，考试成绩不代表你的全部啊！而且以后的考试会有很多次的，总有一次能考到一百分。然后她看着我很坚定地说好！说完后就很安静地午休了，下午好像什么事都没有高高兴兴地上学去了。

对于孩子来说这一次考试对她可能很重要，也很有意义，她非常重视，考试前也会紧张，也怕自己会做错，也给自己设定了一百分的目标，结果出来没达成目标，她也会沮丧，也会伤心难过，甚至自我怀疑。这时候就需要我们的“心理营养”来呵护了，我们是否能看到她的努力、她的认真，是否能看到她遭受打击后的难过和自责呢？那这个事件其实只是日常生活中很普通的事情，但是中间牵扯的点非常多，如果我没有看过《心理营养》，也许我不知道我需要给孩子我的爱和包容、我的理解和支持。

现在我真的由衷地感谢这本书，它教会了我如何与另一个生命好好相处一场，它告诉了我想要好好相处的生命究竟需要什么？我懂得了“亲子关系先于教育”，我也体会到了书本作者经常说的“养孩子不是什么困难的事，若你养孩子养到鸡犬不宁，那一定是你的方法有问题”。那么我真心希望每一个父母都能读到此书，因为这是一本可以帮助我们梳理亲子关系与教育方式的最好指导。我希望大家都能够如我一般，获得一次崭新成长的契机！

（作者单位：国网河南登封市供电公司）

《骆驼祥子》观后感

侯月坛

不久前我看了一本老舍的代表作《骆驼祥子》，讲的是一位旧社会北京人力车夫祥子的故事。祥子渴望拥有自己的洋车，他勤劳干活、省吃俭用，终于如愿以偿。然而好景不长，没多久他的洋车就被士兵抢走。但他没有灰心，靠自己的努力又买了一辆洋车。不过他实在太倒霉了，辛辛苦苦的积蓄又被洗劫一空。就这样反复了三次，祥子再也无法鼓起生活的勇气。他开始游戏生活，吃喝嫖赌，彻底堕落为城市的“垃圾”。书中描写了很多很有个性、有趣的人物。如祥子，他曾经是个要强的上等车夫，最后却还是没有摆脱悲惨的命运。他没命的拉车，他把自己当做是铁打的，拼命攒钱，只为买车，最后变成一个自暴自弃、自甘沉沦的人。虎妞是一个泼辣而有心计的中年妇女，刘四爷的女儿，她骗祥子和她结婚，被父亲抛弃，因好吃懒做导致难产死亡。小福子是一个美丽、善良、节俭、可悲的姑娘，承担着养家的重任，最后因生活逼迫自缢而亡。高妈，一个心地善良、为人要强的人，乐意帮助别人，经历了不幸，有自己的想法，常常开导祥子，是一个令祥子很佩服的人。小马儿的祖父，一个一辈子要强，最后却连自己的小孙子也救不了的苦命车夫。曹先生，一个平凡的教书人，爱好传统美术，因为信奉社会主义，所以待人宽和，被祥子认为是“圣人”。二强子，一个自暴自弃、无法养家的车夫。

这故事是一个悲剧，彻彻底底的悲剧。一个曾经勤劳坚忍、有着自己目标的人最后却沦为了社会垃圾。从前的祥子善良淳朴，正直诚实，对生活有着像骆驼一般的积极和坚韧。周围的人都是做一日和尚敲一日钟，而祥子却不安于现状，他为了美好生活而努力，而奋斗，他宁愿冒着极大的风险去赚多一点的钱，来达到自己所想要的生活。他不断地追求成功，追求幸福。然而即使是这样，也终究没有改变他最后的悲惨结局。

导致祥子一步步堕入深渊的，除了那个“把人变成鬼”的黑暗的社会和制度，还有他自身封建愚昧的思想。他看不到受压迫的小生产者摆脱奴隶地位的真正出路在哪里，而是把一切都归于“命”。他丝毫不知，命运是把握在自己手中的！要想在那个“吃人”的时代立足，就必须把握命运，挑战命运！巴尔扎克曾言：“苦难对于天才是一块垫脚石，对能干的人是一笔财富，对弱者是一个万丈深渊。”显然，小说中的祥子是属于最后一类人，他在苦难中堕入了万丈深渊。

试问，你们甘愿做一个弱者吗？相信大家的回答是一致的，当然不愿意。那么，就让我们昂首挺胸，向命运发起挑战，向苦难发起挑战，为拥有一笔巨大的精神财富而努力吧！今天，城市中高楼林立，车水马龙，繁荣昌盛；今天，经济发展迅速，GDP一路攀升，出口贸易不断增长；今天，我们胜利举办了奥运会，又迎来了举世瞩目的世博盛会，我们的祖国越来越繁荣昌盛，让我们在党的光辉照耀下不断成长起来吧，或许前行的路上充满了荆棘和坎坷，但是只要心中有党，党的光辉就能照耀我们前行的方向！

（作者单位：国网河南荥阳市供电公司）

心之所向　无问西东

邵　丽

“如果提前了解了你所要面对的人生，你是否还有勇气前来？”人的一生总是充满着各种各样的考验与磨难，在命运的分岔路口何去何从，往往令人犹豫徘徊，难以抉择。

看过电影《无问西东》，我的心情久久不能平静。影片围绕不同时代背景下，遭遇不同却命运相连的清华学子的故事展开叙述。沈光耀，彷徨于从学与入伍；李想，踌躇于远赴边疆与守护真相；而张果果则是困惑于商业欺诈与“爱心绑架”。在时代与命运的十字路口徘徊，他们各自思索着生命的意义，最后勇敢地行之所行，爱其所爱，做到了心之所向，无问西东。

其中最触动我的是作为富家子弟却毅然决然投笔从戎的沈光耀。“华北之大，早已容不下一张平静的课桌。”国破民危，此诚危急存亡之秋也，沈光耀挺身而出，志愿加入空军成为了一名飞行员。母亲闻讯赶来劝他：“我们想你享受到人生的乐趣，而你所要追求的功名利禄，那些只不过是人生的幻光。我怕，你还没想好怎么过这一生，你的命就没了!”父母之爱子，则为之计深远。人生短暂，父母渴望他能够把握仅有的时光去真正的活一遭，怎舍得亲生骨肉战死沙场！母亲的劝告让他不禁犹豫，然而，当战争将生死的残酷血淋淋的摆在他面前时，昆明遭遇的炮火攻击、朋友的遇难离世，都无法让他视若无睹。最终，他毅然决然地舍弃了家族的期待，承担起时代赋予的责任，挽救国家于危难之中，拯救民族于紧迫之时，为祖国救亡图存事业献出了自己宝贵的生命。

沈光耀的故事原型来源于清华学子沈崇诲。1932 年，毕业于清华大学土木工程系的沈崇诲，放弃了绥远优越的工作，冒雪前往杭州报考了航校，遂被录入轰炸科，以优异的成绩毕业后，他留校担任了教官。

1937 年七七事变之后，日军开始大举对上海发起进攻，在一次与日本军舰的激战中，年仅27岁的沈崇诲驾机撞舰，以身殉国。这让我不禁想起了《钢铁是怎样炼成的》当中激励了无数人的那句话：人最宝贵的东西是生命，生命每个人只有一次。人的一生应当这样度过：当他回忆往事的时候，不会因虚度年华而悔恨，也不会因碌碌无为而羞愧。在临死的时候，他能够说："我的整个生命和全部的精力，都已经献给了世界上最壮丽的事业——为人类的解放而斗争。"

生命诚可贵，然而，如何在有限的生命中创造出无限的人生价值，却是每个人都渴望追求的，徘徊于命运的分岔路口，愿每个人都能够坚守初心，遵从本心，做出选择，坚定不移地朝着目标前进，矢志不渝！

（作者单位：国网河南省电力公司南阳供电公司）

《匠人匠心》中国梦

陶忠正

初见《匠人匠心》一书，只觉书名平淡无奇，想必内容也难不落窠臼，大抵是陈陈相因，走“心灵鸡汤”之老路，然而本着开卷有益的心态，我便信手翻阅，不禁叹为观止。心扉仿佛被一阵春风推开，一行行文字犹如一场化雨飘了进来，心灵受到洗礼，心田得到滋润，崇敬与震撼的情愫交织在一起。我恍然大悟，原来自从打开这本书的那一刻，便如同打开了一扇知识的大门，踏入文化的长廊里。

“已经第四天了，倾泻而下的暴雨昼夜未停……71 岁的唐以金忧心忡忡，这个面色黝黑的干瘦老头儿一脚深一脚浅地穿梭在河岸边查看险情，溅起的泥浆弄脏了裤脚也浑然不知。”书中的这一场景，始终在我的脑海里挥之不去，不只是因为工作性质，我自身也有过在风雨交加中穿着湿漉漉的工作服、泥巴沾满鞋底的相似经历，更多的是，一位本应在庭院里每日观花修竹、酌酒品茶，享受儿孙绕膝、天伦之乐的老人，却甘愿放弃颐养天年的日子，以一己之力，实现了在广西灌阳河岸对古民居异地重建的当代神话。唐以金对修复古民居近乎执拗的坚持，并非偶然，而是年轻时就埋下的一颗种子。我想，这颗种子的名字就是“初心”吧。

作为匠人，只有不忘一颗这样的初心，才能常怀匠心，几十年如一日地投身于古民居修复的筑梦当中，才能重现古建筑的原汁原味，力图做到“一点儿不变味，一点儿不走样”。如今，唐以金年轻时播下的那颗种子，终于长成了参天大树，也意味着又一宝贵的文化遗产得到保护。事实上，在各行各业都有匠人的身影，在关系国计民生的电力行业，就涌现出了一大批的劳动模范和先进工作者，如“全国劳动模范”郭跃东、“国家电网有限公司劳动模范”刘旭中、“国网河南省电力公司先进工作者”曾燕等。这些辉煌成就的取得，就是对“初心与匠心”的最好诠释。

无论何时，不忘初心、常怀匠心，永远以这样的一种态度去面对工作和生活，因为工作最重要的是热爱，不然如何苦中作乐、甘之若饴，如何能硕果累累；生活更多的是感恩，否则无法知足常乐、随遇而安，更无法心如止水。精神与文化“都是在一次次实操训练中磨炼手艺的，逐渐明白了古建维修的各种门道。只不过放在以前，学手艺要搞磕头拜师，我进故宫的那年不兴这套了。而老师傅对你呢，也是倾囊相授。”一辈子都在故宫工作的李永革如是说。传承匠人精神，就是传承中国文化。纵观全书，在每一位匠人或短或长的篇幅里，或拜师学艺，或世代相传，都有讲述他们是如何将精神与文化进行传承的。

读了书中有关匠人李永革的事迹，由衷敬佩之时，我联想到了前几日，单位新员工们身体力行，跟着工区里可谓当行出色、斫轮老手的两位师傅，练习制作拉线“上把”，掌握输电线路入门技能。说来做拉线“上把”的要领与木建筑的门道，倒是有着异曲同工之妙，一个不起眼的小活，都会被分解成几小步，每一步要做到极致却并非易事。就拿拉线“上把”制作的过程来说，要细分成三步，这第一步叫“干活，会干要灵活”，须使用老虎钳截断十号钢丝，握圈以备后面缠绑拉线用。先不说握的圈，是否近似标准圆，圈的大小适中与否，单说如何正确使用老虎钳就是一门学问。掌握好握钳姿势，才能更好地发力，做到事半功倍。第二步叫“有劲，也要会用劲”，要求徒手将一根拉线弯曲成规定尺寸的形状，并与“上把”合二为一。这个过程，从头到尾都讲究一个姿势：定好双脚的位置，左手虎口要与标记红印重合，右臂垂直向上发力……不过三五分钟，汗水便从额头不停往下滴，浑身上下都汗涔涔的。第三步叫“眼高，手也不能低”，用前期握好的钢丝，来绑缠紧固拉线，这个过程完成得好坏，决定了拉线上缠绕的圈是否严密，手指触摸起来是否平整。要做到这两点，就要求双手用力的方向不能偏斜，力的大小必须均匀。因为任何一个细节，都会影响到最后钢丝尾线的打结。一个看似简单的拉线“上把”制作，却彰显着宛电人的匠心，凝结着电力人的智慧。而一代代电力工作者，正是用许许多多类似制作拉线“上把”这样的“小活”，来传承电力人的精神与文化。

“漆器和被漆漆过的东西是两码事。漆器是一种成器的东西，是我们常常说一个人能成大器的那个‘器’。”这句话是徽州漆器髹饰技艺代表性传承人甘而可说过的，而他正是一个能成大器的人。从1999年开始尝试去钻研和恢复传统的漆器工艺，到2009年，十年磨剑，砥砺探索，甘而可被评为国家级“非物质文化遗产”传承人，这是对他所选择路子的肯定。与此同时，传统文化继承和发扬的队伍里，又多树起了一面旗帜。中国梦是每一个中国人的梦，每一个中国人也都要有自己的梦，个人为梦想奋斗，就是为国家奉献。而个人的梦想总是与家国情怀紧紧相连的，书中这样的匠人有很多，无论是修缮故宫、一辈子都在学习的李永革，还是为复烧出完美青花、屡败屡战的饶克勤，他们有着共同的特点，都是从青丝坚持到白发，日复一日、年复一年，任凭岁月变迁，不问得失荣辱，他们的人生只有“无悔”。

由此，我又回忆起了那些外出巡线的日子。朝登山岭，暮游原野，不畏严寒溽暑，遍览春花秋月。保电护线，风餐露宿，早已习以为常。每年工作最忙碌的时候，是环境最为恶劣的夏季。烈日炎炎，草木萋萋，我和同事经常穿着密不透风的工作服，淹没在比人还高的草丛里，奔走于崇山峻岭，时刻提防毒蛇和中暑。有时夜里狂风骤雨大作，为保线路万无一失，不得不连夜前往现场，排查隐患、处理缺陷。虽然，我们可能成不了他们那样境界的匠人，但我们可以怀着同样的匠心，不遗余力，将工作做到最好，正如本书封面上那八个字所说，“用一生，做好一件事”。

（作者单位：国网河南省电力公司南阳供电公司）

做一个刚刚好的女子

金　娜

读完晚晴的《做一个刚刚好的女子》一书，如醍醐灌顶，觉得这么多年的努力与坚持，是值得的。

原来，你所走过的路，真的与你所读过的书一样，契合度非常之高，它使你坚定不移地为梦想去努力着。正如书中所说："不必羡慕那些过得比你精彩自由的人，他们并不比你优秀，只是他们自己的人生里，有了自己的想法与追求，并且有勇气去坚持。"

多年前，我与别人一样，是一个再普通不过的女子，在家相夫教子，局限于工作与家两点一线的生活，使得思维闭塞，自我失去，更别提有远大梦想之类的话题来填充单调的日子。十多年前到大连旅游，看到那群满头银发的老年模特队老太太们，她们就像夕阳下的玫瑰，绽放着耀眼的色彩，这吸引了我的目光，当时就决定：我也要努力像她们一样优雅美丽地活着。

彻底改变我的，是缘于贵人"你的文字给人精神般地享受"，激励着我用一颗感恩之心回馈这世间相遇的所有人。这么些年，我常用"腹有诗书气自华""越努力越幸运"来自勉，出版了《对着月亮许愿》小小说合集，散文集《让梦想飞扬》，只是让更多与我一样的女子，学会爱自己，在不断提升中成长，努力活成你所喜欢的样子，最重要的，是在坚持梦想中，人生格局与眼界也变得开阔起来。

这些年，我尽孝心带父母出游，父母开心地坐在飞机上斗着嘴，他们言语间的幸福，让我觉得所有辛苦都是值得的。"不必做一个人人都喜欢的姑娘，但一定要做一个自己喜欢的姑娘，不迎合，不媚俗。"书法、旅游，写作……当我努力地做自己喜欢的事情时，生活才充满了意义与乐趣，这样的努力，也影响着我身边的姊妹们。

很多年前，我自卑、胆小，做事唯唯诺诺，更是不敢在夜晚出门。那时觉得自己是个无用之人，自从有了儿子后，亟须改变却不知从何努力，友人说：“只有内心变得强大起来，才能改变这种现状。”自此，看书写作成了我业余常态，女本柔弱，为母则刚，从内心充盈到发表文章徒增，孩子从我身上看到了坚持的力量，我也感到内心强大之后自信心的爆满。

“一个人的竞争对手……就是自己的内心。”“内心强大的人，无论在人生的哪个阶段，都不会过得太差，所有的障碍与考验，不过是日后多了一段宝贵的人生经历而已。”如今，我不再恐惧夜晚，克服内心障碍，我相信终将某天，我会过上与能力相匹配的生活。我知道，未来的旅途需要自己披荆斩棘，冲破重重阻碍，才能到达幸福彼岸，毕竟，旅途遥远，我还需自己走。

我喜欢作者说的一段话：“我认为一个女人最大的进步，不将自己的人生随便处理，不让自己依附于别人……有良伴出现，携手同行，若无良伴，独自前行亦可。”一个女子，只有不攀附不将就自己的人生，将命运牢牢掌握在自己手中，懂生活，见识广泛，不断完善自我，活出自己的精彩，展现出温润、知性、优雅的一面，他人才会爱你如珍宝一样。

“行千里路，读万卷书”，人生茫茫，学海无涯，我会秉行“活到老，学到老”之名言警句，给后代做好榜样，以树家风。

合上此书，感慨万千。做一个刚刚好的女子，还需我在未来的路上不断努力与坚持，我知道，我可以做得更好。

（作者单位：国网河南省电力公司南阳供电公司）

生命的重建

刘 岩

老鹰是世界上寿命最长的鸟类。它一生的年龄可达七十岁。但要活那么长的寿命，它在四十岁时，必须做出困难却重要的决定！

当老鹰活到四十岁时，它的爪子开始老化，无法有效地抓住猎物。它的喙变得又长又弯，几乎碰到胸膛。它的翅膀变得十分沉重，因为它的羽毛长得又浓又厚，使得飞翔十分吃力。它只有两种选择：等死和历经一个十分痛苦的蜕变过程，一百五十天漫长的磨练。

它必须很努力地飞到山顶。在悬崖上筑巢，停留在那里，不得飞翔。老鹰首先用它的喙击打岩石，直到喙完全脱落；然后静静地等候新的喙长出来；接着，它要再用新长出的喙，把指甲一根一根地拔出来。当新的指甲长出来后，它们便再把羽毛一根一根地拔掉。五个月以后，新的羽毛长出来了。老鹰开始飞翔，重新再过神鹰一般的三十年岁月！

在我们的生命中，有时候也必须做出艰难的决定，开始一个更新的过程。纵观中华上下五千年的历史，朝代的每一次更迭，思想的每一次变革，无不如鹰一般经历了涅槃，去除腐肉方得重生。

要讲共产党的成立，绕不开的一个历史事件是“五四运动”。1919 年 1 月 18 日，我们无法忘记这个屈辱的日子，巴黎和会充分诠释了“自古弱国无外交”的定律，所谓的公理战胜强权不过是一个美丽的童话。英、美、法、日、意等国不顾中国民众呼声，在 6 月 28 日签订了《凡尔赛和约》，将德国在山东的权利转送日本。

中国外交的失败直接引发了中国民众的强烈不满，以青年学生为主的反对帝国主义、封建主义的爱国运动自此拉开序幕，无数青年学子走上街头高喊“誓死力争，还我青岛”的口号，面对强权镇压也毫不退缩，为维护国家的主权奉献自己年轻的生命。很多次，我大篇幅的去写“五四运动”，是因为在那个军阀混战、列强环伺的旧中国，有这样一群青年人在黑暗中苦苦摸索挣扎，呐喊着，试图用自己微薄的力量为国家找出一条光明的道路。

《建党伟业》，这部电影我前前后后看了四遍，仍记得第一次观看，在放映到五四运动的时候，我激动得热泪盈眶，我看到一个个青年人站在楼梯上、高台上振臂呐喊，各种思想的碰撞，只恨生不逢时，不能和他们并肩作战。

五四运动直接影响了中国共产党的诞生和发展，是旧民主主义革命和新民主主义革命的分水岭。1921 年 7 月，一个伟大的政党——中国共产党成立了，它的诞生给灾难深重的中国人民带来了光明和希望。

共产党是一个队伍庞大的政党，不免有一些害群之马，尤其是现代社会经济高速发展，各种诱惑接踵而来，一些共产党员为谋私利不惜损害人民和国家的利益，更有一些懒政官员在其位不谋其政，共产主义精神的缺失让我们这代年轻的共产党人感到迷茫，以至于找不到正确的方向。然后我接触了一些老一辈的共产党人，他们哪怕自己生活困难也绝不占国家一分一毫的便宜，不愿给国家增加负担，听他们讲述那时的艰难岁月，我们的国家是怎么一步一步强大起来的，他们的眼神里有着身为共产党人的自豪，不知不觉中感染了我，去伪存真，找到了前进的方向。

我热爱我的工作吗？很多人这样问自己，大多数的答案是否定的，我曾偶然看到一项科学权威理论——自我决定理论，它提出真正推动人们持续从事一份职业的三个因素：自主、胜任、归属。

自主，即在工作中，感觉自己的作为是重要的；胜任，即感觉自己擅长于自己所做的事情；归属，即感觉自己能与领导、同事等工作伙伴建立联系。其中最重要的，要属“胜任”，即你应该要精通于你所做的事。

想要找到自己热爱的工作，或许应该从做好工作中的每一件事开始，因为精通而生爱，因为优秀而生爱。有时候，我们之所以在工作中感到迷茫、不知所措，或许不是因为这份工作不是“热爱的工作”，只是我们没有掌握一个更好的方式来对待现有的工作。我们要懂得热爱是结果，认真才是起点，只有专注于眼前的工作，才有可能收获财富、尊重与影响力，你会开始热爱这份工作。

不管是 70 后、80 后、90 后、00 后，大家都曾经历过青春，或正在青春着，时不我待，青春易逝，当时间在不知不觉中流走，你或许毫不在意。等你蓦然回首，发现自己不再年轻，青春就这样虚度了，你会后悔，会羞愧，在最好的岁月里，让热血凉了青春。莫等闲，白了少年头，空悲切。那时，一个梦想已经诞生；那时，伟大者刚刚启程；今天，我们在平凡的工作岗位上重走那段来时路。

（作者单位：国网河南省电力公司南阳供电公司）

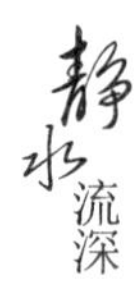

简单的幸福

——读《冬牧场》有感

陈梦鸽

你幸福吗？幸福是什么？这是人们时常挂在嘴边的话，也是人们一直在追寻答案的问题。近来读了《冬牧场》，这本书记录了作者观察哈萨克族牧民到冬天的牧场生活的点点滴滴的事情，里面有乏味的事儿，有令人不悦的事儿，有高兴的事儿，也有苦恼的事儿。但是总归这些事儿都是些挺有趣的事儿，也深深地打动了我，让我有感于幸福其实很简单。

没有读《冬牧场》时，牧场在我的印象中是风吹草低见牛羊的舒缓浪漫，然而这一片面的认识被它颠覆了。

春天接羔，夏天催膘，秋天配种，冬天孕育。羊的一生是牧人的一生，牧人的一生呢？这绵延千里的家园，这些大地最隐秘微小的褶皱，这每一处最狭小脆弱的栖身之地。青春啊，财富啊，爱情啊，希望啊，全都默默无声。这是一片寂寞又寒冷的土地上的故事。

作者深入哈萨克族的游牧生活，清爽简单的文字描绘出那些孤独的生活图景，那是一个空旷又实在的世界，有漫长的黑夜，还有四处荒野的孤独以及各种物资的匮乏，通讯不便，以及种种现代生活中难以忍受的尴尬。然而，作者，居麻一家甚至所有牧民都在默默地承受。他们知道，无论如何寒冷的日子总是意味着寒冷“正在过去”。或许这个空旷的世界真的有涤荡人心的力量，能让人心无杂念、实实在在地活着。

在冬窝子里，没有高科技的产品，没有现代文明的影子，人又回到初始的样子，守着羊，守着亲人，在自然中挣扎着生存。居麻不愿去牧羊时，像孩子一样对妻子撒娇。他作为一家之主，可以放下尊严，终还是放不下责任。不管多么不情愿，他还是去了。尽管等待他的，是七个小时的孤独，七个小时的寒冷，七个小时的无水无食。他性情刻薄，他嗜酒成性，他有诸多缺点，但他是个值得尊敬的人。他担起了整个家，担起了亲人的希望，也担起了亲人的幸福。在这天地间，争出一处空间，让自己在意的那些人能够更好地活下去。

牧民们与寒冷斗争，为了生存忙碌，即使如此，也可以感受到他们的乐观，至少再回到地窝子，烤着火，喝着茶，去掉一身冰壳时，他们的心情是轻松的。正如文中所写，“就不说那些痛苦了——那是生命的必经之途吧”。无论如何，寒冷的日子总是意味着寒冷的“正在过去”。我们生活在四季的正常运行之中——这寒冷并不是晴天霹雳，不是莫名天灾，不是不知尽头的黑暗。它是这个行星的命运，是万物已然接受的规则。

鸟儿远走高飞，虫蛹深眠大地。其他留在大地上的，无不备下厚实的皮毛和脂肪。连我不是也啰里八嗦围裹了重重衣物吗？寒冷痛苦不堪，寒冷却理所应当，寒冷可以抵抗。无论是多么艰苦寒冷的环境，牧民们总是充满生存希望不惧痛苦的，单凭生命对生存天经地义的渴求就能对艰辛的游牧生活充满热情，即便放羊回来的居麻如何的筋疲力尽，也听不到他对生活的厌烦，对生活的乐观、充满希望便是他们身上最动人的地方。

在冬牧场的日子里，作者所记所写全是快乐的部分：悠闲的赏景，香喷喷的茶，温暖的被窝，甚至是赶牛回来痛快地饮水。淡去了驱赶牲畜时的又急又燥，字里行间都透着嬉笑的态度，文字前的我不由随其大笑不止。

牧民们的饭后喝茶时间，这是他们一天辛苦放牧后最惬意最休闲的时光，每当读到此处，我仿佛都能闻到那淡淡的茶香。酸奶煮沸后制成的奶酪就是奶疙瘩，作者形容它硬得不近人情，一个奶疙瘩可以啃一天，但这却是哈萨克族人最喜爱的零食之一。馕馍是当地有名的主食，人们把馕泡在奶茶或者肉汤里，吸足了汤汁，香味四溢。

这里的环境艰苦恶劣，但也有美丽的风景，寒冷中的沙窝子，白色大地上的牛羊，风沙暴雪里的宁静世界，让人是又期待又彷徨啊，就如同快乐和痛苦并存于一身，让人流连忘返。

在书中“最开始”的一节里，作者这样说：“我终于要像模像样地做一件作家才做的事了——我要跟着迁移的羊群进入乌伦古河南面广阔的荒野深处，观察并记录牧民最寂寞深谙的冬季生活。”作者第一天上马牵骆驼、支炉子、化雪烧茶、搭建帐篷、拢马赶羊，伺候同行者的饭食、茶水。直到《唯一的水》那一节，作者才知道，冬牧场生活的一点一滴，只有劳动才能活下去，活下去就意味着为一瓢水、一节绳、一点儿热乎气儿付出全身的力气、全部的心意和全部的情智，好好活下去就是最大的幸福了。

这样的文字就像草原上覆盖的白雪，看似没有重量，却无声地滋润着心田，让我对生活、苦难、幸福有了更深入的理解。在苦难中，幸福变得简单，离我们不再遥远，它就在生活中，一顿美食、一道风景、一场寒暄，在这些小得不能再小的事里，只是我们太容易忽视它们。在这片冬牧场，这些便是生存的希望、生活的意义，也是幸福的所在。

一路跟随作者的脚步，体验了一场游牧之旅，作者的一双眼睛，就如那投入平静湖面的石子，打开了一条通往秘境的道路，惊起了层层波浪。也让我看到了淡漠生活之下的光彩，并理解到，只要我们去真诚地发现，幸福不在远方，就在我们身边。

读完这本书，作者在冬牧场的生活还在我眼前浮现。随着牧民们生活方式的改变和时代的变迁，冬牧场也在逐渐地消失，一种古老的与自然同步的生活步调将在此停止，但人们勤劳朴实的民风仍会代代相传。

人之所以能够感到“幸福”，不是因为生活的舒适，而是生活得有希望。哈萨克族的牧民一年一年进入荒无人烟的沙漠，为了生存的那个希望，为了“幸福”。而我，也希望像他们那样，用心付出，感恩生活，感知幸福。

（作者单位：国网河南省电力公司南阳供电公司）

让读书成为一种生活方式

——读《梁家河》有感

金　娜

无意间得到一本书，名叫《梁家河》，一鼓作气看完是八个小时以后的事儿了。能够让我以这样速度读完的书并不多。此书不太厚，165 页，由陕西人民出版社出版发行。此书详细地介绍了习近平总书记到梁家河做知青插队时，在那段艰苦岁月里，为梁家河人民做出的无私奉献与为民造福的初心。

书中，最触动我的是习近平总书记说“我人生第一步所学到的都是在梁家河。不要小看梁家河，这是有大学问的地方。”可见，在梁家河插队七年，梁家河对他的影响与成长历程密不可分。七年间，“在梁家河人的印象里，习近平常看砖头一样的书，吃饭时在看，山里放羊时，手里还不忘拿书阅读。”想想那画面，我为之动容，在那个温饱还成问题的年代，书籍对于 15 岁的少年习近平来说，却如饥似渴，不断地从书中汲取更多营养。

习近平总书记用知识来改变命运的心，一直未曾动摇过。书中，引用习近平总书记的话“好的文艺不仅能给人启迪，也是不同国家和民族之间相互了解、沟通的方式，读书不仅是一种生活方式，更是不断成长、丰富自己精神世界的过程”。

看到这里，我深有感触，十多年前的我，对于生活没有目标，精神空虚，浑浑噩噩浪费掉许多好光阴。缘于单位组织读后感征文，有了更多参与读书的机会，慢慢发现，读书无形中影响着我的人生格局，也使我眼界开阔，想要往更高里程碑迈进。

在大量翻阅书籍中，我发现越努力越幸运，在读后感征文中获奖无数，更是让我的梦想一个个点亮并被实现。去年，我出版了散文集《让梦想飞扬》，为第二个人生梦想画上一个圆满的句号。这所有的成绩，都与读书有关。我心怀感恩，想要将我人生受益感染给更多的姊妹，亦是觉得：作为一名女性同胞，只有不断提升自己，提高自身文学素养，才能受益颇多。

书中介绍，15 岁的习近平，扎根农村，在黄土高坡一干就是七年，七年间，他除了带领乡亲们埋头苦干，“拼着命”地修建第一个沼气池，为吃饱饭而战天斗地打坝淤出来良田。更是在休息或者夜晚时分，在昏暗的煤油灯下聚精会神地看书。那时的习近平，看的书很多，乡亲们说有两箱子之多，《钢铁是怎样炼成的》《静静的顿河》《母亲》等书，插队的知青们也在这种爱读书氛围里中被熏陶，“竟形成了爱读书的小气候”。读此处，我会心一笑。如今的我，缘于读书，也由此人生感悟颇多，随笔散文更是得到单位认可与肯定，我身边的姊妹们也由此养成了爱读书读好书的好习惯，她们与我一样，只想为活成更好的自己而努力着。

“你若盛开，蝴蝶自来，你若精彩，天自安排。”虽还没做好习近平总书记的“齐家、治国、平天下”胸怀，但可以做到读书能够修身养性，能够将这种积极向上、读书提升自我、改变自我的氛围传递，我亦是觉得心安，最起码，我也希望，有追求有梦想的女子定会如玫瑰般，绽放出瑰丽多姿的人生。将读书变为一种习惯，从今天做起，亦是不晚。

（作者单位：国网河南省电力公司南阳供电公司）

一 心 为 民

王晓林

作为一名入党积极分子，近日，我仔细阅读和学习了《梁家河》和《习近平的七年知青岁月》两本书，这两本书用不同的形式详细描述了习近平总书记在陕西延安插队时的经历，我深受触动。

1969 年，习近平 15 岁的时候，就来到陕西省延川县梁家河村插队，在那里度过了七年的知青岁月。初来乍到，面临着陌生困苦的环境，吃不饱、穿不暖、炕上到处是虱子，但是，艰苦的条件没有吓到他。他逐渐适应了当地的环境，把自己的鞋子送给家境贫困的伙伴，给村里的人们理发，和当地老百姓一起劳作，很快融入到当地的群众中去。

随着体验生活的深入，习近平逐渐发现当地老百姓的日子太艰难了，陕北地区干旱少雨、土地贫瘠，粮食产量低，乡亲们为了填饱肚皮，只好吃糠窝头、苦菜、荞麦叶来充饥，夜里经常饿得睡不着。怎样提高粮食产量、解决燃眉之急呢？习近平勤于思考，根据实际情况，提出打坝造田的解决方案。他身先士卒，没有手套，直接用手抓住木夯用力往下砸，一天下来，手上全是泡，第二天接着干，泡磨破了，开始流血。他拼命地干，给乡亲们树立了一个良好的榜样，把乡亲们的积极性都调动起来。

在梁家河村搭一座水坠坝的时候，虽然是为群众办好事，但是也面临重重困难。村民们怕洪水把坝冲垮，徒劳一场；王家的祖坟在坝堤的位置，迁坟面临很大的阻力等等。面对阻拦，习近平想方设法取得村民的谅解，详细给大家解释科学建坝的可行性。农村迁坟可谓太难，他出面行不通，他就采取别的措施，让自己的好朋友王宪平出面解决王家祖坟迁移的问题。历经千辛万苦，终于把坝打成了，农民有了种粮食的良田，梁家河的粮食产量一下子增加了一倍。

解决了乡亲们的吃饭问题，就解决了乡亲们面临最迫切的问题。直到现在，这块坝地还是习近平留给梁家河的宝贵财富。解决了粮食的问题，习近平又开始思索改变梁家河的面貌。梁家河地处偏远，烧煤要去百里外的煤矿去拉。砍柴做饭又会大量砍伐树木，造成水土流失，影响农业发展。他亲自去四川取经，努力钻研沼气池的问题。在研究沼气池不出气的时候，甚至被粪水喷到了脸上。可是，他顾不上洗脸，连接好管子，出了沼气，他的脸上笑开了花。在他心里，试验成功了，给老百姓带来实实在在的好处才是最重要的事情，脏臭的粪水算得了什么？此举不仅提高了农村公共卫生水平，更解决了农业肥料问题，提高了粮食产量，一举多得。

个别在视察灾情时怕湿了鞋子，让下属背着的干部，对比习近平不怕脏、不怕累的行为，不觉得惭愧吗？党员干部不要高高在上，把自己放在神龛中，要学习习近平团结群众、和群众打成一片的亲和力，更要学习他扑下身子、为群众解决实际困难的干劲。

习近平为村民办实事，解决村民的实际困难，打了一口甜水井。办缝纫社、铁业社、代销点等，提高了村民的收入。他把县里奖励给自己的奖品——一辆三轮摩托车换成了钢磨、手扶拖拉机。习近平不计个人得失，把自己的东西变成集体的东西。一些贪赃枉法的贪官，把集体的东西变成自己家的东西，不觉得脸红吗？

习近平全心全意为了集体奉献的精神，在今天具有重要的教育意义。1975 年，习近平考上了清华大学，离开了梁家河。所有的村民都自发送别，很多人都流下了热泪。面对村民们的深情厚谊，他第一次当众流泪了。这样深得民心的好干部，村民们怎舍得他离开啊？当看到村民们送别习近平的时候，我的眼泪也情不自禁地流下来。习近平爱看书，他经常看书到深夜，煤油灯不光把脸熏黑了，第二天吐的痰也是黑色的。读书习惯养成了他深厚的文化底蕴，他在讲话时，很多名言名句总是张口就来，就是多年坚持读书造就的文化素养。

2015 年政府工作报告中提出建设书香社会，各种读书活动在中华大地上蔚然成风。我们要学习习近平总书记爱读书的好习惯，提高我们的文化水平。习近平总书记说：“我人生第一步所学到的都是在梁家河。不要小看梁家河，这是有大学问的地方。”正是由于这七年的知青岁月，他和农民朋友们一起劳作生活，了解农村的情况，知道农民的需求。

近年来，党和政府制定实施了一系列惠民政策。从农民免缴公粮到现在种粮补贴，农村居民享受社会养老保险和农村医疗保险，中国的农民正享受着千百年来没有过的幸福生活。梁家河的村民们过上了好日子，梁家河只是中国农村的一个缩影，习近平总书记关心的不仅仅是一个梁家河，在他的带领下，中国千万个乡村都会像梁家河一样，走在社会主义的幸福道路上。

在以后的工作和生活中，我要努力学习习近平总书记不怕困难、勇往直前、为群众办实事、解决群众实际困难、热爱读书学习的精神和品质，不断提高自己的业务水平和文化素养。我也要争取早日转为预备党员，加入到中国共产党的队伍中去。

（作者单位：国网河南邓州市供电公司）

奋斗百年路　启航新征程

张钰琛

1921—2021，悠悠百载，走过了多少坎坷与荆棘，品尝了多少血泪和屈辱，更承载了沧海变桑田的伟大奇迹。百年恰是风华正茂，迈向新征程的中国共产党，举世瞩目。

在迎来建党100周年的重要时刻，我国脱贫攻坚战也取得了全面胜利，完成了消除绝对贫困的艰巨任务，创造了又一个彪炳史册的人间奇迹。在这奇迹背后，可靠的电力保障则是通往乡村振兴路上的基石，100年来，中国电力的突飞猛进离不开基层工作人员一串串奋力前行的坚定脚步，更离不开他们奔走在电网建设一线，夜以继日的艰辛付出，让我们一起走近伟大背后平凡岗位上不平凡的故事。

他是张庆军——曾任国网汤阴县供电公司发展建设部主任。从部队复员以来，他从爬电杆的一线员工做起到一名基层配电网管理者，历经多年电网施工现场的锤炼，他深知建设坚强电网，为群众提供安全、优质的电能是何其重要。无论是迎峰度夏，三伏天的挥汗施工，还是迎峰度冬，冰雪天的紧急抢修，更让他理解电网一线员工背后付出的艰辛与汗水。

他是万家灯火的守护神。在谈到电网改造带来的变化时，汤阴县宜沟镇向阳庄村、三里屯村党支部书记葛树芹感受颇深："村里能有如此大的变化，最要感谢的就是咱们电力部门。农村电网改造升级，不仅提高了供电质量，还让农民摆脱了'靠天吃饭'的问题，同时也促进了村里农副产品加工、制造业发展，改善了农村居民生产生活条件，为农民发家致富提供了持续稳定的电力供应保障。"

他更是践行人民电业为人民的服务者。在汤阴县小河村电网改造现场，施工人员正在架设村内主干高低压线路，突然遭到变压器台区附近居住的村民王先生阻拦，不让在此处安装变压器，担心会影响他的出行安全，同时要求巨额补偿款，强行要求停工，张庆军在现场向阻挡的王先生一遍遍讲解国家规范标准，两个多小时过去了，王先生仍不为所动，此时临近傍晚，全村群众都等着用电，心急火燎的张庆军更急得像热锅上的蚂蚁。天渐渐阴沉下来，眼看就要下雨，王先生赶紧去收集自家在马路上晾晒的粮食，看到家里只有他一个人收麦归仓，张庆军和两个同事二话没说，帮王先生盛粮食、装袋子、推车子，搬运粮食归了仓，刚刚搬完天就下起了雨，看到张庆军他们满身被汗水、雨水浸透的衣衫，王先生被感动了，不好意思地说："我不要一分钱了，你们赶紧去干活吧，全村群众还等着用电，我帮你们拉线去。"

繁重的施工任务和叠加在电网改造中遇到困难并没有让张庆军气馁，反而使他越战越勇，将民生实事落到了农民群众的心坎上。他连续 6 年放弃年休假，将对电网企业无限的忠诚投入到电网建设当中。辛勤付出终于迎来了累累硕果，不仅让老百姓用上了安全电、放心电，也使得该县乡村加工业成群茁壮。农民坐在家里启动电源就可以让钱袋子慢慢鼓起来，不少年轻人也选择了返乡就业、创业。

农网升级改造为乡村振兴充电蓄力，依靠小康电改造后提供的充足电力保障，许多村镇也将产业扶贫打造成为乡村振兴的"聚宝盆"，有效促进了农业增产增效，不断带动贫困群众增收致富，生活条件改善了，老百姓更富裕了，农民也更有精气神了。

回首百年奋斗路，平凡岗位上的不平凡故事恰恰是我们这个时代的骄傲。展望新征程，在跨越山河的电线中，在穿越大洋的电缆中，在夜晚闪耀的万家灯火中，在每一盏被点亮的梦想之灯中，中华人民共和国从站起来、富起来到强起来，中国共产党与时代同步伐、与人民共命运，跨过一道又一道沟坎，取得一个又一个辉煌胜利。

中国共产党建党 100 周年，这是"天翻地覆慷而慨"的伟大今朝，是"不畏浮云遮望眼"的一往无前，就让我们从老一辈中国电力人那种艰苦创业、开拓进取、鞠躬尽瘁的精神中汲取力量，常怀感恩之心努力实现前辈们的宏伟心愿，为电力明天的辉煌砥砺前行！

（作者单位：国网河南汤阴县供电公司）

再读《平凡的世界》有感

姜　琳

书籍真是一种奇妙的东西，不同时刻看同样的书，会有不同的感受，不同的体会。再读《平凡的世界》，还是被强烈吸引、深深震撼，特别是在我逐渐走向成熟、懂得思考的年纪，重温这样一部关于人性、人生、生活、情感的鸿篇巨制，感到恰逢其时。

我很喜欢路遥的出发点——平凡的世界。他的世界是平凡的，这只是黄土高原上几千几万座村落中的一座。从小处着眼，作者刻画出一个个普通人物平凡的人生旅程，衬托日新月异的时代变迁，反映人们的思想，给人以亲近，给人以启迪。

但路遥却在平凡中看到了他的主人公的不平凡。比如孙少平，这是一位对苦难有着深切的认识，对生活有着深邃的理解，对精神世界有着深刻追求的人。他有铮铮铁骨，有强大的精神力量，有巨大的勇气。从学生时代到成年时代，他经历的是艰苦卓绝的人生奋斗，然而在痛苦与磨砺中，他形成了一种对苦难的骄傲感、崇高感。我欣赏他的苦难的哲学，钦佩他对劳动的认识，羡慕他对生活的理解。

我认为孙少安是《平凡的世界》里面写的最成功的人物。真的是把人物形象刻画到了极致，他所做的一切都是为了这个家。为了家里能够维持下去，他放弃了润叶，他在潜意识认为自己给不了爱的人幸福，因此他不敢去谈爱情。他只有婚姻，没有爱情，他的老婆必须是能够与他一起撑起这个家的。

再说他的事业，可以这么说，孙少安是一个很精明、很勤劳并且思想很先进的人。在改革开放的浪潮中能够发家致富并不超出我们的意料，他的经历却是几经坎坷，几度起伏。多么的现实啊，付出才会收获。有得当然有失，事业上如日中天时，他的妻子却病入膏肓，这又是平凡的世界一大绝笔。

还有兰香、润叶、秀莲、金秀、红梅、惠英……他们同样是从苦难的炼狱中挣扎出来的一个个平凡的人，生活的艰辛不但使他们找到了幸福的归宿，也让他们本身的生活上了一个层次，尽管这个层次是他们自己或许都无法意识到的。无论从哪一个人的身上，他们的生活态度、处世哲学都有太多值得我学习的地方，他们无疑是我们的精神榜样。从这些平凡人的故事中，作者给我们讲述了一个深刻的道理，那就是我们怎么去生活和我们对生活的态度和思考。这可能是这本书的深邃所在，也是这本书的精华。

每到我们遇到困难、挫折的时候，也许这种困难与挫折只有孙少平他们所遭受的苦难的百分之一，我们可曾有过这样的认识？就算是哪天因工作任务紧急而加了班，抑或是天气有些闷热而又停了电，我们往往会听到许多的怨天尤人。然而，我想只要你读了《平凡的世界》以后，读懂了“苦难的哲学”，那么就算是你今后遭受再多的苦难，你也不会怨天尤人。

再读《平凡的世界》，仍有一种说不出的来自心灵深处的震撼，它绝不会因时光流逝而失去光彩，因为它所凝练的思想、流露的真情、反映的生活都具有永恒的魅力，吸引着一代又一代人一遍又一遍地从中汲取精神的养料，给人生以多方位的思考和诠释，给情感以至纯至真的体验，给懒惰以无可争辩的痛击，给执着进取以最有效的鼓励。

（作者单位：国网河南镇平县供电公司）

初心，一直未曾改变

梁　贞

习近平主席说："我迈出人生的第一步，就到了梁家河。在这里一待就是七年。当年，我人走了，但我把心留在了这里。我人生第一步所学到的都是在梁家河。不要小看梁家河，这是有大学问的地方。人生处处留心皆学问。"

1969年1月，习近平插队到梁家河，在这里度过了他十五岁至二十二岁的七年时光。在这七年里，他和乡亲们一起住土窑、睡土炕、掏地、挑粪、耕种、锄地、收割、担粮，别人怎么做，他就跟着学，从不把自己当成城里娃。乡亲们觉得这个书生气的城里娃能吃苦，干活不"撒奸儿"，人实在，纷纷夸他是个好后生。后来他当上村里的党支部书记，带领乡亲们发展生产，打坝子，使农民的粮食产量翻了一倍；办夜校，教社员识字，建沼气池、办代销店、缝纫社、磨房、菜园等。办的这一系列实事，带领梁家河的乡亲们摆脱了贫困，解决了温饱。

当习近平离开梁家河的那天，村子里的人都没有上山干活，排着长队为他送行，一直送到十多里外。在他离开梁家河时仍不忘梁家河以后的发展，他对接替他工作的石春阳说："随娃，梁家河以后要发展，你必须起模范带头作用。你是年轻人，当支书以后，要多动脑子，多思考问题，还要多联系群众，这样工作才能做好，支书才能当好。如果处理问题不考虑群众的感受，支书也当不好。"

离开梁家河以后，他也时刻牵挂着梁家河的乡亲们，自费帮助吕侯生治腿，贴补孤苦伶仃的灵娃，给乡亲们写信等。那时，他最大的期盼是让乡亲们饱餐一顿肉，并且经常吃上肉，这个心愿当时是很难实现的，而如今，梁家河修起了柏油路，乡亲们住上了砖瓦房，用上了互联网，老人们享有基本养老，村民们有医疗保险，孩子们接受良好的教育，当然吃肉已经不成问题。

当然，梁家河只是一个小小的缩影。2021 年 1 月 18 日，国家统计局局长宁吉喆在回答记者提问时表示，我国脱贫攻坚成果举世瞩目，5575 万农村贫困人口实现脱贫。习近平主席始终心系百姓，保持着为人民做实事的信念。

《梁家河》这本书，语言虽然简单质朴，但却像春天的小雨一样，慢慢滋润着我的心田，带给我无限的感动和温暖，同时又给我很大的成长力量。我们身为青年员工，应该牢记习近平主席对我们的嘱托，练就自身过硬本领，担负起时代赋予我们的责任和使命，真真正正成为为人民做有益事情的好人才。始终牢记“人民电业为人民”的服务宗旨，在自己的工作岗位上，脚踏实地，用心服务，为公司的发展献出我们自己的一点力量。

（作者单位：国网河南方城县供电公司）

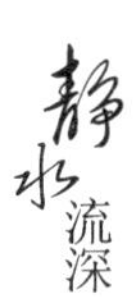

读《道德经》有感

罗丽冉

《老子》又名《道德经》，是生活在两千多年前的思想家老子留下的一部影响着东方文化发展的重要著作，也是我国道家思想的奠基石。细读《老子》不难发现此书的本质是一本修身治世之书，其中包含着我们耳熟能详的“上善若水”，柔的智慧；“夫唯不争，故天下莫能与之争”，不争的智慧；“天长地久，天地所以能长且久者，以其不自生，故能长生”，无我无私的智慧……时至今日，老子的这些修身处事的哲学思想对我们也有着重要的人生启示意义。

《老子》一书中的一个重要的处世思想即“柔弱胜刚强”，人们普遍认为，柔弱在刚强面前不值一提，所以在生活中总会呈现出以大欺小、以强凌弱的现象。而老子在两千多年前，就已经将二者的关系说得清楚明白，“人之生也柔弱，其死也坚强。万物草木之生也柔脆，其死也枯槁。故曰坚强者，死之徒；柔弱者，生之徒。是以兵强则不胜，木强则折，强大处下，柔弱处上。”

老子从生死的角度来解析柔弱与刚强，他说人活着的时候筋骨都是柔软的，而死了则会变得僵硬，万物草木也是一样，有生命的时候自然呈现柔软，死亡的时候就呈现干枯僵硬，所以身心僵硬、傲慢、刚强者，其人如同行尸走肉一般，也易感召横逆灾祸。如身心呈现柔软、能虚心学习与利益他人，其生命会活的喜悦，活出生命的意义。所以喜好展现兵强马壮、自恃、傲慢的，通常骄兵易败。树木过于繁盛就会被砍伐，易被强风吹断。由此看来强大的反而处于劣势，而柔弱者则更加长久。由此，老子为这一理论主张找到了具有的代表——水。

“天下之至柔，驰骋天下之至坚。”“天下莫柔弱于水，而攻坚强者莫之能胜，以其无以易之。”“上善若水，水善利万物而不争。处众人之所恶，故几于道。居善地，心善渊，与善仁，言善信，政善治，事善能，动善时。夫唯不争，故无尤。”天下你能看到的一切，没有比水更柔弱了，最柔弱的水，仍然可以在坚硬的岩石中流淌而过，柔弱的水却可以抵挡锐利的刀剑，水滴石穿，这处处展现着柔弱胜刚强的内涵，老子将天下至柔的水的德行与人的德行相连，形成了一个完整的修身逻辑体系。

老子在《道德经》第八章中说：“上等心灵品质的人，如水一般。”水善于滋润万物而不和万物相争，水常处于众人不喜欢的低处，又去清洗众人不喜欢的污垢，水所呈现出来的德行，已经接近宇宙本体、道的特征特性。安守着与人无争的善地，心胸保持沉静，待人真诚，说话守信用，其心正，为政善于精简处理，处事善于发挥所长，行动善于掌握时机，因为有不争的美德，所以无敌人、无怨尤。

“居善地，心善渊，与善仁，言善信，政善治，事善能，动善时”是老子对水德的阐述也是对人德的启示。

居善地表示上等心灵品质的人，所居尽是善地、福地，福人居福地，福地福人居。所谓人往高处走水往低处流，水在流动的过程中总会流向一些低洼处即被世俗人们所厌恶之处，但最终水仍会到达它想要去的地方，在流动的过程中也一直以不同的形式发挥着它的价值，它可以是地面上的溪流，也可以是天空中俯视一切的云朵，水的这种顺其自然的“不争”品质带给它的是出于最高点俯视一切的眼界和胸怀。这种脚踏实地做好自己本职工作的不争精神同样适用于现今世界的我们。

心善渊表示其心虚怀若谷，没有傲慢之心。胸怀像山谷一样深广，谦虚包容，善于接纳别人的意见。心灵犹如山峦间的流水，守住内心的宁静不被外界干扰，像水一样，无论混杂多少泥沙，沉静下来仍是清澈澄明。

与善仁表示慈悲善待一切众生，待人真诚有包容力。水在流淌的过程中会无差别的接受和对待任何事物，无论沙石或是宝玉都可一路随行。

言善信表示落地有声，讲诚信。水的形态不同声音亦不同，可以是小溪的“潺潺”，可以是河流的“哗哗”，可以是大海的呼啸，听其声可知其形，这就是“信”。内外一致，表里如一，既不虚张声势，也不矫情伪饰。

老子的“柔弱胜刚强”是在提醒我们可以追求强大，但真正的强大是海纳百川的宽广胸怀，我们只有放低自己的姿态，保持“柔弱”的状态，才能取得更大、更长久的成就。我们可以追求强大，但真正的强大是利益别人的高尚境界，“天地之所以能长且久者，以其不自生，故能长生。”你能帮助的人越多，就越有价值，就能取得越大的成就。君子修养德行就在于此，中华文明长治久安也在于此。

（作者单位：国网河南唐河县供电公司）

感悟初心　激发活力
争做新时代焦裕禄式好党员好干部

崔继洋

静水流深

2021 年 3 月，随着公司开展的“红色地图寻根党史”主题党史学习教育活动序幕拉开，我们再次来到兰考，深入学习焦裕禄精神，重温焦裕禄的感人事迹，缅怀焦裕禄的光辉一生，进一步培育红色内涵，增强国家情怀。

缅怀先烈悟初心。在焦裕禄同志纪念馆内，我了解到兰考这片命运多舛土地的苦难历史，兰考“三害”—内涝、风沙、盐碱肆虐，危害人民，漫天黄沙飞扬中人民背井离乡，逃荒要饭；看到了焦裕禄勤学好问，奋斗在工业战线上的意气风发；也看到了焦裕禄为调查治理“三害”而行走千里的路线图，带领兰考人民翻淤治沙，战天斗地的劳动场景；还看到了焦裕禄救灾时用过的生活用品，打了几十个补丁的被褥，还有焦裕禄同志办公室那留下窟窿的藤椅。

一幅幅生动的图片，一件件珍贵的遗物，仿佛将教科书里的焦裕禄书记带到了我们身边，他刚毅的目光和亲切的笑容，都显得那么地真实和具体。

焦裕禄把人民挂在心头，牢记自己是人民的儿子，475 天的兰考生活，他坚持把镜头对准群众，只给自己留下了四张照片。他严守党纪党规，从不利用手中权力为自己和子女、亲属谋取任何好处。他亲自起草了《干部十不准》，规定任何干部在任何时候都不能搞特殊化。我们看到的是一个清正廉洁、勤政为民，为党和人民事业鞠躬尽瘁、死而后已的焦裕禄书记。

为什么焦裕禄在兰考一年几个月就找到了改变兰考旧貌的良策？为什么焦裕禄能够完全融入人民群众之中？为什么兰考人民每每提起焦书记就泪流满面，连连称赞？带着这些问题，我们在学习中思索，在思索中探求，感悟到远比教科书上更丰富、更鲜活的焦裕禄精神。

不辱使命守初心。五天的兰考之行，不仅是一次修身之旅，更是一场修心之旅。每一名党员干部都是此次培训的参与者、推动者、践行者，自我约束、自我调整、自我管理，用自己的一言一行，展现了新时代党务工作者的素质与内涵，交上了一份满意的答卷。

班委垂范做好表率。3 名班干、7 名组长矢志不渝担好组织角色，大家各司其职，创建培训管理群、小组群，统计熟悉各组成员基本情况、身体状况、性格兴趣等，最大限度地调动和激发广大党员的积极性和主动性。

学员身体力行勇担当。室内教学中，全体学员准时出勤，积极签到，认真听讲，与授课老师一同回首初心之地、起航之路，真正了解理论知识。

现场教学中，学员们均迈开步伐，组团打卡“焦裕禄”培训基地线路，在寻访历史足迹中涵养初心、牢记使命。研讨发言中，全体学员踊跃发言，交流讨论、相互学习，拓宽视野，提升知识储备。

虽然短短五天，但全体学员以实际行动践行一名党务工作者的初心使命与责任担当，塑造了一支高素质专业化党务干部队伍，推动公司党建工作高质量发展。

见贤思齐践初心。“焦桐不改凌云志，细照笃行展襟怀。”五天培训时间虽然短暂，但焦裕禄精神却深深镌刻在我的脑海中。焦裕禄“心中装着人民，唯独没有自己”的公仆情怀，“吃别人嚼过的馍没有味道”的求是作风，“敢教日月换新天”的奋斗精神，“任何时候都不搞特殊化”的道德情操是每个共产党员，特别是党员领导干部的宝贵学习财富。

通过培训，我们深受焦裕禄精神的鼓舞，必将在今后的工作中带头践行焦裕禄精神，求真务实，知难而进，时刻践行“人民电业为人民”的企业宗旨，认真思考如何做好自身，如何将支部工作落到实处，如何发挥党员同志一砖一瓦的作用，为公司跨越式发展尽一份绵薄之力。

（作者单位：国网河南西峡县供电公司）

观《山海情》有感

郑红玉

已经很久没有一部电视剧能这样深深地打动我，欢笑中带着泪水，感动后又有感悟。当那一个个鲜活的人物在脑海里闪过，我不禁又被带回了西海固，那片我已经爱上的土地和美景。

马得福，一个一心想带领老乡脱贫致富，过上好日子的基层干部，不管遇到什么样的困难，自然环境的恶劣，固守旧观念的父辈的阻拦，都没有让他丧失向前的希望，他的眼睛里始终有着理想的光芒，相信党和国家带领老百姓走的一定是一条光明大道，只要不怕困难就一定能够成功！

教授凌一农带着知识分子的执拗和可爱，相信只要尊重科学，就一定可以在金滩村种出他的双孢菇，为了让群众利益不受损害，他甚至自掏腰包！他说自己吹出的牛自己就要背！这样一个有担当、有情有义的共产党员一定能得到老百姓深深地爱和尊重。最后凌教授离开的时候乡亲们的送别也让我流泪了，这样的真情实感就是这么让人感动。

这部剧中我最喜爱的要数陈金山县长，不管是他的福建普通话，还是他的水土不服，都让人忍俊不禁，他到西海固带来的是满满的新思想，新思路，可是他又那么自然地融入了这片贫瘠的土地和那群朴实的人民，没有丝毫的违和！正是这种反差更让我们看到了一群真实的共产党员的形象！

还有两位巾帼不让须眉的女干部，军人作风的杨县长，说话做事干脆利落的吴月娟，她们无条件地支持着每一个在一线工作的基层人员，让他们觉得有温暖，有干劲。

这样一部反映脱贫攻坚精神的主旋律影视作品让我看到了一群共产党人的无畏和担当，那么生动鲜活，带着满满的希望和力量。让我们相信只要有梦想，在这个祖国的家园里奋斗和拼搏，就一定能到达幸福的远方！

（作者单位：国网河南西峡县供电公司）

让读书成为一种习惯

汪　磊

曾几何时，快节奏的生活使国人变得浮躁不安、消极沮丧，茶余饭后间，觥筹交错时，卧榻前、地铁上，大家忙着刷抖音，刷快手，看八卦，看网红，什么代孕弃养，什么远走生娃，都能让全民在瓜田里上蹿下跳。

因为无法理性地筛选，接受了太多的垃圾新闻和负面消息，阅读了太多的不良和过激的图片，人们在自我筑就的所谓“安乐窝”里渐渐迷失自我。

网络的快速发展，使人们养成了一种“浅阅读”的快餐式阅读方式和习惯，阅读量有所增加，但阅读质量却不一定得到提高。所以，人们应该真正把时间和精力放在阅读一本好书上，以净化心灵、提升精神生活，而不再以所谓的“浅阅读”为荣。

读书不仅仅影响到个人，还影响到整个民族，整个社会。据媒体报道，中国人年均读书 0.7 本，与韩国的人均 7 本、日本的 40 本、以色列的 64 本比，中国人的阅读量少得可怜。国内各中小城镇最繁荣的娱乐业当数麻将馆和网吧了，一个万多人的小镇，有几十个麻将馆、五六家网吧是常事。中老年人玩麻将，青年人上网，少年儿童看穿越、看奇幻。中国人的娱乐生活几乎就浓缩为麻将、上网和看电视。不管是在网吧，还是在大学的校园里，我们可以看到，大多数或玩游戏，或聊天，在网上和图书馆查阅资料或读书的学生少之又少。

应试教育，一句不能让孩子输在起跑线上，让孩子从稚嫩幼童时便奔波于各个兴趣班、特长班，而无暇阅读，读书对现代人来说成为一种奢侈，这确实让人担忧。要知道：一个不爱读书的民族，是可怕的民族；一个不爱阅读的民族，是没有希望的民族。

孔子一生，以教育为业，与书做伴。在“弟子三千、贤人七十二”的累累硕果后面，我们看到的是一座座书山。他“删《诗》《书》、定《礼》

《乐》，赞《周易》，作《春秋》”，终于以一介书生的力量铸就巍巍丰碑，一部《论语》彪炳千秋；“凿壁借光”使汉朝著名的经学家匡衡成为读书的典范；鲁迅在极其寒冷的冬天读书到深夜，为了驱寒而嚼辣椒；苏联大文学家高尔基自幼家境贫困，为了读书，甘受拷打。在无数动人的读书故事中，造就了一个个伟大的灵魂，读书不仅是一种获取知识的方法，是一种求知欲的表现，更是一个人通向成功的必经之路。

“腹有诗书气自华”，让读书成为一种习惯，可能在短期内，见不到什么效果，可是，如果坚持下去，日积月累，聚沙成塔，将受益匪浅。有时我们可能忘记了书里的具体内容，但是书中的思想已经不知不觉地渗入你的灵魂中，你的谈吐，你的涵养，你的见识在潜移默化中得到提升。就像锻炼身体，一两天甚至一两个月都看不到什么差别，但是五年或十年之后，精神和身体状况会有巨大改变。

读书，让我们开阔视野，在学会仰望星空的同时能脚踏实地；让我们净化心灵，在学会追求现实的同时而不沉沦迷茫；让我们与大师对话，学会倾听与表达，从而一步步地走向成熟。

当读书成为一种习惯时，我们再也不会拿着手机一遍又一遍地刷着各种社交软件的新消息，再也不会因为电视剧情而哭得稀里哗啦，再也不会将“无聊”“好烦”等词作为口头禅。让读书成为一种习惯，让我们的生活更充实、更精彩！

（作者单位：国网河南唐河县供电公司）

我和我的祖国

王荣玉

我于20世纪70年代初期出生在一个小山村里，家里老老少少二十余口人，奶奶当家，父亲在县城上班，母亲在村里的缝纫社干活。

童年时期的我无忧无虑，整天跟在哥哥姐姐们后面，下河摸鱼捉螃蟹，丢沙包抓石子，上村里的果园偷苹果梨子。最开心的莫过于麦收时节，村里的麦场铺满带着麦穗的麦秆，拖拉机“突突突”地唱着歌在上面一圈又一圈地碾压，我和小伙伴们围着麦场打车轮，捉迷藏，疯呀，闹呀，欢乐的嬉闹声响彻了整个麦场。傍晚时分家家户户拿着挣工分分的麦场碾好的麦子高高兴兴地回家了。

因为我是品学兼优的好孩子，所以小学一年级时就成为一名光荣的少先队员，我飞奔回家问奶奶要五分钱上交红领巾钱，瘦小裹着小脚的老太太一脸严肃地对我说，要那干啥，五分钱够买一把镰刀。奶奶不给，我就躺在地上耍赖满地打滚，又哭又闹，无奈之下，奶奶把五分钱给了我。当我戴着鲜艳的红领巾站在奶奶面前，我自豪地对她说，奶奶，老师给我们讲红领巾是国旗的一角，是用烈士们的鲜血染红的。我现在是一名优秀的少先队员了！奶奶皱着眉说，我还是觉得一把镰刀有用。

而后我长大成人，有了工作，结婚生子，平安幸福地生活着，我觉得一切都是理所当然。直到2020年初新型冠状病毒在祖国肆虐，全国很多的城市大街小巷都是空的，空的让人泪目，而我待在家里足不出户，想去逛街不能，想回去看望爹娘不能，想……不能。直到此时，近知天命的我才恍然大悟，我和我的祖国息息相关，不可分割。我无忧无虑的童年，我幸福的生活都是祖国给予我的，而我的安好是在祖国安好的前提下才能够拥有。

1997年的7月1日，零点零分，国歌唱响，五星红旗飘扬在香港的上空，我流下了激动的泪水，我爱你祖国；1998年8月抗洪抢险，57岁的老将军董万瑞带领三万余官兵用他们的血肉之躯冒着生命危险在决堤口筑起了势不可挡血肉长城，我为他们的“捐躯赴国难，视死忽如归”的精神而感动流泪，我爱你祖国；2008 年 5 月 12 日汶川大地震，让多少人丧失家园，亲人，那些天我不敢看新闻不敢看电视，因为我控制不住自己伤心的眼泪，灾难发生后，全国人民同心协力、众志成城迅速投入到抗震救灾中，我和同事们捐款捐物，尽自己的微薄之力。

我爱你，我的祖国；从 2001 年的 7 月 13 日申奥成功到 2008 年 8 月的奥运会圆满结束，我们取得了优异的成绩，我为我是一名中国人而感到骄傲自豪，我爱你祖国！2020 年是极不平凡的一年，面对突如其来的新冠肺炎疫情，全国各族人民顽强拼搏疫情防控取得重大战略成果；脱贫攻坚战取得全面胜利……我爱你祖国！我和祖国共呼吸，同命运！

2020 年 4 月 4 日，国家公祭日，为纪念在新冠肺炎疫情中失去生命的人们和抗疫英烈，举国同悲，降半旗。10 点整，防空警报拉响的那一刻，我停止了干家务活的动作，站直了身体，低下了头，泪水爬满了脸庞，模糊了双眼：逝者已逝，逝者如斯，缅怀先烈，致敬英雄。让我们铭记住这个春天，这一时刻！我们的安好，我们的幸福都是无数的无冕英雄用他们的热血和生命在为我们负重前行。此时此刻我心豁然，祖国和我，血浓于水，融入骨髓，无法割舍！

疫情发生初期，一些国家由于医疗物资匮乏，放弃了对老年人的治疗，我忘不了西班牙老太太对着镜头歇斯底喔里的哭喊，救救我的丈夫，你们为什么这样……而我的祖国，我亲爱的母亲，全国上下，风雨同舟，万众一心，共同抗疫。在艰辛的抗疫历程中，党中央始终坚持人民至上、生命至上，习近平总书记亲自指挥、亲自部署，各方面持续努力，不断巩固防控成果。祖国母亲依然是我们最安全最舒心最温暖最幸福的摇篮！

我和祖国血肉相连，心心相印，没有你温暖怀抱的庇护，就没有我幸福的家园。“四十年来家国，三千里地山河”，何为国家，有国才有家呀！家是最小国，国是千万家，国的每一寸土地，家的每一个足迹，我爱我的小家，我更爱我的国家！

（作者单位：国网河南西峡县供电公司）

我眼中的宋词

汪　磊

相对于唐诗的中规中矩，豪情万丈，我更喜欢宋词的错落有致、荡气回肠。宋词之美，美的沉静，美的洒脱，美的惆怅、美的激昂，美的柔婉缠绵，美的肝肠寸断，时而豪放，时而婉约，时而忧伤，时而欢快，时而痴醉，时而悲壮。

宋词，是柳巷深深的宫墙，乱红飞过，无限悠长。宋词，是珠帘画屏的倩影，淡雅闲愁，意境悠悠。宋词，是伤春悲秋的愁绪，无边细雨，飞花如梦。宋词，是青石绿苔的小径，凭栏望眼，纤云弄巧。宋词，是晓风残月的清冷，柔软细腻，泪眼茫茫。宋词，是独上高楼的孤寂，西风黄叶，路长日暮。

宋词之美，美在字，美在词，美在意境，集文学、美学、史学、哲学、古文学、考古学等为一身的近现代国学大师王国维曾说过："词以境界为最上。有境界则自成高格，自有名句。五代北宋之词之所以独绝者在此。"《人间词话》二十四《蒹葭》属《诗经》秦风，就是要告诉我们谈词必须从《诗经》开始，《诗经》作为最早的诗歌总集，对我国后期的诗词发展产生了深远影响。台湾作家琼瑶之名取自于《诗经·卫风·木瓜》，"投我以木桃，报之以琼瑶。匪报也，永以为好也。"著名网络作家匪我思存出自《诗经·郑风·出其东门》，"出其东门，有女如云。虽则如云，匪我思存"。词发源于唐代，但在当时是不入流的。"二晏"之首的晏殊，官至宰相，"文章赡丽，应用不穷，尤工诗，闲雅有情思"，擅长小令，词风风流旖旎，但像"无可奈何花落去，似曾相识燕归来"。这样的名句，他却不承认是自己所写，词在当时的地位可见一斑。

在词的发展史上，具有开疆拓土之功的当属南唐后主李煜，李煜作为政治上的亡国之君，但在文学方面，却写出了沁人心脾的华丽辞章。李煜的词，继承了晚唐以来温庭筠、韦应物等花间词人的传统，又受李璟、冯延巳的影响，将词的创作推进了一大步，也可以说是登峰造极的。柳永，原名柳三变，屡举不第，流连于烟花巷陌，倚红偎翠之中，自谓“才子词人，自是白衣卿相”。《鹤冲天》乃柳永科考落榜、牢骚感慨之作，但此词很快传唱开来，仁宗临轩发榜，特落之，曰：“此人风前月下，好去浅斟低唱，何要浮名？且填词去!”由此“奉旨填词”，后改名永，方得磨勘转官。柳词流播极广，“凡有井水饮处，即能歌柳词”，“好之者终不绝也”。他在扩大词境、发展慢词、丰富词作表现手法上做出了杰出的贡献，从而奠定了宋词昌盛的基础。

说到宋词，不得不说苏轼，千古宋词，千古苏轼，千古绝唱，《念奴娇·赤壁怀古》名列排行榜首，全词气魄宏伟，意境宏阔，纵横古今，气势不凡。苏词继柳永之后，对词体进行了全面改革，扩人了词的题材，怀古，感旧、抒志、咏诗、写景、记游、说理等均可入词，使词真正突破了“花间”“尊前”的樊篱，开拓出豪放的词境，提高了词的文学地位，破除了诗尊词卑的观念，成为豪放派的先驱。

“春色三分，二分尘土，一分流水。细看来，不是杨花，点点是离人泪。”王国维《人间词话》，咏物之词，自以东坡《水龙吟》为最工。李清照，号易安居士，婉约词派代表，有“千古第一才女”之称。李清照出身于书香门第，早期生活优裕，其父李格非藏书甚丰，在良好的家庭环境熏陶下，打下了坚实的文学基础。出嫁后与夫赵明诚共同致力于书画金石的搜集整理，金兵入据中原时，流寓南方，境遇孤苦。所作词，前期多写其悠闲生活，后期多悲叹身世，情调感伤。形式上善用白描手法，自辟途径，语言清丽。论词强调协律，崇尚典雅，提出词“别是一家”之说，反对以作诗文之法作词。

《声声慢》全词用18个叠字，将国破家亡、天涯沦落而产生的孤寂落寞、悲凉愁苦的心绪，哀婉凄苦之情呼之欲出。宋词之美，蹁跹着缠绵，氤氲着温柔，是梧桐上的细雨，是小楼上的东风，是萧瑟惊秋的蝉鸣，是西塞山前的白鹭，是乌衣巷口的夕阳，是莺声与梁燕的呓语，是“无言独上西楼，月如钩”的伤悲，是“雁字回时，月满西楼”的愁思，是“无处不销魂”的惆怅，每每读之思之，心旷神怡，如痴如醉，仿佛是宋词里梨花带雨、清凉静幽的月光下，走出的翩翩少年郎。

（作者单位：国网河南唐河县供电公司）

“红色经典党在我心中”读后感

毕明娟

我怀着崇敬的情绪读完了《党在我心中》这本书。这是一本爱国主义教育用书，里面描述众多革命的英雄人物：爱国主义者李大钊在临死前坚贞不屈、视死如归，民族赤子俞秀松，他舍己为人、默默无闻的把生命奉献给祖国，还有巾帼不让须眉人女英雄赵一曼，她受尽酷刑，从不畏惧，把自我的生死置之度外，昂首挺胸的和敌人对抗到底也不屈服。在这本书中，让我最钦佩的还是舍身堵枪眼的黄继光。黄继光所在营与美军为首的联合国军和南朝鲜军激战 4 昼夜后，又奉命夺取上甘岭西侧 597.9 高地。黄继光挺身而出，请求担负爆破任务。在弹药用尽的状况下，他顽强地向火力点爬去，靠近地堡射孔时，奋力扑上去，用自己的胸膛死死地堵住了敌人正在喷射火舌的枪眼，壮烈捐躯。在黄继光英雄壮举的激励下，部队迅速攻占零号阵地，全歼守敌两个营。我几乎是流着眼泪看完他的光辉事迹，他的大无畏英雄气概让我佩服。他的钢铁英雄形象在我心里挥之不去。黄继光舍身堵枪眼的英雄壮举，激励和教育了几代人，虽然他已经离我们远去了，但他永远活在我们的心中。成了我们后代人的榜样。

这些令人钦佩的同志，他们从没有什么豪言壮语，也没有向组织要求过什么，总以自我真诚的心履行为党奉献一生的承诺，以自我无私奉献的精神，将自我的命运同党伟大的理想绑在一起，把青春甚至生命无怨无悔地奉献给共产党。在他们面前，我感到深深的愧疚。我只要遇到小小的挫折，就会想到放下。读了《党在我心中》之后，我明白了越是充满困难的路我们越要走，越是艰巨的任务我们更要坚定不移。此刻认识了这么多的英雄人物后，我懂得了越是充满困难的路我们越要克服困难走下去，越是艰巨的任务我们更要坚定不移地完成。正因为有这么多的革命先烈对祖国的热爱和执着，才换来了新中国的成立。

每当我看到鲜艳的五星红旗，我就感到自豪，我也要学习革命先烈默默无闻的奉献精神，我个人比较喜欢红色经典的小说，没事的时候也会经常看一些这样的书籍还有电影，因为我总觉得这是我们国家诞生的标记，没有这些书籍、影音制品，我们怎样看到我们国家一步一步地富强？所以红色经典是十足的珍贵的。

岁月匆匆，时光飞逝，2021 年 7 月 1 日是建党 100 周年纪念日。这是一个值得被大家永远铭记的日子，正如歌词中所写的一样，“没有共产党就没有新中国”，是党，在战火纷飞的年代带领着全国人民走上了保家卫国的道路，领导中国走向了光明；是党，在内忧外患的年代为我们指明了前进的方向，改善了人民的生活；是党，在和平安乐的年代带领我们走向实现中华民族伟大复兴中国梦的康庄大道上，领导全国各族人民实现了脱贫致富奔小康。

作为历史的接班人，在如此特殊的时刻，我们应该学会继续传承与发扬党的优良传统，以忠诚担当之势铸造新时代的“红色战士”。传承红色基因，发扬延安精神。“红色基因”是一种革命精神的传承，是中国共产党人的精神内核，是中华民族的精神纽带。回想当年的峥嵘岁月，无数革命先烈前仆后继抛头颅洒热血，凭借着“革命理想高于天”的坚定理想信念，为我们换来了今天的幸福生活。

今年伊始，面对新冠肺炎疫情的突然来袭，数以万计的共产党人主动“挂牌”请战，用自己的血肉之躯铸就了一道道钢铁长城，为群众筑起了健康的“屏障”。面对疫情的需要，9000 多万共产党人纷纷慷慨解囊，以小我之力汇聚成大我之爱，谱写了一曲曲感人之歌。我们的血液里流淌着红色的基因，我们的身体里潜藏着红色的情怀，我们应该学会饮水思源，无论未来走得有多远，都不能忘记来时的路。我们应该继续传承与发扬前辈们不怕苦、不怕累、不畏难、不惧险的延安精神，以“一寸山河一寸血，一抔热土一抔魂”之态，继续沿着革命先辈们的足迹前行，让红色基因薪火相传，让红色江山世代传承。传承榜样力量，发扬为民情怀。榜样的力量承载着精神的食粮，传递着无限的希望。我们应该学会主动向“榜样”看齐，对比榜样身上的精神品质找出自身的不足之处并加以改正。

“为中国人民谋幸福”是共产党人不变的为民初心，实现“人民对美好生活的向往”是共产党人不懈的奋斗目标，我们应该学会传承榜样的精神，汲取榜样的力量，时刻提醒自己要不忘初心、锁定目标、继续奋斗、砥砺前行。我们应该学会传承守岛英雄王继才百折不挠、默默无闻的奉献精神，发扬他鞠躬尽瘁、忠于职守的敬业精神；我们应该学会传承时代楷模张富清朴实纯粹、淡泊名利的无私精神，发扬他坚守初心、不改本色的革命精神；我们应该学会传承扶贫干部黄文秀时不我待、只争朝夕的斗争精神，发扬她迎难而上、主动而为的担当精神。

传承忠诚本色，发扬铸剑品质。忠诚是为人之本、为政之魂，是当年支撑红军走完二万五千里长征路的精神支柱，是如今支撑我们实现中华民族伟大复兴中国梦的动力来源。唯有传承忠诚之志，方能铸就钢铁之城，这就好比“铸剑”，唯有好钢才能铸好剑。

我们应该树牢“四个意识”，以“千锤百炼”之志主动投身到基层这片“炼厂”里去冶炼，力求在“炼厂”的冶炼中坚定自己的政治信仰不变；我们应该坚定“四个自信”，以“百炼成钢”之态主动深入到基层这片“炼厂”里去历练，力求在“炼厂”的历练中坚定自己的政治方向不偏；我们应该坚决做到“两个维护”，以“百折不挠”之势主动加入到基层这片“炼厂”里去磨练，力求在“炼厂”的磨练中坚定自己的政治立场不移。我们应该传承共产党人的忠诚本色，自觉做到在党言党、在党忧党、在党为党，坚决做到一心一意听党话、坚定不移跟党走；我们应该发扬共产党人的铸剑品质，以“十年磨一剑”之志打造共产党人的铜皮铁骨之魂，以“铁杵磨成针”之态塑造共产党人的金刚不坏之身。

正所谓“吃水不忘挖井人”，身处国泰民安的今天，我们应该学会铭记、学会感恩。学习历史是为了更好地走向未来，仰望星空是为了更好地砥砺前行。深学党史，总结历史经验、认识历史规律、掌握历史主动，不忘初心使命、坚持正确方向，通过研读红色经典系列书籍，我将结合工作实际及时找差距，补短板，不断学习电网建设先进管理经验，为邓州配电网高质量建设做出应有的贡献，以优异成绩庆祝建党 100 周年。

（作者单位：国网河南邓州市供电公司）

根植思想，传承奋斗

范文鹏

“我志愿加入中国共产党……为共产主义奋斗终身，随时准备为党和人民牺牲一切，永不叛党。”从2008年6月的一天下午，在我庄严的宣誓中，在心潮澎湃的起伏下，我加入了中国共产党。

在我成为光荣的中国共产党党员的13年中，始终以一个共产党员的标准严格要求自己。虽然，我只有13年的党龄，但是共产党占据我心中重要的位置可不止13年。

小时候听故事，爷爷故事中的主人公可不是妖魔鬼怪，也不是玉女佳人，而是地道战，放牛娃智斗鬼子之类的战斗故事。如此的环境培养出来的父辈，全部早早加入了中国共产党，在部队、在企业、在教育事业战线上奋斗了一辈子。如今作为新时代的中坚力量，也擎着奋斗的接力棒，将努力奋斗的精神写在生命里。

我的父亲已过古稀年龄，在别人眼里的发须雪白的老年人，在我眼里却是一位朝气蓬勃、拼搏向上的奋斗者。他在退休时开始练习毛笔字，二十几年的时间，由一个只能临摹初级字帖的小学生，到现在擅长隶书、行草、榜书、简帛书等书法达人，作品曾多次入选省内外书展，收藏作品还曾被编入北京奥运万米长卷。在他看来，自己出作品获奖远远不如同大家交流，共同进步。

为传承中华书法艺术，他另辟蹊径，写出了诸如《好书法的23种气质》《临帖要死记4个字》《先把折笔的基本功练好》等文章，解决了一些初级爱好者颇为困惑的问题。为了更好地促进与爱好者的学习交流，近年来，他又学会制作视频、微信投稿、公众号管理等时髦的行当，为中国人写好汉字做出了自己的努力。

新时代是奋斗者的时代。我们要坚持把人民对美好生活的向往作为我们的奋斗目标，始终为人民不懈奋斗、同人民一起奋斗，切实把奋斗精神贯彻到进行伟大斗争、建设伟大工程、推进伟大事业、实现伟大梦想全过程，形成竞相奋斗、团结奋斗的生动局面。

当我把这段习近平总书记在2018年春节团拜会上的讲话说给我女儿听时，这个被同学称为“共产党的小粉丝”的零零后，有点懵了。伟大斗争、伟大工程、伟大事业、伟大梦想这一系列的“伟大”，和她有距离。我问她：你是不是觉得习总书记说的，和你太遥远了？你能理解“不忘初心、牢记使命”吗？“不忘初心、牢记使命”和这个一样，既不是形式主义，也不是虚无缥缈的空话。你在解决一个棘手的问题时，你只要认真思考，你做这件事的初心是为了什么就行，其他的都是干扰你的繁复芜杂，对于解决问题根本没有实际意义。而这个伟大，不只是星际探索、不只是股神精英、不只是钟南山、不只是袁隆平，也有我们普通人的努力，为社会、为他人的幸福付出的一点努力，可能是一束光、可能是一个微笑。

只要是发扬了大无畏的精神和无私奉献的精神，你做的就是伟大的事业。习近平总书记在讲话中还这样说道：只有奋斗的人生才称得上幸福的人生。奋斗是艰辛的，艰难困苦、玉汝于成。没有艰辛就不是真正的奋斗，我们要勇于在艰苦奋斗中净化灵魂、磨砺意志、坚定信念。奋斗是长期的，前人栽树、后人乘凉，伟大事业需要几代人、十几代人、几十代人持续奋斗。奋斗是曲折的，奋斗者是精神最为富足的人，也是最懂得幸福、最享受幸福的人。

两周时间的酝酿，我女儿跟我说：“去哪求学的事，我决定了，还是按照我三年前的想法，去报考我心目中的研究生，为我的理想，为大众美学能真正成为大众的而努力”。女儿学的是版画、插画纯艺专业，她想和她姥爷一样，想为大众、为和大家共同进步坚持着。

（作者单位：国网河南新乡县供电公司）

送你一朵小红花

娄　辉

送你一朵小红花，开在你昨天新长的枝桠。奖励你有勇气主动来和我说话。不共戴天的冰水啊，义无反顾的烈酒啊，多么苦难的日子里，你都已战胜了它。

从不追星，不会唱流行歌曲的我，在赵英俊病逝后才知道了这首《送你一朵小红花》。这也是他写下的最后一首歌，对这个世界深深的眷恋，对生活的感悟，我在这首歌里找到了答案。

送你一朵小红花，奖励你主动地去和解。余生很贵，不可浪费，学会与自己和解，放过自己，放下过去，放下伤痛，放下执念，活出自己，活好自己；学会与亲人和解，因为那是我们最在乎的人，彼此多点包容，多点理解；学会与他人和解，我们才能放下心中的仇恨，得到解脱，更好地前行，愿在有生之年我们都不留遗憾。

送你一朵小红花，开在那牛羊遍野的天涯。奖励你走到哪儿都不会忘记我呀，洁白如雪的沙滩啊，风平浪静的湖水啊，那些真实的幻影啊，是我给你的牵挂。

在脆弱的生命面前，你永远不知道灾难和明天哪一个先来，有些事要趁早，现在不做，也许一辈子都不会再做了，很多时候我们往往就输在一个"等"字上，等有钱了，等有时间了，可不承想，其实我们什么时候都很忙，也许真到了你觉得有时间的时候，身边的他（她）已不在，或者是到了楼下走走都是奢望。

送你一朵小红花，因为你见过了世界上最美丽的风景，它抚平了你日复一日枯燥重复带来的疲倦，内心变得自由而宁静。当你在蔚蓝的海边欢快的撒欢，在苍茫的草原上策马扬鞭，在巍峨的峰顶极目远眺时候，你突然明白自己还活着，并且如此真实、美好地活着——这，就是旅行的意义。

送你一朵小红花，开在你心底最深的泥沙，奖励你能感受每个命运的挣扎。是谁挥霍的时光啊，是谁苦苦的奢望啊。这不是一个问题，也不需要你的回答。

或许在某个犄角旮旯默默舔着伤口，或许在某个孤寂的雨夜里，听着《送你一朵小红花》的你，这一刻突然清晰地想起了某个人，泪如雨下后又变得更坚强些。感谢那个临终前送给大家小红花的人，就让这朵小红花一直被传递下去吧。

（作者单位：国网河南新乡县供电公司）

对星空的梦与想

——读《三体》有感

姜凌月

一直深以为梦想的国度是虚无缥缈的，理想才是现实的追求。过年窝在床上看完了《三体》的黑暗森林，深深陷入了刘慈欣建立的恢宏科幻大国之梦。《三体》这个硬科幻中虽有大量晦涩难懂的太空学、天体学、天文学、量子力学、基础物理等科学知识，但不能阻挡我对这个故事本身的喜爱。

该书从叶文洁一家遭受的惨剧开始，与“三体世界”开展联系，希望能彻底改变现实的社会面貌，塑造了章北海、史强、罗辑等各种人物形象，诉说了人类在近200年的时光里，形形色色的人在面对几百光年外强大三体人的喜怒哀乐，把在外敌压境中人类近乎绝望的责任心、求助心等复杂心理描绘尽致。

让我印象最深的还是面壁人罗辑，从最初的混世到成为面壁人隐世，再到给星星发送咒语，时代让他身肩重任，一个孤胆英雄的形象慢慢形成。当地球舰队国际毁灭，罗辑对星星的咒语的成功，他瞬间又成了世人跪拜的救世主。在雪地工程中，人们看到他并不能真正拯救地球，又失望至极，认为他不应该在人们绝望之时给大家希望，又让大家希望破灭。罗辑成了人们最讨厌的人，人们把他撵走。罗辑没有地方可去，扛了一把铁锹走到叶文洁的墓旁，给自己挖坟墓。这其中的起起伏伏让我看到了一个英雄的悲凉。

书中用“黑暗森林”的假说解释了“费米悖论”。“黑暗森林”“猜疑链”的假说是建立在文明的自私型基因基础之上，一个文明为了保存自己和维持自身的发展，势必要消灭任何一个闲杂的或者是潜在的敌人，这样的文明我们见过一个，就是地球文明。然而也仅仅见过一个而已，焉知宇宙没有以利他基因为基础的文明呢？好吧，让我们再退一万步说话，假使宇宙中的文明都是自私基因的产物，但也无法排除另一种可能性。在地球的洪荒时代，包括人类在内的所有生物都是处于物竞天择、弱肉强食的蒙昧状态，现在地球已经形成了一个人类的庞大集团，经历数百年的演变和磨合，达到一个动态的平衡。

茫茫宇宙中，还有没有类似地球的存在呢？被宇宙外的人发现都是善意沟通，还是文明的猎人与猎物的关系？《三体》充满了刘慈欣对星空的幻想，黑暗森林大低谷时期后第二次文艺复兴有这么一句口号“给岁月以文明，而不是给文明以岁月。”套用的帕斯卡的一句话“给时光以生命，而不是给生命以时光”。

在以光年计算距离的故事中，每个人如同树叶上的露珠般渺小，若是末日来临，我会做什么？可能那时的我会每天睡到自然醒，躺在沙滩上数星星，吹吹海风、游游泳，看看闲书，看风景。放眼当下，唯有努力活好当下，活出最精彩的自己，才是生活、人生最有意义的事情吧。

（作者单位：国网河南省电力公司焦作供电公司）

元　夕

——尘埃落定

郁　森

静水流深

推荐书籍《尘埃落定》，作者阿来荣获第五届茅盾文学奖。“东风夜放花千树，更吹落、星如雨。宝马雕车香满路。凤箫声动，玉壶光转，一夜鱼龙舞。”古人笔下的元宵佳节纯粹而令人着迷。象征着喜庆的大红灯笼点缀在繁华的霓虹灯里，这种跨时代传承的记忆令我脑海中浮现出老麦其土司家二少爷的身影，一个傻子。

我曾经试图在阿来的故事中了解藏族文化，封建的政权，动荡的年代，那个手握丰富资源却在外人看来傻里傻气的二少爷，用一个个看似“荒诞”的决定推动着整个社会的发展，在不知不觉中赢得了所有人的尊重。但终究是管中窥豹，书中更深层次反映的是社会的矛盾、政权的博弈和文化的冲突。二少爷是真的傻吗？还是具有超时代的敏锐和洞察力，我不得而知，只是冥冥中我看到他背后浮现出的影子是中国。

有人说中国人真傻，除了工作还是工作，一点都不懂得享受生活，活该受苦受累；有人说中国人真笨，什么都不会就会抄袭，活该落后；也有人说中国人真蠢，摆明了欺负你你只能乖乖就范；更有人说中国软弱无能，除了会“打嘴仗”什么也不敢做。

我们是“傻”，“十三五”收官之年犹未远去，我党全面建成小康社会打赢脱贫攻坚战，使我国14亿人有恒业，不啼饥，不号寒。我们拼命地工作仅仅是让每一个小家幸福安康，但每一个小家的努力奋斗是国家高速发展的基石。按不变价计算，自改革开放以来中国GDP增长约40倍，占世界经济的比重由1.7%升至17%，这些数字背后是一代人的幸福寄托。

我们是“笨”，我们承认与发达国家存在着巨大差距，在被技术封锁的领域，我们在罗布泊燃放了“最美的烟火”；我们的超级杂交水稻解决了14亿人的粮食危机；我们的高铁已经成为世界名片；我们的第一艘航空母舰也走向深蓝；我们的5G技术全球领先。我们感谢《瓦森纳协议》的制裁，让我们有了技术的积累与开拓的精神。中国有句古话“笨鸟先飞”，笨不可怕，可怕的是失去了飞翔的勇气。

我们是“蠢”，前苏联领导人斯大林说过“落后就要挨打”，驻南斯拉夫大使馆上空的亡魂依旧萦绕；我们的“芯”依旧掌握在别人手里；我们在技术和产品上受到的价格歧视依旧心酸，我们似乎已经习惯了看到他们傲慢的嘴脸，我们每一次的笑脸相迎都是我们发展道路上的一次次考验，古有韩信胯下之辱，张良拾履之羞，今有我华夏子孙韬光养晦，厚积薄发。

中国确实“软弱无能”，我们尊重每一个国家主权和领土的完整；我们希望与每一个国家建立和平稳定的友好关系；我们在“九二共识”中尽最大努力避免手足相残；我们在南疆海域里运筹帷幄粉碎外部阴谋；我们在加勒万河谷边先礼后兵给予最大的克制……这些不是“软弱无能”，是一个大国的责任与姿态，是一个有着5000年历史文化积淀的胸怀。

“蛾儿雪柳黄金缕，笑语盈盈暗香去，众里寻他千百度，蓦然回首，那人却在，灯火阑珊处。”我仿佛看到了二少爷在人群中不停地向我招手，渐行渐远却依旧璀璨明亮，照亮我心中的柔荑，照亮我心中的渴望。那是我一个小小的梦想，梦想我的祖国有一天可以站在全球之巅，梦想中华民族有一天成为世界脊梁，路还有很远，我心中早已尘埃落定。

（作者单位：国网河南省电力公司焦作供电公司）

《书房花木》读后感

张廉洁

近日逛了一趟市区的书店，在书架间无意瞥见一本淡绿色的小书，书名《书房花木》，好淡雅、好诗意的名字，封面设计淡雅、简洁的装帧很合我的口味，遂购之回家。

书的作者沈胜衣，岭南人士，酷爱书籍与文艺，自比为寄生于机关的“一介书生”，曾发表大量文史书评、随笔小品，开过植物书话、南欧文艺、电影和流行歌曲等十多个专栏。从作者的自我介绍来看，其是一个爱书、爱求知的文化人，这本书也是作者多年发表有关植物专栏的汇总。

静下心来，仔细品味书中的每一段文字，“对植物的爱，不仅是出于唯美，还因为钟情它们千姿百态、无言生长的本质。而曾经在校园这个葱茏的桃花源度过绚丽的岁月，则花木又成了一种象征，代表神赐的而注定流逝的美好，也代表红尘俗世中延续着的一点点旧梦心情”。这不恰恰是如今的我心路写照吗？告别大学校园，也挥别了那段看似绚烂而辉煌的日子，如今的我和作者一样，“蜗居”在工作部门里营营度日，但内心深处，仍有对往昔岁月的一丝依恋，梦中仍流连在青葱的校园。延续着的一点点旧梦心情，“花木”也成了自我的真实写照。

作者的文笔不仅仅局限在一介书生对花草树木的苟同，他把视角放向更远处，在对旧有古稀岁月的考据与佐证中诉求。吸引我眼帘的是一篇“诗经，源头的草木”“蒹葭苍苍，白露为霜”“昔吾往矣，杨柳依依”，这些耳熟能详的诗句，都有一段优美怅然的故事，也都与植物有关。《诗经》三百零五篇中有一百三十五篇提及植物，共一百六十类。作者用饱蘸深情的文笔写道：“《诗经》，是人类文明的春天，是初生天地的源头清水，开阔、丰盈、简单、洁净。”在列数了见诸《诗经》篇目的植物后，作者又写道：“那时候，植物就是这样深入人的生活劳作、人情政事、悲戚欢欣中，随随便便就见着了，息息相关、亲密无隔的关系，是远古人与自然融合一体的反映。”

书中最引人入胜的文字，当是作者对自己钟爱植物花卉的写真式描绘。“杜鹃花下曾读诗”中，作者充满深情地回忆起自己雨后漫步校园，夹一朵杜鹃入书卷中的经历，杜鹃夹于书中，现早已压成枯黄的花骸，薄如蝉翼，“触心怆然，念之怅然”。九年前的春节，买了一盆杜鹃，灿灿满枝。某个安静的雨夜，就着枯黄的路灯看湿润的花儿，忽然心里涌起思念：生活是这样的美，又是这样的残缺，这样的流逝不居，这样的天意与人情各行其道。然后就是买来杜鹃对我的慷慨“馈赠”：“它每到春天繁卉都随之拥至，逐日繁艳，粉红夺目。最盛期的三月，往往几百朵齐放枝头；至于落了又开的总数，更是数不胜数，美不胜收。”一幅嫣然明丽的繁花画卷，衬映出作者心境的大开大阖，配上插图里的照片，那自家阳台上的杜鹃，花团锦簇，灼灼夺目，令作为读者的我也随之满心欢喜、满怀感激。

作者是中文系毕业，自然将古今诗句穿插于对花木的描绘中，不仅起到了很好的效果，还烘托出浓浓的人文怀旧气韵。如“暗香盈袖，菊花满头”，便是李清照诗句“东篱把酒黄昏后，有暗香盈袖”和杜牧名句“尘世难逢开口笑，菊花须插满头归”的综合，篇中考证了关于菊花的历代名句，读来颇有情趣，也增加了作者文章的说服力与内涵。书中还详尽分析了“木兰”和“玉兰”如何分辨、葡萄的真实由来、王维咏辛夷的名句是如何以讹传讹，这些都是作者的多年研究心得，也是熟谙文史植物知识的真实体现，一字一句颇见作者的煞费苦心，爱惜草木之情溢于纸上。

这本小书给我很多启迪，不仅仅是作者与我的经历相似，而且是作者的心境也并非开阔，境界也并非成熟，但出于对自然花木的真切热爱，十年一日的购买书籍，撰写心得。而同样出自于高等校园的我，一旦踏入社会就摈弃了自己以前的所学所得，这不是一种对自己与生命的不尊重与浪费吗？真正的人生总是如作者沈胜衣所述：“这样的残缺，这样的流逝不居，这样的天意与人情各行其道。”但抱有对生命的一份尊重与热爱，做自己喜欢做的事情，未曾是一份摈弃，而是一份对自己心中梦想和热爱事物的厮守相伴，是一丝挥之不去的情愫。

（作者单位：国网河南省电力公司焦作供电公司）

读《牧羊人的奇幻之旅》有感

李梦雨

牧羊少年圣地亚哥连续做了两次一样的梦，梦见埃及金字塔和成山的宝藏。他毅然决然放弃了现有的一切，卖掉羊群，历尽千辛万苦，跨越海洋、穿越撒哈拉大沙漠……当他历经生死终于到达金字塔前，却发现真正的宝藏就藏在他经常放羊的山脚下。

有评论说这是一本写给成年人的童话，书里讲了很多引人深思的小故事，作者仿佛是用圣地亚哥在去往金字塔路上的奇遇告诉我们人生的哲理。“当你渴望得到某些东西的时候，整个宇宙都会协力使你实现自己的愿望。在生命的那一刻，一切都清清楚楚，一切皆有可能。”

人们敢于拥有梦想，敢于为了实现梦想而去努力奋斗，这也不是一般人能做到并且坚持下来的。圣地亚哥为了那个梦境，要抛弃一切去追寻的时候，他的父亲祝福了他，从父亲的眼中，男孩子看出父亲也想云游四方。这个愿望一直存在，但是父亲一直把这个愿望藏在心底，为吃喝操劳，夜夜在同一个地方睡觉。看到圣地亚哥有追逐梦想的勇气，父亲支持他，祝福他。因为恰恰是有实现梦想的可能性，才使得生活变得更加有趣。

说到追逐梦想，就不得不提到一个人—马丁·路德·金。在《我有一个梦想》里面他说道：“我梦想有一天，这个国家将会奋起，实现其立国的信条的真谛：我们认为这些真理不言而喻：人人生而平等。”真正的猛士敢于直面惨淡的人生，敢于正视淋漓的鲜血！马丁·路德·金一生在他的信仰支撑下，努力争取梦想的实现。

一个人没有了梦想就像是行尸走肉，一个国家没有了梦想，那这个国家必将灭亡。习近平总书记曾经讲过：“青年一代有梦想、有本领、有担当，国家就有前途，民族就有希望。中国梦是历史的、现实的、也是未来的。中华民族伟大复兴的中国梦终将在一代代青年的接力奋斗中变为现实。”中国的近代史是屈辱的历史，更是激发民族意识的历史，如果没有那些革命先驱拥有建设中国、改革中国的梦，就不会有现在的美丽中国。实现中华民族伟大复兴的中国梦，就是要实现国家富强、民族振兴、人民幸福。

如果有人问我我的梦想是什么？我的回答是：我有一个梦想，祖国实现统一，我想去看看小时候书中写的日月潭有多美丽；我有一个梦想，地球不再发烧，冰川不再融化，沙漠不再蔓延；我有一个梦想，黑人能在世界的各个角落自由呼吸，马丁·路德·金的梦想能够成为现实。

（作者单位：国网河南省电力公司焦作供电公司）

读《责任比黄金更重要》有感

龙静帆

责任，什么是“责任”?《现代汉语词典》是这样定义“责任”的：分内应做的事。简简单单的一句话，却内涵丰富：“分”是角色和岗位，“内”表示界限和范围，“应”即理所当然、责无旁贷，“做”就是要尽心尽力去完成，“事”就是工作和职责。

我们每一个人都担负着各种各样的责任，作为父母，要承担养育子女的责任，教育儿女，传承家风；作为夫妻，要承担经营家庭的责任，保护爱情，守护家园；作为子女，要承担赡养父母的责任，关爱老人，床前尽孝……那么，作为一名企业员工，又要承担怎样的责任呢？每天按时上下班，不迟到不早退，工作差不多就行，不差一丈，不走大样；或者，我就那点工资，还想让我怎样，差不多就行了；又或者，干公家的事，就那样，混混就退休回家了……是这样吗?

在《责任比黄金更重要》一书中，有这样一个故事，我感触很深。巴西海顺远洋运输公司门前矗立着一块高 5 米、宽 2 米的石头，上面密密麻麻地刻着葡萄牙语。

“当巴西海顺远洋运输公司派出的救援船到达出事地点时，环大西洋号海轮消失了，21 名船员不见了，海面上只有一个救生电台有节奏地发着求救的摩氏码。救援人员看着平静的大海发呆，谁也想不明白在这个海况极好的地方到底发生了什么，从而导致这条最先进的船沉没。这时有人发现电台下面绑着一个密封的瓶子，打开瓶子，里面有一张纸条，21 种笔迹，上面这样写着：一水理查德：3 月 21 日，我在奥克兰港私自买了一个台灯，想给妻子写信时照明用。二副瑟曼：我看见理查德拿着台灯回船，说了句这个台灯底座轻，船晃时别让它倒下来，但没有干涉。三副帕蒂：3 月 21 日下午船离港，我发现救生筏施放器有问题，就将救生筏绑在架子上。二水戴维斯：离港检查时，我发现水手区的闭门器损坏，用铁丝将门绑牢。二管轮安特耳：我检查消防设施时，发现水手区的消防栓锈蚀，心想还有几天就到码头了，到时候再换。船长麦凯姆：起航时，工作繁忙，没有看甲板和轮机部的安全检查报告。机匠丹尼尔：3 月 23 日上午理查德和苏勒的房间消防探头连续警报。我和瓦尔特进去后，未发现火苗，判断探头误报警，拆掉交给惠特曼，要求换新的。大管轮惠特曼：我说："正忙着，等一会拿给你们。"服务生斯科尼：3 月 23 日 13 点到理查德房间找他，他不在，坐了一会，随手开了他的台灯。大副克姆普：3 月 23 日 13 点半，带苏勒和罗伯特进行安全巡视，没有进理查德和苏勒的房间，说了句："你们的房间自己进去看看"。一水苏勒：我笑了笑，也没有进房间，跟在克姆普后面。一水罗伯特：我也没有进房间，跟在苏勒后面。机电长科恩：3 月 23 日 14 点我发现跳闸了，因为这是以前也出现的现象，没多想，就将闸合上，没有查明原因。三管轮马辛：感到空气不好，先打电话到厨房，证明没有问题后，又让机舱打开通风阀。大厨史若：我接马辛电话时，开玩笑说："我们这里有什么问题？你还不来帮我们做饭？"然后问乌苏啦："我们这里都安全吧？"二厨乌苏啦：我回答："我也感觉空气不好，但觉得我们这里很安全。"就继续做饭。机匠努波：我接到马辛电话后，打开通风阀。管事戴思蒙：14 点 30 分，我召集所有不在岗位的人到厨房帮忙做饭，晚上会餐。医生莫里斯：我没有巡诊。电工荷尔因：晚上我值班时跑进了餐厅。最后是船长麦凯姆写的话：19 点 30 分发现火灾时，理查德和苏勒的房间已经烧穿，一切糟糕透了，我们没有办法控制火势，而且火越来越大，直到整条船上都是火。我们每个人都犯了一点点错误，但却酿成了船毁人亡的大错"。

看完这张绝笔纸条，救援人员谁也没说话，海面上死一样的寂静，大家仿佛清晰地看到了整个事故的过程。听完这个故事，大家能想到什么？我们每一个人，都是企业的一分子，都有着自己的一份工作，也担负着或大或小的一份责任。就像是故事里的那艘海轮，我们每一个人就是船上的水手、电工、管轮等，如果大家都没有责任感，就像故事里的那 21 个人，那么我们的企业会怎样？各位还能像现在这样的安心工作吗？正如那句名言说的那样：今天工作不努力，明天努力找工作。每一个人都肩负着或大或小，或重或轻的责任，正如一个庞大机器的一个个小零件，没有谁是多余的，任何一个人的失职，都会造成整个机器的不正常，甚至是报废。

只有每一个人都在自己的岗位上兢兢业业，做好自己的本职工作，尽到自己的责任，企业这艘巨轮才会乘风破浪，勇往直前。在巨轮上的每位乘客也才会到达光明的彼岸。

（作者单位：国网河南省电力公司焦作供电公司）

《谁能写出玫瑰的味道》读后感

杨艳萍

最近我读了女作家金韵蓉写的《谁能写出玫瑰的味道》这本书，让我感触很深。连着看了几遍，很多优美的诗句和哲理深深吸引了我，警醒了我。这是继畅销150000册的都市暖心书《先斟满自己的杯子》之后，生活美学专家金韵蓉最新心灵励志作品。

金韵蓉在这本新书中积极倡导女性朋友要做好自我完善，同时替我们女性读者们提出个人讲求美好生活的新视野。这是一本兼具人生哲学和生活美学的散文集，探讨了“人生哲学”“婚姻”“美”和“诗歌”几个主题。作者精选了欧美的经典诗篇并亲自担当翻译，加上短小凝练的美文阐释，向我们传递了自己的思想和体悟，简单的生活场景读来很亲切，朴素温婉的语言中沉淀出作者的人生智慧与阅历。

书中所配插画更是令人眼前一亮，恰如其分地帮助读者去领略书中隽永文字的美好。书中引用了美国神学家莱茵霍尔德的一段话：“神啊！请赐给我一颗平静的心，让我去接受我不能改变的事；请赐给我勇气，让我去改变我能改变的事；请赐给我智慧，让我懂得去分辨它们。”这几句话，使我明白顺势而为的智慧，不要被明知不可为而为之的“逆势而为”无谓的消耗掉所有的能量。教会我，在面对人生的高潮或低谷时，我们要用一种更柔软的心情和姿态去面对。

人生漫漫，起伏在所难免。关键是我们在面对困难时要学会审时度势，学会判断，该放手时要放手，明白哪些事情坚持也是徒劳，哪些事情需要勇往直前地去坚持争取。要给自己喘气的机会，好好积蓄能量，好在生命的下一波高峰来临时，一鼓作气，向上进攻。

书中引用了美国独立战争领袖本杰明的一句话：“与其说人类的幸福来自偶尔发生的鸿运，不如说来自每天都有的小实惠。”它教会我，在现在压力巨大的社会，我们要学会调整好自己的心态，学会去“提高我们对幸福的感受能力”，尤其是提高我们“感受微小幸福的能力”。现在很多人不幸福，不快乐，那是因为他们对幸福的定义太高、太巨大、太完美。而这些完美巨大的幸福在平淡的生活中往往不容易得到。所以我们要学会去发现自己生活中的小幸福，例如“今天的阳光真好”，“今天我顺利完成了工作”，“今天我的孩子很听话”，把这些寻常的小幸福积攒起来，这样日子就会越过越好，幸福也就越来越多！

书中还引用了美国独立战争领袖本杰明的一句话：“20 岁时，超支配作用的是意志；30 岁时，是机智；40 岁以后，是判断。”这几年，随着年龄的增多，我也非常苦闷，总想留住岁月的脚步，留住青春的容颜。看过这句话后，使我心情豁然开朗。人到了一定的年龄之后，岁月在身上刻画的痕迹是避免不了的。所以在生活中要勤于保养，处处留心，在心态上更要保持年轻，如果一个人的心态一旦老化，身心会以迅雷不及掩耳之速袭面而来。与其整天抱怨容颜老去，不如怀着正确的心态去面对生活，享受当下，享受一个熟龄女子的美丽。

书中金老师引用美国以幽默文字著称的作家海伦罗兰的一句话：“一个有智慧的女人，会在她对男人所说的话语里加入一小粒的糖，而在男人对她说的任何话语里，剔除一小粒的盐。”这句话多么的有道理，做起来却非常的难。它教会我们要在生活中学会宽容，学会涵养。我们女性朋友要努力使自己成为一个有教养的女性，严守口德，并且在行为举止上谨守分寸，做一个有魅力的女性。

通过读这本书，使我感触很多，在今后的生活中，我会尽量去克制自己，在生活中学会宽容，学会珍惜，不断做好自我完善，把握今天，享受幸福，写出属于自己的玫瑰的味道。就像《活在当下》这首诗写的“愿我活在当下，愿我把握今天，请让我的心充满喜乐，迎接破晓的曙光。”

（作者单位：国网河南省电力公司焦作供电公司）

身如浮萍，心如磐石

——读《活着》有感

史笑影

新年时，我在微博上刷到了高中好友转发的一封抑郁症患者的遗书，好友写道“因为微博很多好友是我现实中的朋友，所以我从来没好意思说过我抑郁，但是看到那条转发那么多，还能得到祝福，说自杀是权利，我就觉得很难过。现在我慢慢好起来了，我看到以前的自己会心疼难过，会想抱抱她，说都会过去的……我开始好转起来的那一天，真的从没有发现，世界可以这么轻盈，我会有那么多想做的事，原来我没有病的时候是那样。”

看到她的微博时，我特别惊讶：她一直是我心目中的“别人家的孩子”，性格温柔、善解人意、还学习优异，高考考入北大，之后又硕博连读。可能印象里一起读书时的她总是笑着的，所以我从未想过天之骄子的她会有那么多烦恼。我想给大家分享余华的一篇小说《活着》，希望所有患抑郁症的人都能获得善意、都能处理好和命运的关系，好好活着。

以坚忍对抗苦难作为一个词语，“活着”在我们中国的语言里充满了力量，它的力量不是来自喊叫，也不是来自进攻，而是忍受，去忍受生命赋予我们的责任，去忍受现实给予我们的幸福和苦难、无聊和平庸。

余华先生在《活着》一书中，用浅显的文字，平淡的话语书写了福贵悲惨的一生，为读者讲述一个与命运的互相感激、互相仇恨的关系；讲述虽然命运让人感到无奈与沉重，但是仍忍受苦难活着的勇气；讲述眼泪所具有的宽广；讲述感情的伟大和苦难的价值；讲述人活着的意义。

《活着》这篇小说的主旋律是亲情。主人公福贵由于自身原因与外部环境等，在青年之后就一直饱受苦难，但是亲情始终陪伴左右。他将家产败光之后，母亲对他说：“没事，人这一生最重要的是开心，穷也不怕。”他父亲对此十分气愤，然而仅仅要求其把债务转换为铜钱还债，主要目的是让其了解“钱难挣”。

福贵在被迫从军之后，几乎是九死一生，忍受着炮火与饥冷，正是基于亲情，使得福贵无论在面临何种环境时，都坚定自己努力活下去的信念。爱情也是书中不可或缺的一部分，迎娶家珍是福贵这一生做的最对的事情。家珍虽然是有钱人家的千金，却从没有大小姐的做派，凭着福贵好吃懒做、吃喝嫖赌的做法，她完全可以在福贵落魄后离他而去，也不会落人口实，可是她却陪着福贵一生共苦难，即使在他被抓去当壮丁不知所踪的日子，纵然心中有疑惑、不信任，却也依旧坚守着他们的家。

文中有一个情节，让人至今难忘，家珍在地里干农活，忽然听到有人叫她的名字、叫儿子的名字，之后家珍抬头张望，看到了福贵，起初没有认出，当福贵走近后，两人幸福地拥抱在一起，家珍将泪水洒在福贵肩膀上，只说一句：回来就好。人活着，爱人活着，便是晴天。然而，苦难是生命的常态，像那些突然间就横在面前的碎石子，它害你摔了一跤流了血却提醒着你，你还活着。

余华先生灵巧地转动着笔尖，一次又一次将福贵的生活推进巷口拐角，如同被诅咒一般，亲人接连而去，最后他只能孤独地活着。福贵一生历经苦难，到最后只身一人，此种惨烈景象难以让人想象，但是余华先生为福贵成功找到了缓解苦难的途径，就是坚忍。此种坚忍促使整部小说变得更加悲痛、沉郁而坚定，没有血泪控诉与撕心尖叫，甚至在小说中感受不到愤怒。所有文字均体现出福贵经受生活磨难处的忍耐以及包容一切的胸怀，即使其面临再大的苦难，也会将其消解于自身坚忍之中。只有坚忍才能够对抗苦难，才能够找到生命的光芒，这也许是余华先生“活着”的哲学。

人们希望自己能够获得精彩，希望用微笑面对明天，然而所有生命均会经受命运锤炼，最后发现生命的绚烂，是基于内心的从容和淡定。人们在困苦中寻找希望，在苦难中寻找活着的价值与乐趣，人活着就要好好活着，活着才能够感受世界，才能够发现世界。

（作者单位：国网河南省电力公司焦作供电公司）

追 逐 的 路

陈 莉

在黑暗的地下，我长眠了许多年。大地母亲用自己的身躯拥护着我，我这地下水层中的一滴水。我每天都仔细聆听大地母亲给我讲地面上的事。她告诉我，春天有风，春风把大地吹绿了，把桃花吹红了。春姑娘在三月天便乘风而来。她告诉我，夏天多雨，雨很大，很猛，是用许多个我的兄弟姐妹串起的帘子，很壮观。她告诉我，秋天是个孝顺的孩子，她把所有果实都变熟，果子熟透了便掉下来，掉到大地妈妈的身子，便做了肥料。她还告诉我，冬天是个美丽的少女，纯情、素雅、庄重，又不失妖娆。

她最爱一身素白，那是用一片片雪花缀成的长长的飘逸的裙，她最美。有时候，母亲讲着讲着，便发出感慨："可惜呀，孩子，你总在地下待着，不能享受美好的世界。"我安慰她："大地妈妈，别担心，有一天我一定能到地面上去。"大地妈妈抱抱我："多好的水孩子"。虽然希望很渺茫，但我仍每时每刻都满怀希望的等待着。

时间飞逝，但在地下的我觉得母亲的声音越来越苍劲有力。这天，我正闭目养神，只觉得整个世界都是一片煞白，我想睁眼，却睁不开。"水孩子，快看!"大地母亲急切地对我喊，"你自由了!"许多兄弟姐妹们向上涌，我也被挤了上来。"孩子，记住，一定要变成雪花!"大地母亲最后叮嘱我。"妈妈，我知道!"我喊了一句。

气温升高了，我的身体开始变得轻飘飘的，不由自主地向上升。我看见身旁一块铁青的东西板着脸，便问他："你是谁呀?""啊? 在和我说话吗?"他惊奇地问。"对呀，我在和你说话。"我回答说。"我怎么看不见你? 你在哪?"他继续追问。我扑哧笑了："真对不起，我不知道你是瞎子，因为我就在你面前呀。""你才瞎呢! 我明白了，又是水蒸气。看不见，摸不着，却存在。你好，小小水蒸气，我是砖头。""我是水蒸气吗?"

我惊奇的看看自己，我的身体是透明的。“呵呵!”我笑了，“你是砖头?你在这儿干什么?”小砖头解释道:“我是井里的一块砖，你也在井里，不过你马上要离开井了。”看起来他有点儿舍不得我呢。“是啊，我就要走了。有时间我会回来看你的，再见!”我在他脸上吻了一下，他的脸都红了。“再见！一路顺风!”他喊道。告别了，小砖头!

我升出了井。映入眼帘的是一个多么美丽的世界！我看见了大地母亲口中的绿草、红花，还有金黄的麦浪。这应该是夏天吧。我越升越高，气温也越来越低。我又变成了小水滴，很小很小飘浮在空中。在天上的日子可真有趣。俯瞰连绵的群山，清一色的绿，多像军人穿的军装。而那一座座山又多像一个个威武的军人，飒爽英姿，立于平原边界。

日子一天天过去，我身边的伙伴不停更替，我却依然飘在空中，我要等待冬姑娘的到来。但并不是所有的水滴都要在冬天才落下。因为，冬天的冷、变成雪花时的剧痛让他们望而却步，许多水滴变成了雨滴，洒向大地。但我不怕苦，不怕痛。我一定要变成冰冷的、灿烂的雪花，我耐心地等待着。

（作者单位：国网河南省电力公司焦作供电公司）

寻找属于自己的一束光

卢丹阳

看到《风雨哈佛路》这本书封面上的主人公莉丝，我怎么也想象不到，这是经历了多少坎坷和曲折，依然能如春风拂面、微微含笑的脸庞，那充满希望的眼神，那发自内心的微笑，让我不由得陷入思考。

谁曾想过她是一个最贫穷也是最勇敢的哈佛女孩？我认为这大千世界最痛苦、最煎熬的她都尝遍了，挨饿受冻、毒品、艾滋病、偷窃、无家可归、丧母、流浪……那么还有什么能让这位哈佛女孩流泪伤心呢？

莉丝出生在纽约的贫民窟，尽管父母吸毒，不务正业，她依然深爱着他们。在毒品、艾滋病、饥饿充斥的恐怖环境中度过童年。在学校，她肮脏的衣着和藏在头发里的虱子让她饱受同学的嘲弄，终因逃课过多被送进女童院。十五岁时，她拼尽全力维持的家庭最终破碎，开始流落街头，捡拾垃圾，偷东西……

她整夜乘坐地铁，因为只有在这里才能温暖入梦。她早就知道，在自己生活的世界之外，还有一个光鲜明亮的世界，虽然她也梦想着去那里生活，但她明白她与那世界始终相隔。在流落街头时，母亲因艾滋病感染而死，她悲痛不已，顿时醒悟。她决定不再继续过这样浑浑噩噩的日子，她要用自己的双手改变命运，追求自己的梦想。

重返高中后，无处安身的她常在地铁站、走廊里学习、睡觉。在如此窘迫的条件下，她用两年的时间完成了四年的课程，并获得"《纽约时报》一等奖学金"，最终以优异的成绩进入了哈佛大学。莉丝与命运勇敢地抗争，面对逆境，甚至绝境，她那不屈不挠的精神，令人动容。

我无法想象，在那样悲惨的生活里，在无数次被现实狠狠击倒后，是怎样的力量让她在无法选择的环境中坚强成长，是怎样的力量让她下定决心改变现状。虽然从小看到沾上毒瘾的父母是多么的痛苦和扭曲后，但她感谢给自己赋予生命的父母，没有因为父母的不负责任而唾弃父母，她是那么深爱着父母。即使得知父母染上了艾滋病，她依然无所畏惧，不离不弃，尽心竭力地照顾他们，直至他们的生命之火燃烧殆尽。

当十七年的“不像样”生活在她脑海里掠过，她感触万千，她觉得自己得跨出第一步了，尝试去触摸自己从未跨越过的光鲜亮丽的世界，追求自己那个看起来遥不可及的梦想。但是追求梦想的过程是需要毅力和充满痛苦的，当无家可归的莉丝重拾起对生活的希望，丝毫没有知识基础的她又被现实泼了一盆巨大的冷水。但她没有轻言放弃，仅仅用了两年时间，她完成了别人用四年完成的课程，这中间究竟付出了多少的辛勤和汗水只有她自己知道。

我知道高中那种枯燥乏味的苦行僧式的生活。对于能按部就班，有稳定住所，每天都能准时填饱肚子的我们而言，还不能做到最好。与莉丝相比，是何其残酷！多年后她说：“我成功背后的原因很简单：我不仅常挨饿，而且又没有暑假，我需要在冬天来临前储存粮食，省吃俭用，不管怎样，以备长久之需。我的确需要这样，我的目的就是要节约每一块钱，等到入校学习不得外出工作时，我也能度过那漫长的日子。”最后，凭借着那份对梦想的执著和勇气，她站在了哈佛的演讲台上，改变了自己的命运，也书写了美丽的奇迹人生。

没有人能选择自己的出生，也没有人能支配自己的命运，但你可以改变这一切，逆转自己的人生轨迹。漫漫的人生路上，你我都是孤独的行者，静静地追求自己的梦想。会迷茫，会感伤，也会恐惧，但这不妨碍我们勇敢地向前进。每次想到莉丝，我都有说不尽的感动与震撼，没有依靠的黑暗生活，不仅没有摧毁她的意志，反而成就了她的辉煌。

正如她所说的那样，其实在很多时候，挫折并不是不幸，而是变得更好的契机。当我们遇到我们所认为，或者别人所认为的不幸时，我们是永远的沉浸于这份不幸，让自己永远的不幸？还是抓住这个不幸，竭尽自己所能来改变它，或者说是改变自己呢？其实，回顾过去，很多时候，我们会更多地感激生活中的挫折，因为正是这些挫折让我们改变、进步、长大、成熟……

在苦难面前，不要脆弱地等待安慰，不要以为世界会随你的意志而改变，因为别人的意志比你强大得多。成功永远不会青睐于任何想不劳而获的人，只有不断努力的人才能获得它。我想我所学到的，我所收获的是人生的哲理智慧，我所要做的，就是微笑面对挫折，坚强面对苦难，永远追逐梦想，将青春的每一串足迹都认真地镌刻上拼搏的意义！

（作者单位：国网河南省电力公司焦作供电公司）

你若盛开　清风自来

赵　蕊

最近看到不少关于人的一生发展的三个阶段的表述，第一个阶段是人和物的对话，人们总是希望得到更多的物质财富；第二个阶段是人和人的对话，人们总是希望能够影响到更多的人；第三个阶段是人和内心的对话，人们总是希望能够内心平静，心生欢喜。

也许是年龄的缘故，我自己发呆时，真的会常常尝试与自己对话，与自己的内心对话。很多时候与他人聚餐交谈，总会情不自禁地进入角色，仿佛他人谈论的就是未来的自己。当然更多时候，读到一本好书，如同是在和作者聊天谈心，到了后来就是自己与内心的对话，删除那些不合时宜的讯息，添加那些正向激励的能量，如雨后彩虹，如暑后微风，豁然开朗，欢欣鼓舞，精神一片大好，情绪一度亢奋，走路也如同是一路欢歌，那感觉美极了。

每次翻开这本书，都能让我浮躁的心得到一丝宁静。作者没有摆什么大道理，而是从自己的亲身经历谈起，帮助修女达到一个又一个常人不可企及的高度。一次小小的历练、一份微不足道的坚持，在人生的长河中可能转瞬即逝，但带给我们的影响却是巨大的，有时甚至能改变我们一生。我们常常觉得修女应该不理世事，看淡红尘，但作者告诉我们，修女也是人，也有欢乐，有痛苦，也有打不开的心结，关键在于自身，不要在茫茫人海中迷失自我。

作者用四个章节，从各个角度说明了自己对自身、对未来、对衰老、对爱的态度。修女说，人不能总是忙于工作，要记得休息，要记得自己常和自己对话，不要抱怨，微笑着面对生活，上帝不会给你力所不能及的考验，走到哪里就在哪里生根开花，散发出自己的芳香，实现自己的价值；对于未来，只要有坚定的信念，只有为之努力，就会无愧于心；对于即将到老的死亡，修女态度从容、镇定，认为衰老是上天赐给的礼物，要能和没用的自己和平共处，从岁月中不断学习，不断修炼。

已经85岁的渡边和子说，我的确总是告诫自己，即使摆出一副黯淡的神情，事情也不会因此顺利进行，更没有道理将他人的生活拖累得黯然失色。她还说，事情不顺时，若能保持笑容，问题就会不可思议般得到解决。糟糕的心情是破坏环境的利器。她说：脸上挂着明亮的笑容，这会成为一种力量，为这个世界带来和平。她说：宗教并非为了填补人生中的空洞而存在，它的存在该是为了词语我们必需的关怀与勇气，让我们得以透过洞口看到之前看不到的景色。我不信仰任何宗教，她说：诚心接受闯入每日生活中的全部吧，让和平与生命伴随痛苦而生。

“就在你所在的地方生根开花，不要因为难过就忘记散发芳香。”我想这就是修女说的乐观、坚强的精神和态度吧。无论身在何处，我们都活在当下一刻。过好自己的每一天，不忘初心，方得始终。这本书告诉我们，上帝对每个人都是公平的，不要总是认为只有自己过得辛苦。生活上的艰辛，不论身份种族，高低贵贱，每个人都会有。正是在这种逆境中一步步地向前走，才能使自己变得更加坚强。要相信，每个你度过的困难，都会变成成功路上的垫脚石。一步一步坚定地向前走，就一定能够走到希望到达的地方。

对于我们这个不上不下的难熬年纪，要成功没成功，要资历没资历，我们胸怀天下，却一事难成，不免有愤世嫉俗的心理。我毕业后来到了供电公司，公司不比学校，需要学习的还有很多，有烦恼，有困惑，但是看到公司师傅们不辞辛苦，从不喊累，自己作为年轻人，更应该扎根基层，汲取知识，为祖国的发展奉献自己的光和热。每当看到夜晚的万家灯火，有什么辛苦也都释然了。

也许前面的路还很远，可能会累，但请一定要坚持下去，直到终点。在哪里存在，就在哪里绽放。向下扎根，向上开花，无论身处何方，总能寻得幸福。

（作者单位：国网河南省电力公司焦作供电公司）

《轻轻走向完美》读后感

李宝琴

毕淑敏一直是我很喜欢的作家，这次我细细地拜读了她写的那一本《轻轻走向完美》。看完后，我的内心深受震动。

我们在现实生活中，经常可以听到别人在说“我想要的是完美的”，但更多的人说的是“没有什么东西是完美的”。所以我是带着疑虑去看这本书的，我们要怎么样才可以“走向完美”。书中的内容囊括量挺大的，包括情感、心灵、爱情、婚姻、家庭、工作、健康及幸福等。读完这些章节，我终于明白书中“完美”的含义，其实是“完成美好”的意思。

世上的女人千千万，性格不同，秉性各异，有的活泼开朗，就像娇艳的玫瑰花，有的安静沉稳，就像素雅的茉莉花，还有的平凡普通，就像田野里盛开的野菊花……无论是生长在富庶的城市还是贫瘠的乡村，每个女人都应努力地生长，绽放出属于自己的色彩。

女人的美，不仅仅是拥有亮丽的外表，更重要的是善良的品格、良好的修养和淡泊的心态，内外兼修才是真正的美。女人要用一颗感恩的心去拥抱生活，用宽容的心去面对风雨，才能活出自己的一片天地，才能在人世间傲然挺立，无惧亦无忧。生活中的琐碎和辛劳，会磨灭女性的热情，让心情变得郁闷，目光变得短浅，只有读书，才可以让女人变得明理、宽容和智慧。

读书，可以滋养女人的心灵，让她在心灵的后花园里忘记世俗的纷扰，留一片云淡风轻；可以丰富女人的阅历，让她的生活更充实，视野更开阔；可以提升女人的气质，让她更加自信和优雅，也更加完美。

腹有诗书气自华，淡淡的书香，可以熏陶出女人淡泊从容的气质，可以保持女人恒久不变的美丽。读书不仅给自己增添魅力，更可以给孩子良好的教育，给爱人更多的理解，给事业更强的动力。所以女同胞们，多读书吧！

我个人最欣赏的，是如国兰一般质朴清雅、兰心蕙质的女性之美，她们看似外表柔弱，内心却坚韧不拔，她们工作中认真严谨，生活中平和宽容，她们是父母的骄傲、爱人的知己、孩子的榜样，她们优雅、内秀，就如那空谷幽兰“着意闻时不肯香，香在无心处”。她们用自己丰盈的内心淡然看待人生的起落，珍惜属于自己的那份幸福。用感恩的心态，去领悟风的轻柔、花的芬芳和大自然赠予的所有美好。

女子当若兰，这就是我的人生追求。看完这本书，对于人生完美的含义，我有了更深的理解。正如结尾所写：“我们就像一个命运的绣女，只要心中存着完美的图案，平心静气一针一线宁静地绣下去，便会日臻完美。到了生命结束的那一天，完美谢幕。”所以，完美就是一个漫长的修行之路，一个值得我们用一生去追寻的目标，只要我们能有坚定的信念和永不放弃的决心，我们就能轻轻走向完美，成就自己的美好人生！

（作者单位：国网河南修武县供电公司）

汇小我之劳　筑大国之梦

杨晓霞

对于走过百年历程的中国共产党来说，有种勇气，叫做“不畏艰难险阻，不惧流血牺牲”；有种担当，叫做“站在时代潮流最前列、站在攻坚克难最前沿、站在最广大人民之中”；有种精神叫做“孺子牛、拓荒牛、老黄牛”。

2021年，我们迎来中国共产党百年华诞。回首看，百年历程苦难辉煌。从上海石库门、嘉兴南湖出发，中国共产党带领中国人民，在山河破碎时浴血奋战，于一穷二白时奋发图强，乘改革开放的春风、思想解放的大潮而上，在“滚石上山，爬坡过坎”的关键时期砥砺前行，在百年未有之大变局中预先机、开新局。每一步都不是轻而易举，每一步都镌刻着为人民的信念、创新的激情、奋斗的艰辛。

为中国人民谋幸福，为中华民族谋复兴，是我们党领导现代化建设的出发点和落脚点。作为国家电网的一名工人，作为服务百姓的一名电力工人，我更应把工作做好，给人民提供一份满意的服务。

2020年，在新冠肺炎疫情阴影的笼罩之下，国家电网积极完成保电工作，奋斗在保电一线，为医疗救治服务和人民的正常生活提供用电保障，为此我感到无比自豪。习近平总书记向全党发出号召，要求坚定理想信念，牢记初心使命，植根人民群众，始终保持蓬勃朝气，昂扬斗志。这是风雨无阻向前进的奋发姿态，这是新时代创造新的历史业绩的奋斗豪情。初心是一切工作的动力，是我们奋斗的方向。无论何时，我们都要保持初心，热爱工作，干一行，爱一行。

抬眼望去，民族复兴前景光明。但我们同时深知，“越是接近民族复兴越不会一帆风顺，越充满风险挑战乃至惊涛骇浪”“没有一个国家民族的现代化，是顺顺当当实现的”。珍惜发展好局面，巩固发展好势头，尤需广大党员干部不断叩问初心，守护初心，不断坚守使命，担当使命。继续激发“给予人者多，取于人者寡”的孺子牛精神；继续激发“敢教荒原成沃野，誓将沙碛变新洲”的拓荒牛精神；继续激发“老牛亦解韶光贵，不待扬鞭自奋蹄”的老黄牛精神，在化危为机中赢得历史主动，在攻坚克难中焕发新的气象。

作为中国企业的一分子，作为中国电力能源的引领者，国家电网更应发挥国企效应，为国家实现现代化贡献自己的力量。在党的领导下，我作为中国的一分子，作为国家电网的一名职工，更要坚定信念，不痴于空想，不务于虚声，勇做只争朝夕的行动者，脚踏实地的实干家。我虽不能像“干惊天动地事，做隐姓埋名人”的科学家那样探索科技，但我可以脚踏实地将自己的工作做好；虽不能像医护工作者那样救死扶伤，但我可以为百姓的用电提供保障。

千秋伟业，百年只是序章，岁月不居，时节如流，奋斗的征程，只有进行时没有完成时。奋进新时代，开启新征程，坚持新理念，构建新格局，我们必将大有可为，大有作为，中华民族必将在历史洪流中昂然屹立，挺立潮头，勇创辉煌。

我相信，国家电网在党的领导和人民的奋斗下一定能越来越强；中国在党的领导和人民的奋斗下一定能实现中华民族伟大复兴。

张载说：“为天地立心，为生民立命，为往圣继绝学，为万世开太平。”而我说：“听党指挥，服从命令，不忘初心，踏实工作。”

（作者单位：国网河南博爱县供电公司）

人生紧要处常常只有几步

王　璐

初冬，晚暮。合上路遥先生所著《人生》的最后一页，走出庭院，走过狭长的小巷，俯身捡起一枚被烈烈寒风浸得冰凉的落叶，不禁再次咀嚼起高加林在依傍关系之事暴露之后，丢名失利，以落魄之身回到最初的黄土地之后的种种。

彼时，步步皆荒。彼时，在他人生低谷时给他深情挚爱的姑娘刘巧珍，已走过他的人生，成为别人的新娘。彼时，他的心境，该比这落叶还要寒凉吧！其中滋味，同学小许深有感触。

小许大学毕业后，坚信自己的才华配得上老板的职位。于是，在一家小有名气的公司向他伸出橄榄枝时，选择了果断拒绝，东筹西借，执意要开公司。好在，女友小单在劝说无效后，为支持他创业，不仅倾尽自己大学四年做设计攒下的所有积蓄，而且放弃到大牌设计公司就职的机会，为他料理琐碎繁杂。只是，缺乏经营经验的小许，能力到底是配不上他的野心。跌跌撞撞干了两年，不仅没落着分文盈利，还赔进去几十万。

在被商场摔打得鼻青脸肿后，小许转而走上打工路。从基层做起，很快做到了主管，和小单的婚事也提上了日程。唯一让他心堵的，就是那几个和他一批提拔为主管的，陆陆续续都又升职了，只有他还在原地打转。就在这时，老总的女儿对他一见钟情。而为了在事业上干出一番成就，他一时猪油蒙心，干净利落地斩断了与小单的爱情，转身与老总千金出双入对。后来，他也确实升职了，坐到了分公司经理的位置，可因为才德不配位，不得人心，工作开展起来并不容易，大半年下来，业绩一月不如一月，老总无奈，只好又将他调回总公司，给了个闲职。

事业线不顺，感情线也窝心。和老总千金三观不合，在一次又一次地迁就后，他感觉万分疲累，总是情不自禁地想起小单，想起与小单在一起时，那些清苦艰难却温暖甜蜜的日子。而当他转回身，千里迢迢找到小单时，小单早已将他放下。

返程的列车上，他发了个朋友圈，他说，因为走错了一步，他将生命中最宝贵的东西弄丢了。人生无法重来，走过了，便是走过了，即便悔到肠青，也只能流着泪接受。唯一能为过去做的，就是告诉自己，今后余生，踏踏实实走好每一步。因为你走错的一步，极可能在未来的某一日，猝不及防地，硬生生给你当头一棒，让你心心念念的一切，成为泡影。

正如路遥先生所言，“人生的道路虽然漫长，但紧要处常常只有几步，特别是当人年轻的时候。”但愿，你、我、他，我们每个人，都能走好人生每一步，特别是那紧要的几步，都能在未来回首往事时，笑着感慨：“还好，还好当年抓紧了心爱姑娘的手，还好那会儿没放弃那份看似乏味枯燥的工作，还好我坚持善良……”但愿，那紧要的几步，让我们的人生，溢满的是小确幸、小欢喜，而非懊悔与无奈。

（作者单位：国网河南博爱县供电公司）

不忘初心，继续前行

贾艳丽

在全面建成小康社会决胜阶段的决胜之年，迎来了中国共产党成立100周年。在庆祝中国共产党成立100周年大会上，习近平总书记发表了重要讲话，全面回顾了中国共产党团结带领中国人民不懈奋斗的光辉历程和做出的伟大历史贡献，深刻阐述了面向未来、面对挑战、不忘初心、继续前行必须牢牢把握的八方面要求，对全党在新的历史起点上统筹推进“五位一体”总体布局、协调推进“四个全面”战略布局，做好党和国家各项工作，具有重要指导意义。

2018年，祖国发展和成就以纪录片的形式第一次呈现在大银幕上，电影《厉害了，我的国》结合十九大精神，全面反映了党的十八大以来中国取得的改革开放和社会主义现代化建设的历史性成就，呈现了党的十八大以来中国所取得的辉煌成就，为我们铺展开一幅气势恢宏的时代画卷。影片向我们展现了近几年来中国极速的发展和其取得的一件件非凡的成就，展现了中国在近几年内获得了许许多多的世界第一，展现了什么才是真正的中国制造。电影以习近平新时代中国特色社会主义思想为内在逻辑，展示了在“创新、协调、绿色、开放和共享”的新发展理念下中国这五年的伟大成就，展现了中国人民在全面建设小康征程上的伟大奋斗，彰显了以习近平同志为核心的党中央的正确领导。凝聚起全党全国人民的磅礴力量，为实现中华民族伟大复兴的中国梦不断前进。

2019年，《我和我的祖国》上映，引起了大家广泛的关注和讨论，电影由七个故事组成，取材新中国成立70周年以来的七大瞬间，是祖国繁荣昌盛70年的缩影。电影通过小人物来讲“大道理”，以简单的七个篇章展现了新中国成立以后的历史变迁，让我们可以重温这段辉煌的历史，喜看70年的历史巨变，我们每个人都为祖国的繁荣和强大而自豪，为人民的幸福而欣慰。

都说吃穿是最能反映社会进步的。在新中国成立之初的很长一段时间里，人们有饭吃有衣穿就已经非常满足了，而现在的我们穿衣更加追求舒适美观；吃饭更加注重食品的营养和口味。就是这些生活上点点滴滴的变化让人们可以切实地感受到70年来国家的腾飞巨变和人民生活的幸福提升。

不仅如此，各行各业的发展变化也是祖国面貌的一个缩影，就像我们电力行业，从传统的煤炭发电转变为现在的风电、水电、太阳能等新能源发电，多层次全方位的发展，响应国家号召，减少环境污染；从几条线路到遍布全国的输电线路，大大增加了居民用电的可靠性和便利性；从纸质化工作转变为更加方便快捷的信息化平台等，这些都是我们电力行业，我们国家正在飞速繁荣发展的见证。

不忘初心方能行稳致远，不忘本来方能开辟未来。祖国今天的辉煌成就来之不易，是靠每个人兢兢业业、无私奉献换来的。我们既是历史的见证者，也是历史的创造者，每个关键节点，都离不开党的坚强领导和人民艰苦卓绝的奋斗。我们要更加紧密地团结在以习近平同志为核心的党中央周围，不忘初心，继续前行，为实现中华民族伟大复兴的中国梦而努力奋斗！

（作者单位：国网河南省电力公司商丘供电公司）

妈妈，请让我再爱你一次

王翠翠

“树欲静而风不止，子欲养而亲不待”，莫不是这个世间最悲伤的事情。父母是我们的两尊佛，他们给了我们生命，把我们带到这个世界上，是我们最亲近的人。如果我们在年轻的时候失去了亲人，那种难过与伤心真的是无法用言语来表达。演员贾玲就不幸遇到了这样悲伤事情。

三十多岁的贾玲前几年母亲生病去世了，贾玲非常的悲痛伤心，离开母亲的贾玲一直希望能够把母亲的形象搬上荧屏，于是贾玲作为喜剧演员自编自导自演了这部感人的影片《你好，李焕英》。看了这部让我期待已久的电影着实令我心里一颤，前半部分搞笑情节让人笑出眼泪，到后来结尾的剧情来了个大反转，给观众制造惊喜的同时，让观众深切体会到这种“子欲养而亲不待”的惋惜。

影片从2001年贾晓玲冒充考入名牌大学说起，母亲不幸遭遇车祸，贾晓玲情绪崩溃之时，意外穿越到了母亲年轻的时代——1981年。电影就这样以围绕“让母亲更高兴”为目的开始了。贾晓玲因为从小没有做过一件让妈妈开心的事情而一直非常的难过和自责，她也想象过如果妈妈的孩子是别人而不是自己，妈妈会不会比较骄傲。看到这里，笔者感觉到贾玲是一个多么好的孩子啊！善良朴实，一心为了让妈妈开心，不惜牺牲自己，而她那句没有做过一件让妈妈开心的事又是多么引人深思，因为我也经常说起这句话，已经过了而立之年的我也从未做过一件让妈妈骄傲的事。真的是共鸣！

穿越到妈妈年轻时候的贾晓玲为了做让妈妈开心的事情，使出了十八般武艺帮助妈妈成为“人生赢家”。首先贾晓玲摇身一变成了“省城二姑家表妹”贾晓玲，跟妈妈李焕英做起了姐妹。如何让正值青春年华的妈妈更高兴？贾晓玲开动起了小脑瓜，决定先把妈妈的“人生大事”问题解决了：给妈妈找个好对象，给自己找个好爸爸。

厂长的儿子沈光林，年轻帅气，位高权重，和青春貌美，如花似玉的妈妈李焕英相当的般配。贾晓玲心想，如果妈妈能够和沈光林结婚，一定会比现在过得幸福。成为厂长儿媳妇，然后成功走上人生巅峰。于是跑去试探沈叔叔的心意，通过对话，沈叔叔吐露心声，原来对妈妈李焕英心里非常有好感，非常愿意跟李焕英在一起组建家庭。还说出了那句经典名句：她叫焕英，我叫光林，我们两个在一起是绝配，欢迎光临！真是太搞笑了，还让身为表妹的贾晓玲帮助自己跟表姐李焕英制造机会。

贾玲非常高兴，于是展开了一系列的节目撮合两人。首先买电影票安排沈光林和妈妈李焕英坐在一起，然后安排沈光林在厂里的文艺晚会上表演搞笑节目逗笑妈妈，让妈妈对沈光林增加好感。最后又安排了在公园里划船等一次次的两人单独相处的机会。但是无论怎么使用内力和外力，妈妈始终对这个有权有势长相英俊的富二代没有感觉，每一次助攻都无功而返，让光林叔叔很是沮丧，最后放弃了对李焕英的追求，去了外地。

而在一次偶然的与妈妈的对话中，贾晓玲得知了妈妈其实早就有了恋爱对象，他叫贾文田，正是贾晓玲自己的爸爸，贾晓玲茫然了，原来好多事情是注定了的，是人力无法改变的。这个时候贾文田出现了，用自行车带走了表姐李焕英，留下贾晓玲一个人在原地惊愕。

贾晓玲没有气馁，在感情上帮不了妈妈，就在别处帮助她，妈妈爱打排球，是厂里的排球主力。每年厂里都会组织排球比赛，但是这一年是个例外，原因是打排球不是光靠一个人，需要团体作战，而厂里曾经的老队员由于各种各样的原因很多都没有办法来参加比赛。贾晓玲为了能够让今年的排球比赛正常进行，挨个去做队员们的工作，经过一番努力，队员们终于都到齐了，可是最后的比赛结果却不尽人意，妈妈她们那队输了。可是虽然输了比赛，但妈妈没有丝毫的介意，还十分感谢晓玲的帮忙。这让晓玲更加难过。

又没有帮到妈妈，晓玲越发的沮丧，但是她渐渐地觉得试了这么多次，都一次次的失败，是不是永远都做不到让妈妈开心的事。她把妈妈曾经对自己说过的话在脑海中仔细回想了一遍，看看有没有妈妈对于自己的期许，但是又一次失败了，什么也想不起来。郁闷的晓玲找到表姐李焕英，两人坐在一起喝起了小酒，当他们喝的微微醉的时候，晓玲趁机问了李焕英心里埋藏已久的问题：如果你有了女儿，你希望她怎么样？李焕英微笑着回答道：如果我有了闺女，我就希望她开开心心，快快乐乐的。听到此话的晓玲瞬间泪奔，原来妈妈没有什么心愿，最大的心愿就是自己！看到此处，我和所有观众们封存眼眶里泪水再也止不住了，感动的情绪在此刻涌向高潮，眼泪像洪水一样倾泻而下。

我们每个人的母亲都是一样的，自己辛苦了大半辈子，但是所有美好的寄愿却全都放在了儿女身上。我想到了自己的妈妈，从小到大从来没有离开过母亲身边，但是当我看过了《你好，李焕英》这部影片之后，我想到了一个我从来不敢想的问题，如果有一天妈妈离开了我，我会怎么样？我知道这样想非常的不孝，非常的不应该。我们爱妈妈还来不及，怎么舍得让她离开！但是我还是忍不住想了这个问题。而且我也有了坚定的答案，如果我妈妈离开了我，无论天涯海角我都要追随妈妈身边，哪怕刀山火海，哪怕粉身碎骨。

因为我太离不开我的妈妈，那种失去母亲的痛苦是超越一切的，甚至超过了对死亡的恐惧。所以，求菩萨保佑我的妈妈长命百岁，健康平安！也希望老天保佑全天下的母亲平安健康，家庭幸福！

感谢贾玲执导的这部催人泪下的好片子，让我又一次感受到了母亲的伟大和温暖，我想说妈妈，请让我再爱你一次！孩子我真的好爱你！可是我穷极一生也没有做过一件让你开心让你骄傲的事情，但是我会乖乖的，听你的话，每天开开心心，快快乐乐争取做一个不让你操心的孩子。

（作者单位：国网河南夏邑县供电公司）

活在当下，珍惜眼前

王翠翠

现在的社会，人们每天忙于工作，少有闲暇可以享受自由安详的自我时光。从前，电视机、收音机的诞生占据了人们大部分业余时间，当然也有很多人选择了看书。娱乐时的选择没有雅俗之分。后来手机的出现，又直接将电视机，收音机甚至电脑之类碾压性的秒杀。

曾经还是比较喜欢读书看书的我，自从有了手机，也是被这个只有巴掌大的四方小机器收服的服服帖帖。于是，本就不算充裕的读书时间，就又被生生挤掉了大半数。不得不说，手机真的太有魔力了，几乎无所不能。今日，忽然想读书的我，在某搜索引擎上输入“好书推荐”几个字，瞬间，一个个链接琳琅满目的排着队出现在我眼前。有很多的新书，大都没有听说过名字，或许是因为没有眼缘，或许是因为恋旧，此时的我只想看一些经典的流传较广的老书。于是又拨弄指尖，继续寻找自己心中最合适的那一个。这时，一个标题引起了我的注意，它便是美国盲人女作家海伦凯勒的名作《假如给我三天光明》。片刻间，我的脑海一下子涌现出了自己上学时期学过的那篇感人肺腑的同名课文。寻着那份感动，我一刹那感觉到自己要找的好书出现了。只是由于时间久远，课文的内容已经变得不那么清晰。

大概记得的是美国女作家海伦凯勒自小双目失明，她非常渴望可以用眼睛看看这个世界，哪怕只给她三天光明。她还有一位非常令人敬佩的老师安妮沙利文女士。随着思绪的涌现，更加使我想要重温一遍这篇经典的老作。于是我点开链接，开始了今天的品读时间。海伦凯勒在文中这样说：我们谁都知道自己难免一死。但是这一天的到来，似乎遥遥无期。当然人们要是健康无恙，谁又会想到它，谁又会整日去惦念它。于是饱食终日，无所事事。有的时候，要是人们把活着的每一天都看做生命的最后一天该多好啊！这就更能显示出生命的价值。如果认为岁月还很漫长，我们的每一天就不会过得那样有意义，有朝气，我们对生活就不会总是充满热情。这真的是一个很显然的事实，但是却也是最容易被人遗忘和忽视的事实。看到海伦凯勒女士这样讲，着实有被触动心灵的感觉。

仔细想来，确实就是这样，每个人自从出生起，便意味着这个人在一步步走向死亡！只是没有人意识到，以为那一天是遥遥无期。为什么那些被历史记载的名字世人都格外尊敬，那是因为他们总是能够看到别人忽略掉的事情。

诚然，就像海伦凯勒说的如果人们把活着的每一天都看作生命的最后一天，这就更加显示出生命的价值。这让我想起了另外一部经典名著，奥斯托洛夫斯基的《钢铁是怎样炼成的》其中一句话：人最宝贵的东西是生命，生命属于人只有一次，一个人的生命应该是这样度过的，当他回首往事的时候，他不会因虚度年华而悔恨，也不会因碌碌无为而羞耻，这样在临死的时候，他才能够说：我的生命和全部的经历都献给世界上最壮丽的事业——为人类的解放而斗争。

伟人的思想都是相通的。我们平凡人，拥有着健康的身体，生活在幸福的家庭，从事着称心如意的工作。却从来没有想过这是多么的难得，多么的令人羡慕。我们从未曾想象过，在那些身体有残疾的人们看来，看一眼这个世界的样子都是奢望。他们的一生都不知道自己的亲人和老师长什么模样。而我们这些身强体健的人，不知深浅地浪费着老天恩赐给我们的一切，透支着自己的福报，挥霍着父母赐给我们的一切便利，做着损人还不利己的事情却不知道懊悔。而当这一切都结束的时候，回想自己的一生，我们是否能够做到不因虚度年华而悔恨，不会因为碌碌无为而羞耻。19 世纪，一个独特的生命个体，以一种勇敢的方式震撼了世界，这便是海伦凯勒，一个生活在黑暗当中却又给无数人带来光明的女性。她在世 88 年，度过了 87 年看不到阳光，听不到声音，感受不到语言的岁月，就是这样一个弱女子，海伦凯勒以她充沛的激情和丰富的想象力，写下了《假如给我三天光明》这篇引人入胜又感人肺腑的文学佳作。

她在文中这样写道：聋人和盲人很难领会谈话中的细微之处。那些既聋又盲的人遇到困难又会大多少倍啊！他们无法辨别人们说话的语调，没有别人的帮忙，领会不了语气的变化所包含的意思。他们也看不见说话者的神色，而神色是心灵的自然流露。在温暖的阳光照耀下，含羞树的花朵在阳光下飞舞，开满花朵的树枝几乎垂到青草上。那些美丽的花儿，只要轻轻一碰就会纷纷掉落。我穿过落英缤纷的花瓣，走进大树，站在那里愣了片刻，然后，我把脚伸到枝桠的空处，两手抓住枝干往上爬。树干很粗，抓不牢，我的手又被树皮擦破了，但我有一种美妙的感觉：我正在忙着做一件奇妙的事。因此我不断往上爬，直到爬上一个舒适的座位。现在的人们该是多么快乐啊！阳光普照大地，百花争芳吐艳，田野中回荡着我那匹小马悦耳的蹄声。穿过积雪，跃过洼地，径直向下面的湖泊冲去，一下子穿过闪闪发光的湖面，滑到了湖的对岸。真是好玩极了！多么有趣的游戏！在那风驰电掣的一刹那，我们似乎与世界脱了节，御风而驰，飘飘欲仙。

海伦凯勒刚出生 19 个月，就因病双目失明，不久又影响了听觉。从此她就在漫漫黑夜的长夜与无声的世界中度过。长期的盲人生活，使她倍感眼睛明亮的宝贵。她不能像平常人一样感受到生活的乐趣，也不能欣赏到这个美丽而充满乐趣的世界，只能用自己那双娇嫩的手触摸到遗憾和无奈。但她是那样的坚强，那样的有毅力，像在暴风雪中顽强生长的小草，任凭风雨肆虐，依然撼动不了那股坚韧不拔的精神力量。

看完这部经典著作的我，久久不能平静，我在想，像凯勒女士那样穷极一生都求不来三天的光明，而我们，是不是可以试着闭上眼睛，堵上耳朵，尝试一下给我“三天黑暗”去感受一下盲人和聋哑人的世界会是怎样的。那么我们是否会对今天这个光明的大千世界有一种全新的感知和领悟，是否会对我们今天这个来之不易却不被我们珍惜的美好生活更加珍惜呢？我们是否能够做到活在当下，珍惜眼前？

（作者单位：国网河南夏邑县供电公司）

行走，只为更好的遇见

高雯娣

每个人心里大概都曾有过闯天涯的梦。我也是。所以以前读书的时候趁着各种假期出门乱走。但是渐渐发现闯天涯真的只能是个梦而已，现实中你会被各种因素所羁绊。读书时候有时间没有钱，工作了钱充裕了又没有时间了，找不到旅伴一起孤身上路难免担惊受怕，若不是志同道合的旅伴那不如自己一个人等。所以我对于能够实现这个梦想的人，都由衷地敬佩。

傅真和毛铭基就是做到了的人。说起来他俩的相识已经好似童话，十几年前那本《藏地白皮书》风靡南北，而那本书，讲的就是他俩的故事。非典期间，来自北京的傅真和来自香港的毛铭基在拉萨相遇，然后辗转大半个地球最后在英国结为夫妻，婚后定居伦敦。一个是投行金融分析师，一个是高级技术工程师，读者们都以为二人像童话结尾那样过起了幸福平淡的生活。突然有一天，一直关注傅真博客的我得知，二人居然辞职了！是的，放弃了国外高薪工作，辞职的原因只是，他们发现那种忙碌枯燥的生活不是自己想要的，辞职开始了间隔年的全球旅行，于是就有了这本《最好金龟换酒》。

严格来说这是本游记，书中描写了傅真和毛铭基拉丁美洲的游历。但又不仅是游记，“兼具爱恨情仇与人生思考的文字，讲述平凡生活中的不灭梦想”书的封底如实说。为什么第一站是拉丁美洲呢？“难道这四个字不足以令人兴奋到爆炸吗？难道它不是等同于遥远、神秘、美丽、热辣、魔幻等等让人血脉偾张的字眼吗？”确实如此，当初看三毛的《万水千山走遍》时就对南美那片神秘的土地充满向往。

书中二人惊险刺激的经历，时常引得读者连连惊呼：跟着她到伯利兹的深海潜水，才知道人在海里更容易被晒伤。跟着她去危地马拉山区学习西班牙语，才知道当地的闭塞与落后，连教育工作者都不知道中国首都，不知道股市是什么，更没听过佛教。了解了玛雅人长久以来受到的迫害和不公正待遇以及82年那场血腥的屠城。跟着她享受尼加拉瓜悠闲的日子，每天就是看书、发呆、打蚊子，但却舍不得离开。跟着她体验从哥斯达黎加最年轻最活跃的火山滑行而下的刺激，但过瘾。跟着她徒步委内瑞拉的罗赖马山，体会没有干净和脏的区别只有干和湿的区别。跟着她抵达马丘比丘，跟着她在亚马孙平原寻找水蟒，跟着她到波托西挖银矿，跟着她去阿根廷学习探戈品尝世间最棒的牛肉和美酒。难得的是，一路上她目睹了许多贫穷和不公，可人们仍以最大的乐观和热情投入生活，从容地尽其姓名之理。

与十年前的白皮书比，她的文字仍然充满偶尔的调侃，偶尔的辛辣，偶尔的俏皮。可是在那些调侃的下面有着她的严肃，辛辣的下面有着她的柔情，俏皮的下面有着她的成长与成熟。而阅读她文字的我，已经历了人生转折期的十年，当年的稚气与青涩逐渐褪去，与此同时，也少了年少时的果敢与勇猛，看着《最好金龟换酒》里依然充满勇气、向往自由的傅真和毛铭基，好不羡慕呀。

然而，人生路漫漫，现在的我已明白即便不能像他们一样放下手中的一切勇敢上路，但走好脚下的路，过好现实中的鸡毛蒜皮，也是一种勇敢，更何况深藏在心的那份热情、那份纯真、那份敢于挑战自己、勇往直前的无畏，从未变过。

（作者单位：国网河南虞城县供电公司）

读《习近平扶贫故事》有感

——见证穷乡僻壤到美丽乡村的蜕变

高金梅

读《习近平扶贫故事》令人感受到他大爱无疆、心系苍生的扶贫情怀。作为一名参与扶贫、见证扶贫成效的工作人员，真切地感受到，精准脱贫工作是站在中华民族伟大复兴和人类减贫事业的历史高度的伟大历史决策，是推进全面建成小康社会、实现第一个百年奋斗目标的战略指引。

我作为一名普通的帮扶人员，帮扶工作在虞城县木兰镇陈桥村开展。虞城县木兰镇位于县城的最南部，而陈桥村又在木兰镇的最南端，毗邻安徽，与安徽一河之隔，群众朴实，相对落后。陈桥村在落实国家精准扶贫户政策中，是我们虞城供电公司帮扶的贫困村之一。

第一次到陈桥村，是2016年的一天，我和同事被抽调到木兰镇陈桥村丘庄走访农户基本情况。正如“近乡情更怯，不敢问来人”，从单位出发时心情像放飞的鸟儿一样的兴奋，随着走访的深入心情变得五味杂陈。沿着木兰镇往南一条窄窄的单行柏油马路行驶大概3公里就到了农家小院一样的陈桥村委，愁人的是村委小院里竟然没有厕所。领了任务跟着陈桥村丘庄支部书记王书记走访农户，入丘庄的主路完全是由水和泥组成的名副其实的“水泥路”，我们只能踮着脚、蹦跶着寻找硬点的地方前行，难免判断失误一脚陷进稀泥里。走访的个别农户的贫困有点出乎我的意料，阴暗潮湿的半砖半土坯的房屋里杂乱无章的放置着不多而陈旧的生活必需品。这是陈桥给我的第一印象——偏远、贫穷、落后。

在此后的五年间，我作为一名普普通通的帮扶人，亲历并参与了陈桥村一草一木、一土一瓦、一家一户的改变。按照个人申请、两会评议、张榜公示流程，陈桥村选出了贫困户，作为帮扶责任人负责对贫困户宣讲扶贫政策、算好“明白账”，进行精准帮扶。我的三户责任帮扶户分别是丘庄张运龙、王天学、张运涛。张运龙是一位80多岁的老人，长期慢性病，丧失劳动能力，没有收入来源；王天学夫妻两人，其妻长期患有慢性病；张运涛一家五口人，上有80多岁的老母亲，下有一对儿女，其妻被树砸成重伤以致残疾。第一次见到他们，个个满面愁容，尤其年轻的张运涛家属赵小燕，被砸伤的身体时常高烧，庆幸自己死里逃生。

虞城供电公司驻村帮扶第一书记徐文星及驻村帮扶队员张钦长期入驻陈桥村村委，紧紧围绕“两不愁、四保障”研究陈桥村整体的产业帮扶政策，根据贫困户家庭情况，因户施策，精准帮扶。“六改一增”根据农户家庭情况进行了改水、改电、改厕、改圈、改房、改院，增加一个家用电器，改善了贫困户的生活条件。产业扶贫，贫困户入股合作社，享受合作分红，光伏发电分红，贫困户合作医疗补贴。针对失去劳动力的家庭给予低保补助；家有超过60岁的老人，一方面发放养老金另一方面成立孝善基金，弘扬中华孝道，培育文明新风；对家有在校（包括幼儿园）学生的贫困户实施教育补贴。扶贫工作中，两位驻村人员呕心沥血，经常加班到凌晨，徐文星书记时常一边挂着药液一边工作。功夫不负有心人，通过近年来的努力，帮扶成效显著，贫困户的年收入逐年攀升，人均收入均已达到国家脱贫标准。

陈桥村的发展正是因为驻村人员和镇（村）委严格落实习近平总书记“扶贫要实事求是，因地制宜。要精准扶贫，切记喊口号，也不要定好高骛远的目标。三件事要做实：一是发展生产要实事求是，二是要有基本公共保障，三是下一代要接受教育”的要求，使得陈桥村实现从穷乡僻壤到美丽乡村的蜕变。陈桥村变美了，村民们的日子一天天好过了，脸上的笑容一天比一天更多了，如今，陈桥村产业旺、生态美、百姓富的乡村振兴画卷正在徐徐展开。很荣幸，我见证了这一切。

（作者单位：国网河南虞城县供电公司）

红妆自可张军气

——读《咏秦夫人良玉》有感

郭　琪

在央视《经典咏流传》舞台上，歌手万茜一袭白衣，用略带低沉的嗓音演绎了一首《铁甲红妆》，将一位骁勇善战、英姿飒爽的巾帼英雄秦良玉带入大众的视野。

中国古代有不少女将军，但有的年代久远实载不详，有的流传虽广但于正史无名，秦良玉是中国古代战争史上的一个奇迹。她自幼随父练习弓马骑射，嫁到石柱即随丈夫征战。丈夫去世后，她成为一方的首领，率领她的亲兄弟和子女，远赴辽东抗清勤王，一支白杆军威震敌胆，一门忠烈名扬四方。

秦良玉的气节感染了无数的能人志士，明清之际的大学者屈大均曾作诗称赞秦良玉："巾帼勤王旧有名，罗敷同姓亦同情。红妆自可张军气，锦伞谿来建义声。"诗中"巾帼勤王"提到了她率军抗勤王的声名远扬的战绩，也以她与秦罗敷对比描绘了她与丈夫的同心的坚韧。后又以南北朝时期为民族团结国家统一做出巨大贡献的"锦伞"夫人冼英相提并论，提出女子也可以张扬军威、鼓舞士气。"红妆自可张军气"，充分体现了巾帼英雄的柔情与大气。

秦良玉生于女子地位式微的年代，却以文才武功威慑远近，成为古往今来众人仰慕的对象。她生前征战四方，死后被追谥为"忠贞侯"，崇祯皇帝为她赋诗四首。"由来巾帼甘心受，何必将军是丈夫""桃花马上请长缨""饮将鲜血代胭脂""凯歌马上清平曲，不是昭君出塞时"，都描绘了秦良玉征战时的飒爽英姿与壮志豪情。

革命志士秋瑾以她自比，写诗赞道："古今争传女状头，谁说红颜不封侯"。北京奥运会火炬手服装上的凤凰图案，也取材于秦良玉的御赐龙凤袍，经历近千年时光流转，这只凤凰在设计师的手中宛若涅槃重生，亦让这位骁勇善战的女将军，再次闪耀在人们的心中。

秦良玉般的英雄气概也在今天传递着，曾经是南征北战碎铁甲的豪情，现在是能扛起半边天的女性力量。

过去的两年里我们看到了，逆行武汉，为研制新冠疫苗，数月白头的陈薇将军；也看到数十年坚守大山，创造教育奇迹的张桂梅校长；无数奋战在各行各业的优秀女性，我们见证了她们的风采，也感受到了她们的力量。

作为电力女职工，我们也要发挥坚韧不拔、迎难而上的奋斗精神，发挥巾帼不让须眉的精神，为公司综合实力稳居全省第一方阵不断贡献巾帼力量，绽放巾帼风采。

（作者单位：国网河南省电力公司平顶山供电公司）

风华百年　电力巾帼心向党

袁　媛

一百年，不算长
在浩如烟海的历史长河中仿佛白驹过隙
一百年，不算短
足够一个呱呱坠地的婴儿变成须发俱白的老人
一百年，太长
经历了太多的险阻，困苦和牺牲
一百年，太短
宏大的理想才轰轰烈烈刚开好了头
一百年前
红色的政权自南湖红船启航
承载着备受压迫劳苦大众的梦想
天安门城楼的庄严宣告
震撼的消息在世界回响
发展
是华夏儿女永恒的希望
四十年的改革，让神州大地换了新天
历经苦难的民族终于从苦水中酿出了芬芳
精准扶贫一个不掉队，全面脱贫又决胜小康
用初心填平征途的沟壑，让中国五谷丰盈，牛羊肥壮
国际合作谋共赢，一带一路谱华章
生态文明上层次，百姓福祉好生活
航母下水嫦娥奔月，高速高铁连接城乡
普天同庆，大地流芳
看祖国面貌新，看家乡好日长

看老人俱康乐，看稚子学业长
百年华诞，巾帼向党
团结坚韧，美好顽强
我们是电力巾帼新一代女工
在平凡的岗位上坚守
仔细巡视，规范操作
调试安装，检查检修
寒来暑往，走过红了樱桃，绿了芭蕉的匆匆
走过风也飘飘，雨也潇潇的寂寥
现场工作，不辞劳苦
技术比武，当仁不让
事故抢险，步履匆匆
保电战役，披星戴月
电力巾帼心向党
用真诚，换来宁静乡村的万家灯火
用服务，换来宣嚣都市的霓虹闪烁
用奉献，换来酷热夏日的凉风习习
用真心，换来冰雪寒冬的春暖融融
电力巾帼心向党，为党的百年华诞热情歌唱
就像一朵花，一只鸟，一首美丽的诗
就像一朵云，一片雨，一场皑皑的雪
在各自岗位上，演绎出多姿多彩的故事
在电力大家庭中，撑起了瑰丽的半边天
百年华诞，电力巾帼心向党
要撑起华夏大地不灭的国电之光
坚定信念要将世界点亮

（作者单位：国网河南省电力公司平顶山供电公司）

读《梁家河》有感

郁晨曦

初拿到《梁家河》这本书，便忍不住一口气读完了一百六十页，直至夜深都放不下，读完之后，心中颇受感触。可以说，这是我第一次接触纪实类书籍，第一次如此近距离地“观看”习近平主席，看习近平主席在陕北高原上发生的故事。读完习近平主席在梁家河的“故事”，我获得了很多正能量与精神，比如：吃苦耐劳、开拓创新、奋斗不息、勇于担当等，但我感触最深的还是“不忘初心”。

近几年，“不忘初心”已成为当之无愧的高频词汇，在许多场合被反复提及。习近平主席离开梁家河之后又先后两次回到此地，也多次写信询问梁家河村民的生活状况，这就是不忘初心最真实的体现。习近平主席经历了一年知青生活的困惑与迷茫之后，深深明白了群众的力量，从此一心投入群众中，努力融入当地群众的生活，为群众干实事，开荒，种地，放羊，挑柴，办沼气，深深牢记“要为人民做实事”的初心，他说“陕北高原是我的根，因为这里培养出了我不变的信念：要为人民做实事！无论我走到哪里，永远是黄土地的儿子。”

作为一名共产党员，作为一名国家电网人，我也要不忘努力提升自己、做好自己的工作、为大家带来光明的初心。入职前，我就设想过，当我成为国家电网的员工后，我会怎么做。在国网工作，并不是我成长的终点，这是一个与学生时期完全不同的新起点。学习调度自动化的专业知识，学习 D5000，学习安防是我的初心；成为自动化领域的专业人才，用自己所学做好调度员的幕后是我的初心；钻研安防，保护电网数据传输的安全与可靠性是我的初心。

繁华世界，诱惑千千万，在前进路上，我也常迷茫困惑，也会怀疑自我，也曾差点遗失本心，读完《梁家河》，读完习近平主席的陕北生活，读完陕北高原上的初心故事，我再次重获力量，再次巩固初心。

我没有站在习近平主席的高度，做不到习近平主席的初心，但我站在自己的高度，我会不忘自己的初心。我时刻谨记，我是一名国家电网人，小人物也有大能量，我会努力在自己的岗位上做精做强，紧紧跟随国家前进的脚步，不忘初心，砥砺前行。

（作者单位：国网河南省电力公司平顶山供电公司）

书自香我何须花

牛涵佳

书，我们的伙伴；书，我的眼睛；书，我的回忆；书也是生活。

有了新家，又置办了一组书柜，可惜书柜上的书不多，老书都遗留在原来的老书柜里。曾经无数遍幻想，一个人、一个暖洋洋的下午，一杯茶，一个垫子，席地而坐靠着书柜，茶亦醉人何须酒，书自香我何须花。外甥没事也喜欢在书柜旁玩，还喜欢拿他看不懂的书，这也许是小孩的天性，爱装大人的样子。少儿版的西游记，昆虫记贴纸练习思维的书。希望书柜能够伴他成长，留给他美好的回忆。

书中的山水草木，都是活的，且都有了感情，都令人觉得可爱极了，好像那些花花草草就是人的朋友，能够静静地听人倾诉。有时望向窗外，我看见外面的草木，虽然并不会开口说话，但偶尔风一吹，它们就点点头，好像朋友般在安慰我，肯定我。我想草木皆有感觉，何况人呢？为什么不能在忙碌的日子里，停下脚步，回头看看自己留下的脚印呢？

繁华浮沉，谁能将心平静似镜。以前看书的时候发现有七天出家的事例。做七天清心静欲的“僧人”，与寺院的和尚们一样，早出晚归，远离凡世的尘嚣。于是想象每日清晨，寺院的钟声响起，三三两两的和尚、居士齐声念诵经文，没有喧嚣，没有不绝于耳的车流和人声，只有静，出奇的静。过一个真正的僧人的生活，一切了然于胸，坦然平和，无大喜与大悲，对人世的种种悲欢，一切的得与失，看得透，亦放得下。

可是又一转想，这七天只是一个过程，体验完了之后还要回归社会，同这个时代的许多人一样，每天忙忙碌碌奔波，疲惫、厌倦、恐慌、落寞、想逃离，但逃离不过一时，逃离不能一世；只有心中静下来，放下来，获得更多的智慧，活得才能更加地清醒和闲淡。

端正态度，是一句使用频率很高的口号，但我对于这个简单的动宾短语是不够重视的，端正的态度是一船之舵，有了正确的思想指引，才能有正确的前进方向，只有端正了态度，才能脚踏实地地工作，从自身的工作中找到闪光点；只有端正了态度，才能立足本职，从一点一滴做起，实现自身的价值。

失落的时候悲观地认为世界容不下米粒般大小的自己，人一生的欲望经常会随着环境变化而不断变化，人需要及时地平衡自己的心理。我相信看书、读书能拥有阳光心态，用宽大的心去包容一切，用勇敢的心去创造一切，相信上帝的那扇窗永远为我们敞开。

在物欲横行的年代，如何不随波逐流，守住自己？草原上的简媜悠然自得地以为自己“既是山里的一块岩，也是天上游动的云；是草的半茎，也是牛羊身上的汗毛。”。我则静坐在书房，看着窗外那一窗的草，想着想着，自己也就成为一株草了，也就那么无心地坐着。

“人不能自外于山水，当我再次启程，我是一株行走的草，替仍旧沉溺在红尘里的我，招魂。”把最后一句话用我自己的声音读出来后，把她放在一边，我也该重新启程了。

（作者单位：国网河南宝丰县供电公司）

平凡中的不平凡

董伟伟

前段时间，看了公司读书协会分享《平凡的世界》一篇读后感后很感动，其实，我也爱读这套书，每当彷徨、坐立不安时，总能在书中找到自我鼓励的地方。

高中时，首次接触了这本书，那是从同学手中借到的盗版，一本厚厚的，印刷排版的字都要溢出每页纸了，但劣质的印刷丝毫不影响当时求知的欲望。至今，对书中开头的描述还记得很清楚，也是我非常喜欢的一段话“一九七五年二三月间，一个平平常常的日子，细蒙蒙的雨丝夹着一星半点的雪花，正纷纷淋淋地向大地飘洒着……”除了这段，印象比较深的还有“亚、非、拉三色馒头”以及孙少平和郝红梅避人吃饭的场景，无奈高中时代繁重的学习任务，没有时间再去读这本大部头的小说，所记的内容也只有只言片语的以上内容了。

第二次与它相见已是而立之年了。在一个工作日的下午，忽然特别想去读这本书，便迫不及待地去新华书店买了它，这时的它已经不是厚厚的一本，被整理成了上中下三部，乳白色的封面设计简单朴素不张扬，与其名字不谋而合，翻开它，首页依然是那句“一九七五年二三月间，一个平平常常的日子，细蒙蒙的雨丝夹着一星半点的雪花……”一瞬间，把我拉进另一个世界—孙少平的高中时期，我首次读它的高中时代和现在仿佛在一个平行世界，进行着思想的碰撞。

书中，比较喜欢的是孙少安和田晓霞。我们先来说说孙少安，孙少安有着他这个年龄少有的理智和稳健，二十岁便做了生产队长，十里八乡较多人知晓，遭到年迈田支书的妒忌。孙少安放弃深爱的润叶，除了悬殊的家庭环境，更多的原因是身上肩负着家庭的责任，老实巴交的少安爸孙玉厚遇事只会圪蹴在灶火旁束手无策、暗自神伤。少安的能干，就连村里的人都不相信老实的玉厚会生出这么出息的后生，但是，就少安而言，在生病的奶奶、老实的父母和姐姐、年幼的弟弟和妹妹、有上顿没下顿这样一个家庭环境下，他怎能不背负起家庭的责任，作为中坚力量扛起这个“烂包”的家，负重前行，他何尝不想和润叶共度一生，但每次青春的冲动都被“烂包”的光景打撒为泡影，润叶怨他，但她更知道她少安哥心中的苦，他们注定是走不到一起的人。

为了改善家里“烂包”的光景，少安与秀莲一起努力，为弟弟妹妹做表率，他将对家的爱扩展到对全村的爱，办起砖厂，带领全村人一起致富，也使得孙玉厚老汉在村里挺起了胸膛。少安的一生不屈服于命运，不向命运低头，他舍弃了最爱的润叶、遇到了生命里的秀莲、背负着全家人的希望，开拓了一条光明通途，虽然路上充满了艰辛，但他从未放弃，因为他知道，孙少安在，家就在，家人就在。

再说说田晓霞，这本书有很多感人的地方，但唯一让我流泪的是晓霞的离去。孙少平第一次见到田晓霞是这样描述的“田晓霞外面的衫子竟然像男生一样披着，这使人感到无比惊讶……”领导家庭出身的田晓霞美丽大方、才华出众、有个性，学生时代，在别人嬉戏玩耍的时候，她却站在报栏处关心国家大事、开拓视野。空闲时，她会在父亲的书房，阅读参考消息等政治读物，同时分享给孙少平，在孙少平迷茫时，给予他很大的帮助。她说：“孙少平，你是一个平凡的人，但是也可以变得不平凡。”她懂得将命运掌握在自己手中，更帮助少平突破贫困的枷锁、改变自己的命运。当她和少平相互欣赏进一步加深感情后，她没有因为少平是一个挖煤工而产生嫌弃，当时的她已经是省报记者，却仍旧义无反顾地深深挚爱着这个“掏煤的男人”。

命运不公，天妒英才，当少平在报纸上看到晓霞在洪水中为救人牺牲时，他再也抑制不住自己的感情痛哭起来，在看了晓霞的日记后，他又知道了这个走在时代前列的优秀女性是如此深爱着他这个平凡的掏煤工。洪流冲走了可爱的晓霞，连同他们的爱情也一起被埋没，任凭少平如何呼喊，再也回不去了。但是，晓霞带给他思想的转变却深深地印在了少平的生命中，使少平坚信“平凡的人也可以变得不平凡”。

在这个世界上，我们都很平凡，过着平凡的日子，在家庭、工作、生活中，扮演着不同的角色，然而“天行健，君子以自强不息。”平凡的人通过努力，也能成为不平凡的人，孙少安办砖厂带领全村人致富、孙少平从伸不直腰的掌子面挖煤到年年获得优秀的班长、晓霞通过报道展示平凡人不平凡的故事等，有哪一件又是惊天动地的大事呢？因为我们都是平凡人。

“小事中见责任与担当”“是金子总会发光”，只要我们心向阳光、心存梦想、向着希望与目标前行，坚信在平凡的世界里，我们每个人都会变得不平凡。

（作者单位：国网河南叶县供电公司）

《做事做到位》读书心得体会

黄　鹤

说起来做事情谁都会做，到底如何做才能够做得更好，的确是需要通过学习和思考才可以办到的。通过《做事做到位》这本书的学习，犹如给我的思维打开了另一扇窗，让我得到更多的启示和收获。

只有用心做事，才能尽职尽责。这里所讲的用心做事是指用负责、务实的精神去做每一天中的每一件事情，还要做到不放过工作中的每一个细节，并能主动地看透细节背后可能存在的问题，还要让自己比过去比别人做得更好。要做到这点，首先要有积极的态度去对待自己的工作。人是具有情绪的动物，而情绪总是对人的心理和行为产生各种影响，如果我们在对待自己的工作时，能够保持积极的态度，就能够让自己在做工作的时候处于最佳的状态，那么工作的难易和多少都不会影响我们做工作的心情，才可以让我们的工作赋予活力和创造性，还可以让我们工作质量得到有效的保证，还可以让我们感受到完成工作任务的成就感，最后让我们真正感受到做工作的快乐。

做事有计划，可以提高工作效率。书里讲到“冒失是一种轻率的表现，是指对任何事情都不经过深思熟虑，只凭一时的冲动而匆忙做出决定，这种匆忙把事情做完的人，事后通常要花更多的时间，把第一次没做好的事情重新做好。”这就是说做事情没有计划的人，往往事倍功半。通过学习我认识到，这和一个人处理问题的思维有关，也就是我们用什么样的思维方式去处理问题。我们都知道人的思维有两种方式，一种是感性思维，一种是理性思维。在工作中和生活中其实更多的应该是用理性思维的方式去看待和处理问题，这就是让我们面对工作任务的时候，必须经过思考做出计划，按计划去实施，才可以保证执行的有效性，减少差错的发生，避免重复做许多无谓的修改，提高工作的效率，这就是我们平时所说的事半功倍。

踏踏实实，严格按规章做事，在路灯管理处这个特殊的行业中，一板一眼，踏踏实实，严格按照规章制度做工作更为重要，路灯的效益是以安全和质量为前提的，如果忽略细节中的隐患，就可能造成不可弥补的事故。在平时的工作中，养成我们维护人员良好的工作作风，加强对规章制度的学习，保证我们在工作中使用现行有效的工作程序和技术标准，确保我们所做的工作是按照工作单卡和工作程序执行的。

作为通用课程的教员来说，除了保证自己的工作严格按规章制度去做外，还必须在我们所讲授的课程中反复强调各类手册和程序的重要性，结合行业内和公司内在生产中出现的违章违规案例进行分析讲解，达到自我教育和教育职工的目的，这样可以起到预防和减少人为差错的发生。通过对《做事做到位》一书的学习，我得到的收获远不止这些，相信在以后的工作还能够用到更多，使自己的工作效率和工作方法得到不断提高，并逐步优化自己的工作行为，为企业的发展做出自己的努力。

（作者单位：国网河南省电力公司驻马店供电公司）

《爱的教育》读后感

白雪萍

《爱的教育》的书名使我产生思考，在这纷纭的世界里，爱究竟是什么？带着这个思考，我与书中这个意大利小学生一起跋涉，去探寻一个未知的答案。

爱，像空气，每天在我们身边，因其无影无形就总被我们忽略。其实它的意义已经融入生命。就像父母的爱，不说操劳奔波，单是往书架上新置一本孩子爱看的书；一有咳嗽，药片就摆放在眼前；临睡前不忘再看一眼孩子，这就是我们需要张开双臂才能拥抱的深深的爱。当我们陷入困境时，没人支持，是父母依然陪在身边，晚上不忘叮嘱一句："早点睡"。读了安利柯的故事，我认识到天下父母都有一颗深爱子女的心。安利柯有本与父母共同读写的日记，而现在很多学生的日记上还挂着一把小锁。最简单的东西却最容易被忽略，正如这博大的爱中深沉的亲子之爱，很多人都无法感受到。

如果说爱是一次旅游，也许有人会有异议。但爱正是没有尽头的，是一次愉快的旅游。就像生活，如果把生活看成一次服刑，人们为了某一天刑满释放，得到超脱而干沉重的活儿；那么这样的生活必将使人痛苦厌倦。反之，把生活看成旅游，一路上边走边看，就会很轻松，每天也会有因对新东西的感悟，学习而充实起来。于是，就想继续走下去，甚至投入热情，不在乎它将持续多久。这时候，这种情怀已升华为一种爱，一种对于生活的爱。读《爱的教育》，我走入了安利柯的生活，目睹了他们是怎样学习，生活，怎样去爱。在感动中，我发现爱中包含着对于生活的追求。

如果爱是奔腾的热血，是跳跃的心灵，那么，我认为这就是对于国家的崇高的爱。也许它听起来很"口号"，但作为一个有良知的人，这种爱应牢牢植入我们的心田。当读到安利柯描绘的一幅幅意大利人民为国炸断了双腿，淋弹死守家园的动人场面时，我不禁想到我们祖国大地上也曾浸透了中华儿女的血。同样是为了自己国家的光明，同样可以抛弃一切地厮拼，我被这至高无上的爱的境界折服。如今不需要我们为祖国抛头颅了，但祖国需要我们的地方还有很多。爱之所以伟大，是因为它不仅仅对个人而言，更是以整个民族为荣的尊严与情绪。

《爱的教育》中，把爱比成很多东西，但不仅如此。我想，“爱是什么”不会有明确的答案，但我已经完成了对于爱的思考，即爱是博大的、无穷的、伟大的力量。

（作者单位：国网河南省电力公司驻马店供电公司）

喜迎建党一百年

贾漫漫

“没有共产党就没有新中国……”从小就听着《没有共产党就没有新中国》这首歌，但小时候却不懂得党是什么？有什么用？随着年纪增长，上了初中，高中，学过了中国近代史，才对党有了了解……

一百年风雨兼程，一百年峥嵘岁月，一百年红旗猎猎。中国共产党在2021年迎来了她的一百年诞辰。

回望历史，一百年前一条小船上燃起了希望之火，救亡图存在一批有志青年的推动下正式提上日程。又有谁能想到，诞生于一条小小渔船上的中国共产党在百年之后能够拥有9500多万党员，带领新中国克服了一个又一个困难，越过一座又一座高山，在国际竞争如此激烈的情况下义无反顾地带领积贫积弱的新中国跻身大国前列。

如果没有共产党，那我们如今的美好生活将无从谈起；如果没有共产党，那我也未必能够安稳地坐在这里敲下一个个字符，表达我对党的祝贺与感激。我们把党比作母亲，她用乳汁哺育我们长大；她把幸福留给我们，把苦难留给自己。为了新中国的解放，为了我们过上好日子，那么多党的优秀儿女，不惜抛头颅、洒热血，献出自己宝贵而年轻的生命。

然而回首百年历史，却是那样的曲折不平坦。你看那洒满鲜血的路上，一个个脚印载着多少风雨与沧桑。身为中国电力公司的一员，我不禁想到中国电力在这一百年里历经了什么？中国电力在起步晚、底子薄的情况下走出了一条波澜壮阔的创新超越之路，实现了从小到大、从强到弱的巨大飞跃。

中国电力的发展共历经了三个阶段，首先是计划经济阶段，自1949年到1978年，中国电力历史分别有燃料、电力工业部、水利电力部三个阶段。在燃料部与电力工业部阶段，电力管理执行集中管理的方法；时至水利电力部，电力与水利又经历了分散与集中各两次不同管理。其次是第二阶段，摸石头过河，从 1978 年党的十一届三中全会以后，中国的电力工业体制进入了改革探索时期。1979 年到 1982 年时第二次成立电力工业部；1982 年到 1988 年是第二次成立水利电力部；1988 年到 1993 年事能源部时期；1993 年到 1997 年是第三次成立电力工业部。

国家电网企业发展战略是把国家电网公司建设成为“电网坚强、资产优良、服务优质、业绩优秀”的现代公司；近些年来，中国电力也渐渐步入正轨，制定了完备的市场发展战略。转变思想，树立竞争意识。企业生存的基础是市场，思想又是行动的先导，为了扩展电力市场，企业一定要转变以往的思想观念，明确以市场为主体的竞争策略，坚持市场的导向作用。健全完善电力市场规章制度。想要做好任何事情都要有健全完善的规章制度作基础，电力市场的有效扩展也是如此。建立以用户为核心的电力市场并拓展市场。想要增加社会用电数量，并逐步拓展电力市场，就要坚持供电以客户为核心，根据用户的具体需求构建电力市场。提高员工素质能力。电力市场的有效拓展要依靠企业员工的业务能力和综合素质来完成，随着社会主义市场经济的全面开放，以及现代化技术的逐步兴起，给电力企业员工素质能力提出了更高的要求。

共同体一词最早出现于社会学研究，英国社会学教授齐格蒙特．鲍曼曾在《共同体》一书中写到“共同体是一个温暖而舒适的场所，一个温馨的家，在这个家中，我们彼此信任，相互依赖，我们是安全的”。员工是企业发展的基石，企业是员工成长的舞台，企业的发展需要有一支核心的团队，需要全体员工的努力，需要员工把个人发展融入到企业发展中，把企业看做自己的事业，在努力推动企业发展中实现自我价值。

电就像水和空气一样，它在的时候，常不被注意；它不在的时候，生活难以为继。其实电也是人们观察现代社会发展的一个独特视角，每当暴风雨等极端天气来临时，会造成大面积的断电，这对电力抢修工作造成了巨大的困难，也时刻威胁着工作人员的生命安全。但是随着电网规模越来越大，智能化水平越来越高，我国的电网变得越来越完善；越来越多的无人值守变电站投入运行，电力故障预警系统、智能故障诊断系统及故障处理系统的完善，使我国的电能质量快速提高的同时让每个电力员工的安全得到了切实的保障。

国家电网公司今年特别重申“人民电业为人民”的行业宗旨，契合了现在的大主流，在新时代，要以人民为中心，全心全意为人民服务，作为电力企业的一名员工，更有这种责任和义务为社会做更多的贡献。有一句话很火：如果你觉得生活很容易，那是因为有人为你负重前行。如今大家能吹着空调，看着电视、刷着手机……这些对于你来说平凡无奇的事情，其实是无数电力英雄们用生命危险换来的。而他们，并不需要百姓们的热泪盈眶，需要的仅仅是大家的一点点宽容和理解。

新时代召唤新使命，新作为书写新篇章。落实习近平总书记对推动能源领域“四个革命，一个合作”重要战略思想，坚持走绿色低碳、深化改革、开放合作、创新发展的道路，是电力行业全新的历史方位，是电力企业清晰的发展共识。

明镜所以照形，古事所以知今。今天，我们站在新的历史起点，要不忘初心继续前进，深入学习贯彻习近平总书记系列讲话精神，特别是关于工人阶级和工会工作的重要论述。我们回顾党的光辉历史，是为了更好地总结历史经验、把握历史规律，增强开拓前进的勇气和力量。

100 年风雨兼程，100 年漫漫求索，100 年卓越辉煌。对中国共产党成立 100 周年的纪念，就是按照习近平总书记的要求，面向未来、面对挑战，全党同志一定要不忘初心、继续前进，坚持和发展中国特色社会主义制度，奋力实现中华民族伟大复兴的中国梦。

（作者单位：国网河南泌阳县供电公司）

我 的 父 亲

贾惠银

我的父亲是转业军人，从县电业局退休将近二十年了，他曾在变电站、供电所、用电办、农电开发、农网改造等好几个部门工作了二十五年，虽说没有干出惊天动地的成绩，可也为县电力事业的发展做出了一定的贡献。现在年近八旬的他，身体硬朗，生活简朴，不但爱看新闻联播，还心想着单位的发展。他关心照顾家人，教导小辈清正廉洁，在平凡普通中展现出了一位电业人的淳朴和老共产党员的正直作风。

父亲生于20世纪40年代，家境贫寒，建国后断断续续上到了初中毕业。那年部队征兵，父亲满腔热情想参军，却遭到了奶奶的反对。原因是当时我大伯已经参军了，家里缺少挣工分的。后来领导劝奶奶说，你家成了双军属，更光荣了。奶奶转变了态度，父亲终于如愿以偿地参了军。

在部队上，他刻苦训练，努力学习，表现优秀，光荣地加入了中国共产党，成为了一名基层指挥员，为祖国的国防事业做出了贡献。

我出生的那一年，父亲从部队转业回到了县电业局，从此，我家就和电业结下了不解之缘。小时候我对用电安全的认识就来源于父亲带回来的彩色宣传画，通过图画，父亲教会我们怎样安全用电。印象最深的有“触电要用木棍挑”“湿手不能摸电器”“高压线下莫扬鞭”等，到现在我仍记忆犹新。

在新的工作岗位上，父亲依然是勤勤恳恳，兢兢业业。那时候我家是典型的“一头沉”，家在农村，父亲每天骑自行车赶十多里路去上班，总是早出晚归。春秋天还好点儿，冬天夏天就受罪了，夏天顶酷暑，冬天冒严寒，要是遇到下雨天就更惨了。记不清有多少回了，父亲光脚扛着自行车，顶风冒雨，浑身湿透的回到家。那时候农村的路都是土路，一下雨就成了“水泥路”，黄泥巴沾到自行车车轮上，很快就把挡泥瓦里塞满了，别说骑了，推都推不动，无奈只能扛着走。那可是大二八车啊，现在想想真叫人心疼。当时父亲肩上扛的不仅仅是笨重的自行车，更多的是工作的担当和家庭的责任。

印象中那时候我们总是在昏黄的电灯泡下看书学习，灯泡可能只有三十瓦吧，就这时不时地还会停电。一停电，父亲就说这又是压负荷保生产呢。他说我们县电业局是趸售局，趸售就是批发再零售，由周边三个地市局给我们供电。我们县的工业基础薄弱，工厂少，用电量就少，相应地供电损耗率就高，用电指标就少，所以居民台区拉闸限电就成了家常便饭。

为了多要用电指标，父亲和同事们经常到三个地市局去申请用电指标，但因当时国家发电量所限，往往都是无功而返。现在父亲讲起这些往事的时候，都会欣慰地说，国家近年来大力发展了火电水电发电企业和高科技输变电企业，用电荒的年代一去不复返了。

在供电所工作期间，父亲经常和同事们一起到台区检查线路，查找安全隐患，严防安全事故发生。发现有私拉乱接和偷电的，及时进行拆除纠正，甚至还和人发生过冲突。父亲对同事也很关心，有一位叔叔的妻子得了重病，他还自掏腰包送去了慰问金。当然，这都是我事后听说的。

父亲每年都能拿回来一些奖状和奖品，有先进工作者的，也有优秀共产党员的，他送给我的胶皮笔记本奖品曾经让我爱不释手。当时父亲工作上的辛劳和压力我肯定一无所知，但我肯定，正是因为辛劳和压力让他病倒了。看着得了脑梗躺在病床上输液的瘦弱的父亲，我心里很难受。他骑着自行车，每天往返二十里，风里来雨里去，在家和单位的土路上整整奔波了八年，少说也有三万里吧，他为工作和家庭操劳太多了。所幸的是，父亲出院了，没有留下后遗症，但他的身体却很虚弱。

因为身体和我们上学的原因，父亲决定把家搬到城里。当时住的条件很差，我和父母住一间宿舍，两个哥哥住在临时搭建的小厨房里，现在想想都还有点心酸。父亲告诉我们，他上学时候饭都吃不饱，现在的条件比以前好多了，起码回来有热饭吃。他鼓励我们好好学习，将来有一技之长，自己能找一个好工作，更能为国家做贡献。

在父亲的教诲下，大哥考上了大专，毕业后在外地工作。二哥参军考上了军校，在边疆守卫了二十年，现在也转业了。父亲曾为挂念二哥而暗自流泪，但二哥也是他最大的骄傲和欣慰，他说二哥是我们家给国家做出了最大贡献的人。我后来也上了电力技校，毕业后回到县电业局，居然和父亲做了同事，当然我是新同事，是下属。

我上班以后，分到了离县城比较远的一个变电站去工作。因为离家远，生活上不适应，情绪上有点波动。父亲就给我讲，在哪里都能干出成绩，关键是态度要端正。变电站就是供电系统中的心脏，心脏出了问题，那损失就大了。以前的技术有的已经落后了，不断更新发展的新技术需要年轻人来掌握，这样才能发挥新技术的巨大作用。

变电站值班人员要认真细致，爱岗敬业，把学校里学的知识和实践结合起来，学以致用，在实际操作中提高自己的水平。父亲的话给了我动力，让我端正了思想。在师傅的带领下，我虚心学习，规范操作，做到了安全生产。同时我利用闲暇时间学习新知识，新技术，给自己充电，提高自己的理论水平，以老同志为榜样，争做新时代的电业职工。

（作者单位：国网河南泌阳县供电公司）

人生海海，山山而川，潺潺成镜，生生不息

庞宁宁

“幸福是养自己的心，不是养别人的眼。”“心若雷霆面若平湖，这是生命的厚度，是沧桑堆积起来的。”“当一个人心怀悲悯时就不会去索取，悲悯是清空欲望的删除键。”这几句话来自麦家时隔8年的呕心力作《人生海海》，书中以第一人称我的视角窥视了父亲的老友“上校”跌宕起伏的悲惨又英雄的一生。

“生活是如此令人绝望，但人们兴高采烈地活着。”形容上校再恰当不过。他的前半生起起伏伏、离奇精彩，有拼尽全力守护的秘密，有不为人知的耻辱和仇恨，更有一种让人心疼的英雄主义。他登上过荣耀的顶峰，也跌入过耻辱的谷底，但命运没给他片刻安宁和喘息的机会。

这本书看完久久无法平静，甚至落下泪来感慨。在那个战争的动荡年代中，每一个小小的人物的人生都与时代变化息息相关。上校做军统特务期间，被日本特务在肚皮上刻字，成为一辈子的耻辱，也成为他拼命守住的秘密和人生的枷锁。前半生他为了活着而活着，后半生有了想要的自由，真正活成了自己想要的样子。

在人生中，每个人都会经历许多事，甚至可能是生命不能承受之重的事，这时我们如何思考，如何保有初心的活着。世上只有一种英雄主义，就是在认清了生活真相后依然热爱生活。

关于书名，“人生海海”取自闽南方言，意思大致是人生像大海一样变幻不定、起落浮沉，但总还是要好好地活下去。

人生海海，其实自己不过是沧海一粟罢了。而我们沉浮在人世间的残酷疯狂，人性的庞杂纷乱中，被动承受着生命之重，最终感受到：没有完美的人生，不完美才是人生。亦犹如我们在生活大海中漂浮着、迷茫着、前行着，如果没法改变生活，那不如就爱上生活吧。

最后，仅愿我们都能走向自己人生的光明之地！

（作者单位：国网河南沁阳县供电公司）

小玩具记录大变化

刘　莹

那年你缠着妈妈制作的沙包，还记得放在哪儿吗？黑乎乎的小手，小心保管的拍画，还记得在哪个抽屉放着吗？“村前的小河，是我一个夏天的玩具。”青岛诗人韩宗宝这样记录自己的童年玩具。于我而言，童年的记忆大多时候都是零零散散的模糊碎片，若提起记忆深刻的玩具，便是幼年那些日子里和同伴们一起玩的玩具。

阳光灿烂的日子，吃过午饭，小伙伴们像是约好似的，在胡同里见面，门前的一个沙堆，是我们一个下午的玩具。有时候，发现路边的红砖，小伙伴们一起把红砖砸一砸，磨一磨，制作5个还算圆润的石子，一群小孩儿蹲在门前的空地上，嘻嘻哈哈玩起了“抓石子”。

在我的印象中，一个毛绒娃娃、一个会跳的铁质青蛙、一条橡皮筋还有一个沙包是我童年仅有的几样玩具，它们陪伴着我度过了人生当中最无忧无虑的一段时光。那时的我经常一个人摆弄着娃娃就能乖乖地在家待上一整天。后来大一些的时候又有了橡皮筋和沙包，我玩乐的领域也随之扩大。记得当时爸爸出差给我买了一个铁制的文具盒，舍不得用，一直放在我的抽屉里，视若珍宝。

时光流转，这些画面和记忆，渐渐遥远。2017年，我的孩子出生了。还没出生前，一家人张罗着给孩子购买各种婴儿用品和玩具。随着孩子长大，玩具收纳盒里、客厅的茶几上、书房里……到处都是孩子的玩具。随手拿起一件玩具，还可能是来自德国、丹麦、美国等国外的品牌。对于今天的孩子们来说，再好的玩具新鲜玩上几天就抛之脑后，可对于90年代初出生的我们这一代来说，一个喜欢的毛绒玩具似乎能陪伴记忆中的整个童年。

从新中国成立到现在，我们的玩具就像是中国工业发展和人民生活水平逐步提高的一个缩影。人们在历史的车轮带动下，见证了几代儿童的成长和玩具的变迁。

如今琳琅满目的商品，欲眼望穿，微信支付人尽皆知，高楼大厦高耸入云，这些都体现着祖国变迁的种种。曾经被压迫的人民，曾经腐败的统治，曾经永无天日的硝烟，在党中央的领导下，一步一步地走向了和平，一步一步地站了起来。复兴中华，多少人民的愿望啊！复兴之路，布满荆棘，中国共产党却从未放弃。旧中国，公路上行驶的汽车，没有一辆是我国制造的，甚至连修理汽车的小零件，也得从外国进口。可就是这样的中国，在中国共产党的正确领导下站了起来。

时光漫漫，岁月悠悠，经过一代又一代的努力，中国共产党开启了我国改革开放和社会主义现代化建设的历史新时期，对内改革，对外开放，逐步建立起社会主义市场化经济体制，综合国力不断增强，人民生活水平大幅度提高。

变迁的脚步依旧进行着，曾经的封建主义制度，如今的社会主义建设，曾经的马克思主义列宁，如今的习近平新时代中国特色社会主义思想，都足以证明中国一直在前进，一直在奋进。

回望刚刚过去的2020年，他们在抗疫一线火线入党，他们说“我从未如此坚定”“越是艰难越向前”。在脱贫攻坚主战场，20万驻村第一书记、上百万从事脱贫工作的同志，他们在异常艰苦条件下带领人民群众脱贫致富，“不获全胜决不收兵”；在喀喇昆仑边境线上，戍边官兵“清澈的爱，只为中国”，用生命践行“绝不把领土守小了，绝不把主权守丢了”的铮铮誓言；更有千千万万年轻战士止戈为武、铸剑为犁、擦肩磨掌、枕戈旦夕，白鸽飞到枪头憩……

历史的长河奔流不息，时代的变迁，永不停歇。我深刻坚信，祖国的未来会更加灿烂辉煌，明天会更加美好，更加宽敞。今年是中国共产党成立100周年，百年征程波澜壮阔，百年初心历久弥新，让我们携起手来努力奋斗，共同致敬这伟大的时刻！

（作者单位：国网河南泌阳县供电公司）

每一场灾难都是一个故事

沈　建

朋友送来的野菜散发出沁人肺腑的清香，犹如从万物复苏的田野飘来了春天的气息。无数次神游郊外，嗅菜花的芬芳，赏扯天连地的绿色，可怜春色咫尺却相隔天涯。春天到来疫情也该消散了吧！这禁锢已经太久。摘着野菜母亲缓缓地说：“在过去，春天到来‘春荒’也就好熬了”。母亲不担心眼前的疫情，却又想起了从前的春荒。

母亲出生在1941年，曾经历过许多灾难，想起那些灾难中的故事免不了要叹息。她说自己记事时正逢“国共拉锯战”，战争发生在东北，广大后方百姓却遭受着土匪和小股国民党部队来回梳篦式劫掠，百姓如惊弓之鸟四处“跑反”，饥饿是人们的常态。为活命人们把各种能咽下的东西都拿来充饥，草根、树皮、野草……

母亲说她们村里有个人很会吃，能用榆树皮做成“饼子”。当他捧着他的“饼子”咀嚼时，周围的人直咽唾沫。这个情景母亲一直清晰地记着。母亲说春天草芽发出来后，日子就好熬点。只要能下咽吃不死人，很多东西被拿来充饥。常见的野菜倒成了果腹的“精粮”。苦难使母亲对野菜有一种超于我们的深情，我们不常吃到野菜而馋着野菜的鲜美，母亲吃了太多的野菜再也忘不掉那些吃糠咽菜的岁月。每想起那些灾难，往事的烟尘立即在她的内心点燃，使她又沉到了往事中。

人的记忆常常依附着某种情感，情感越浓厚记忆越清晰越牢固。母亲见到野菜会想起她的饥饿年代，我看到直升机会想起发生在家乡的那场水灾。在1975年8月我家乡发生过一场大洪水，洪水退后天空飞来了直升机。螺旋桨巨大的轰鸣声里飞机低低地飞，站在洪水荡涤后一无所有的僵土上，清楚地看到机上解放军的帽徽。他们从机舱口抛下大包大包的食物，孩子们欢呼跳跃，老人们抹着眼泪哭喊“毛主席来救咱啦”“毛主席来救咱啦”。直升机似一个吉祥的大鸟给人们带来了温暖和踏踏实实的

“依靠”。

有党在，有国家在我们什么都不用怕，这是大难来临每一个中国人的自信。听，街道上驶过的消杀车的声音像极了直升机的轰鸣。初听误认为是直升机在飞，向天空张望时，发觉那声音从巷底而来。原来几名志愿者正驾驶着消杀车在喷洒消毒水，轰鸣声中撒开一片白色的药雾。这轰鸣声像一剂稳定剂使汹汹疫情中的人心镇定，母亲的不担心是来自这里。

新冠病毒在2020的新年袭来时，根据政府令，人们迅速进入居家隔离封闭状态，从每天快速攀升的疫情统计报告中我们明白，它的凶险远超2003年非典。

为阻隔这种未知的病毒，30多个省市先后启动重大突发公共卫生事件一级响应，封城封路封村，商店工厂企业停业，迅速而强硬的抗疫手段为每个中国国土上的人们筑起了道道安全的屏障。国内外各种媒体一齐把目光聚焦在这场突如其来的疫情上。

从武汉华南海鲜市场的野味到吹哨人李文亮，从高福院士误判到钟南山院士的证实，从十日建成的战时医院到疫情中的逆行者；从各国的态度到社会各界的爱心捐献……一桩桩一件件抗疫前方“硝烟”滚滚，舆论阵地浓烟弥漫。透过烟尘人们开心地发现每天治愈出院的人数在逐步增多，确诊病例在一点点下降，疫情在密不透风的抗疫阻击中逐渐得到了控制。

有外媒把这种抗疫称为“中国式抗疫”，通过此次抗疫他们突然明白了一个事实。“一周可建成上千病床的高等级战地医院，人员和物资的快速集中，数千万人的瞬间移动管制无一不在是向世界展示了中国已经是一个不可以作为战争对手的国家。”这是我们的自豪，也使人们清醒地认识到：国家的强大才是每个中国人大难来临时有恃无恐的底气！回顾疫情暴发后所经历的种种事情，忽然觉得那是此生最为珍贵的经历。

人生总会经历一些灾难，每场灾难都会成为一个故事，这些故事既丰富了我们人生，也装点了我们平凡的生命。感恩生命中所有的遇见！野菜的气息使我想起了歌曲《采薇》，“昔我往矣，杨柳依依，今我来思，雨雪霏霏……”，瘟疫在世界各地扩散，雨雪霏霏的抗疫之路依然迢迢。“山川异域，风月同天”，惟愿灾难中的故事都能有一个好的结局。

（作者单位：国网河南泌阳县供电公司）

风雨人生路，电力几度秋

——写在建党100周年华诞

高　俭

时光荏苒，见证芳华。建党100周年，时光惊艳了谁的岁月。

1978年，以党的十一届三中全会为标志，中国开启了改革开放历史征程。从农村到城市，从试点到推广，从经济体制改革到全面深化改革，100年众志成城，100年砥砺奋进，100年春风化雨，中国人民用双手书写了国家和民族发展的壮历史篇，100年沧桑巨变，凝聚在方寸之间。泌阳电网发展历程，也同样见证着改革开放的发展历程。

我家可以说是电业世家，爷爷、爸妈均曾在电力行业不同的岗位工作过，从小耳熏目染，我和泌阳电力共同成长，同时也见证了电力行业发展的风雨征程。小时候，时常听到街访抱怨，“电灯红，电棒闪，电视花点不能看”。那时候不但电费贵，电能质量低，停电也是常事，1998年全县农网改造开始，公用变压器由几个村庄共用一个，逐步向每村一台发展，低压线路由裸导线向全绝缘改进。经过几轮改造，供电半径大大缩小，线损率逐年下降，电网结构更趋合理，供电可靠性大大提高。

现在，我负责高压电能计量安装维护工作。每次接到改造工程的计量工单，一到现场，就有群众围过来问我：“啥时候能用上新变压器呀?”当听到我说计量装完马上就能用的时候，他们都高兴地说道：俺庄儿终于有自己的变压器了，这空调肯定能用了。

近两年，“煤改电”电网配套工程在加快推进。虽然每天都要忙着下乡，但是我知道新的工单越多，我们的电力事业发展越红火。七八月份最热的时候，也是我们最忙的时候，有人嘲笑我们说：这么热的天，又不是自己家的活，干这么起劲干啥。我觉得，农网升级改造的路程的确艰难，我们有机会参与其中应该感到庆幸，我们苦过，我们累过，是我们的一点一滴推动着社会的进步，当有一天，我们会回忆起这些承载自己青春的岁月。我们一起推动着这个时代发展，我们使命光荣，这不是大话和虚话，是能够切实感知的大实话。

配电台区焕然一新，输电线路安全可靠，电力宣传标语醒目规范，新更换的表计整齐划一。还有什么能不让人自豪呢？时间太快，20 多年来，我由一个天真无邪的小孩成长为一名成熟的电力工人，目睹和见证了泌阳电网的沧桑巨变。

今天，我们回望历史风烟，今天，我们坚守当下责任，今天，我们展望前行之路，百年奋斗，不忘初心，中国的经济在追赶世界和时代，泌阳的电力同样在加速追赶。人民电业为人民。你用电，我用心。泌阳电网的未来值得期待，泌阳电力的未来值得期待，泌阳电力人，一起祝愿，一起加油！

（作者单位：国网河南泌阳县供电公司）

读《我们仨》有感

赵　丹

《我们仨》由钱钟书先生的遗孀、作家杨绛所著。本书分两个部分，一部分以“梦”的形式隐喻情感，一部分记述现实。

现实部分，从1935年伉俪二人在牛津求学写起，一直到1998年钱钟书去世，半个世纪的悲欢离合，最后都化作一位百岁老人对家人绵绵的思念。作者所思念的，是一个与世无争的学者家庭，妻子杨绛、丈夫钱钟书、女儿钱媛，一家三口都是单纯的文人，不沾是非，不涉政治，任世事浮沉，不改做人本色。但在中国20世纪风云变幻的大背景下，“我们仨”依然饱经战火、疾病、政治、生死的洗礼，难以独善其身。

在“我们仨”中，女儿钱媛无疑是处于最中心的位置。在杨绛的眼中，女儿懂事、聪慧、好读书，是自己“平生唯一杰作”。钱家家长“得意非凡”地宣称：“女孙健汝”是“吾家读书种子也”。但就是这样的一个“可造之才”，却多病多难，生不逢时。“上高中学时背粪桶，大学期间下乡下厂，毕业后下放四清，九蒸九焙，却始终是一粒种子，只发了一点芽。”期间的遗憾憋闷，溢于言表。

杨绛先生为女儿的才华惋惜，但杨绛自身何尝又不值得惋惜。在钱钟书的眼中，杨绛是“最贤的妻，最才的女”，诚然也。钱钟书虽然才华横溢，学贯中西，但有得必有失，于生活计，几乎百无一用。杨绛在牛津“坐月子”时，钱钟书不时地在家做些“坏事”，将桌布染黑了，台灯砸了，门轴弄坏了，均束手无策，唯有苦着脸向妻子杨绛求救。杨绛一一安慰“不打紧”。出院后，她逐一“搞定”。钱母感慨这位儿媳，“在家什么粗活都干，真是上得厅堂，下得厨房。钟书痴人痴福。”而这对于一个惜时如金的学者来说，是幸也，抑或不幸也？

杨绛在翻译上的造诣颇深，她翻译的《堂吉诃德》，至今为止依然是中译本外国名著中的经典之作。“我们仨”中最“宝贝”的自然是钱钟书。

钱钟书是一个纯粹得近乎单纯的文人，他将毕生精力都投入到学术事业中。中国的文人，不论是传统的还是现代的，在几千年的政治文化熏陶下，无非分两种，一种是当了官的，一种是想当官而不得的。即使隐士如陶渊明者，早年的愿望也是“大济苍生”，他几次挂冠而去，均是迫于无奈，不是因为嫌官小，就是因为不“合群”。而钱钟书却是一条漏网之鱼，是一众鸭棚中诞出来的一只天鹅蛋，是文人中的“病梅”，异类中的异类，几千年以来，仅此一枚。

朱家骅许他一个联合国科教文卫的职位，他辞谢了；晚宴要和“极峰”握手，他趁早溜回来了；收到国宴的请帖，他请病假；即使是社科院文学所的一个顾问衔，他也力辞得免。钱钟书一生所爱，唯有他的书、他的家。在书里，他是学问的宠儿；在家中，他是精神的领袖。这两个地方，自由、美好、安全，符合他全部的慧心与童心。他或许会以为，这两个地方都如英国哲学家洛克所说，“风能进，雨能进，国王不能进。”可这句话显然不符合中国国情。

普天之下，莫非王土，“田家无四邻，独坐一园春”终究只是古代文人的美好奢望。90 年代中期，病床上的“我们仨”开始分头写作各自的《我们仨》。不久，钱媛病逝，次年岁末，钱钟书亦离世。“剩下的这一个我，再也找不到他们了。”此中辛酸，难以向人道也。四年后，唯一完本的是杨绛版的《我们仨》，此时杨绛已是 92 高龄。书中，一个个残碎的梦境，一件件细碎的小事，在黑白间杂的夜幕下，如一粒粒星辰，以爱作线串起，熠熠生辉。无论悲欢离合，家庭都是人生最后、最好的庇护所。如果你爱家，就读一读《我们仨》吧。

（作者单位：国网河南省电力公司许昌供电公司）

观《海棠依旧》有感

李树丽

最近反复观看了《海棠依旧》，编导以海棠花那样的质朴风格，真实再现了周恩来自1949年进京到1976年逝世的实践历程，力求在多方面的人物关系和矛盾冲突中展现人民总理的崇高精神境界。

《海棠依旧》中有很多孩子叫周总理“爸爸”，这是领导人和蔼可亲的一面；对于老家亲人的探望，由于事发突然，秘书没有来得及准备老乡的午饭，周总理宁可自掏腰包也不愿占国家的便宜。交代弟弟不要搞特殊，工资只能拿最低标准，如果不够就从邓大姐他们两个工资里每个月拿二百给弟弟养育孩子。这是人民公仆自律清廉的品质。如今，海棠花虽已凋谢，但香气犹存，这是作为共产党人甘于为共产主义事业的奋斗不止的凛然正气。

记得我曾在一本历史文献中看到，1945年成立的联合国，自成立至1976年，三十年间从未给任何一个国家的领导人下过半旗，却在周总理逝世时下了半旗，有些国家提出了质问，时任联合国秘书长瓦尔德海姆只用了三句话，便征服了全场，他说：世界上有哪一个国家的总理终生只有一位夫人？有哪一个国家的总理终生没有一分存款？又有哪一个国家的总理终生受到人民爱戴？这短而有力的三句话我至今记忆深刻，作为中国人，有太多的人为有这样的总理而骄傲而自豪！他不仅仅受到了中国人民的尊敬与爱戴，更受到了世界人民的尊敬与爱戴！

周恩来是举世公认的杰出外交家。他与毛泽东和其他老一辈无产阶级革命家一起，制定了我国的外交路线、方针、政策，并且以其非凡的才能，卓有成效地贯彻执行，使社会主义新中国一扫旧中国任人欺凌的屈辱面貌，以崭新的姿态出现在世界舞台上，赢得了国际上的普遍尊敬和赞扬，很多世界政要都称赞他“是一位卓越的谈判家”“是世界上罕见的伟大外交家”。

他给世人留下了太多太多：一生为国为民，维护世界和平与进步；风度翩翩；浩然正气，两袖清风；顾全大局；忍辱负重；鞠躬尽瘁，死而后已等，使无数的人自然而然地随着镜头的穿越生发缅怀，令人无法不想起他，怀念他。

（作者单位：国网河南鄢陵县供电公司）

读《平凡的世界》有感

王　雅

平凡，是生活的本色。我们每一个人，对于这个浩渺的世界来说，都十分渺小、脆弱、微不足道。这个世界也是平凡的，悲与欢、生与死、穷与富、世事的变更，对历史的长河来说，无非是些平凡的事。对于平凡，我素来都是这样认为的，直到读了一本书——《平凡的世界》，这才恍然大悟。

平凡的世界以孙少平等人物代表刻画了社会各阶层普通人们的形象，人生的自尊、自强与自信，人生的奋斗与拼搏，挫折与追求，痛苦与欢乐，纷繁地交织，读来令人荡气回肠。

我很喜欢路遥的出发点——平凡的世界。他的世界是平凡的，这只是黄土高原上几千几万座村落中的一座。从小处着眼，作者刻画出一个个普通人物平凡的人生旅程，衬托出日新月异的时代变迁，反映人们的思想，给人以亲近，给人以启迪。

但路遥却在平凡中看到了他的主人公的不平凡。比如孙少平，我认为孙少平这个人物是全篇文字的主线，通过他的成长和成熟的经历，展现给大家面前的是那个时代整整一代人对生活的憧憬与无奈。他受过了高中教育，他经过自学达到可与大学生进行思想探讨的程度。作者赋予了这个人物各种优良的品质，包括不好高骛远。

贫穷曾让许多有理想的人们意志消亡，可在逆境中人们的自卑与懦弱我们没有理由去嘲笑它，相反我们要用另外一种眼光去学会欣赏。那种战胜自我，重塑信心的渴望中所表现出自卑里的坚强让我敬畏，因为那也是一种精神。战胜困难，摆脱束缚，让人们对美好生活的向往，如何地体会生活中间的亲情、友情、爱情，学会生活，懂得珍惜，对于我们这一代人，也是一种警醒。

在路遥的世界中出现的都是平凡的人物，正是在这些平凡的人物里他描写着人性中的善与美，丑与恶。在他的世界里，人的最大的优点就是认识到自己是平凡的。这点从孙少平身上得到最突出的体现，他认识到了平凡，也选择了平凡。

（作者单位：国网许昌市建安供电公司）

读《红岩》有感

杨　洋

《红岩》是罗广斌、杨益言所著的一部中国军事文学名著，当我第一次翻开它的时候，便把我带进了那个动荡的年代。生在火红年代，却有赤胆忠诚，革命者穿透一切的目光，是我读完这本书之后脑海不断浮现的镜头。《红岩》描写了众多共产党人在艰苦环境下和反动势力作生死斗争的故事。许元峰、江雪琴等地下党的领导人为革命出生入死，坚持在党需要他们的岗位上，他们都是这么的勇敢，那么的坚强。

这本书给我留下最深刻印象的便是江姐，当我看到江姐回乡下为游击队送药的片段时，眼眶不禁湿了，雨雾蒙蒙的城墙门，木笼子里一颗颗血淋淋的人头映入江姐的眼帘，她尽力让自己平静下来去看牺牲者的名单，陡然发现丈夫的名字列在第一行！这种突然失去亲人的感觉我无法想象，这么大的打击，她一个弱女子究竟该如何承受？书中如此描述：江姐强忍着泪水，胸口梗塞，不敢也不愿再看。她禁不住要恸哭出声，一阵又一阵头昏目眩，使她无力站稳脚跟，但坚强的江姐立即想到的是自己肩负着党托付的任务，没有权利在这里流露内心的痛苦，更没有权利逗留。她的脚步，不断踏进泥泞，一路上激起的水花、泥浆，溅满了鞋袜，她却一点也不知道。她全力控制着满怀悲愤，要把永世难忘的痛苦，深深地埋进心底。渐渐地，向前凝视的目光，终于替代了未曾涌流的泪水。

她深藏在心头的仇恨，比泪水更多，比痛苦更深！江姐是一位伟大的女性，一位坚强的共产主义战士，她在渣滓洞集中营被敌人连续多日严刑拷打，宁死不屈的精神给那里所有的战友以无穷的动力。竹签子扎进每一根指尖，血水飞溅，我们敬爱的江姐没有发出一点声音，但不知道她经历了多少剧烈的疼痛。是她，一个女共产党员，平静地在敌人面前宣布：胜利永远是属于我们的！红岩，一块饱经风霜，鲜血染红的岩石；红岩，一个聚集爱国志士的革命村；红岩，一本意志与残酷交织的历史；红岩，一种坚强赤红的精神。

红岩精神就像一面鲜红的旗帜，激励着一代又一代热血青年为理想和信念奋斗不息。无数个大义凛然的共产党员前赴后继，用生命和鲜血捍卫党的尊严和机密，配合武装斗争，沉重地打击了敌人的反动气焰，正是有他们的努力，才有祖国今天的繁荣昌盛和国泰民安！作为一名共产党员，更要时刻牢记红岩精神，不忘初心，直面困难和挑战，为中华民族发展强大贡献自己的力量！

（作者单位：国网许昌市建安供电公司）

《钢铁是怎样炼成的》读后感

李新宇

“人最宝贵的是生命，生命属于人们只有一次。人的一生应当这样度过：当他回首往事时，不会因为碌碌无为，虚度年华而悔恨，也不会因为为人卑劣，生活庸俗而羞愧。”正是书中这句话，激励着千千万万的革命者。

虽然已在初中时代读过这本书，但时过境迁，随着年龄的增长，阅历的增加，今天重读之后有了更深的感悟。书中主人公保尔·柯察金早年丧父，12 岁就被母亲送去车站食堂洗碗，饱受苦难。后到发电厂烧火，认识了朱赫来。红军撤走后，德军进攻了保尔的家乡，加上阶级斗争，人民的日子很艰难。朱赫来被追捕时，暂住保尔家，给他讲了许多革命道理，对他很有影响。在一次激战中，保尔头部受重伤，但最终死里逃生。由于他多次受伤生病，忘我工作等原因，1972 年他几乎完全瘫痪，双目失明，他在忍受极大痛苦的情况下，决心帮妻子达雅进步，并开始文学创作，以另一种方式生活。

他明白他要做的是什么——就是将个人事业与祖国的需要相结合，做一个能尽一切力量奉献于祖国的革命者。为了这个理想，他经受住了生活和战争的考验，的确称得上是一名坚强的革命者。在他的心中，革命事业与祖国的利益高于一切，在任何情况下，他的革命信念总是坚定不移的，所以他才有力战胜死亡与病痛，将毕生投入事业中。这就是革命者的崇高精神，钢铁就是在这如同烈火燃烧的斗争考验中炼成的。

我很敬佩保尔坚韧不拔的品质，他是一个顽强的人，当他负伤不得不退出战场时，他仍然在后方不停地为社会的发展做着贡献。当他被诊断出神经中枢有毛病时，他还是一如既往的投身革命工作，争取多为社会做事。

今年是建党 100 周年，中国共产党走到今天经历了无数的风风雨雨，是无数战士勇往直前、奋力拼搏得来的。对于当今社会的我们，工作生活不可能都是一帆风顺的，在前进的道路上我们也会遇到很多坎坷，会遭遇很多挫折。我们需要的就是一往无前、披荆斩棘的勇气，需要的是直面挫折、奋力拼搏的决心。我们应该从自身做起，由小事起步，努力锻炼自我，像钢铁一样越锤炼越光芒！

（作者单位：国网许昌市建安供电公司）

行之有恒自芬芳

张　梅

“那时候的工作室就在他家旁边一个顶上是透明玻璃的房间，紫藤搭满屋顶，春天的时候开出一串串的紫藤花，阳光透过花叶照进来，在那里琢磨着怎么把漆器做好，真是一件幸福的事情。”

这美好的情景是《匠人匠心用一生，做好一件事》书中对甘而可在打磨心爱的漆器的描述。他也在打磨着自己的性情，“温润如玉”的人生哲学放到他制作漆器的过程中，充耳不闻喧嚣，耐得住寂寞，独守一方清净，为了心中那盛开如莲的漆器，每日的手工劳作仿佛多了一份自我禅修的味道。

这本书中文字记录着近20位中国传统手工艺人及其他人的技艺：在师傅“勿要一得自矜，浅尝辄止”的寄语下从木匠成长为故宫维修专家的李永革；倾其所有实现古民居异地重建的农民唐以金；关中三剑客的皮影制作与演出的艰辛付出与变革，每一件手工皮影浓缩了多少古代文化和艺人的灵气和才华；元青花、凤翔木版年画的恢复与创新、每一件不可重复的沉香给雕刻带来想象和创作空间、随着国学的升温慢慢推动毛笔发展的李小平、以执着破执着做纸成为了一种宿命的贡斌、将盛世漆艺推波助澜的沈金丽，让大漆无声地折射中国人温柔敦厚的气质，含蓄而神秘。

文字娓娓道来，讲述每一位传承者的细腻与真挚，正如陶艺人曾鹏所坚持的平缓踏实，心无旁骛。一丝不苟的敬业，一尘不染的修为，用一生，做好一件事。“一辈子总是还得让一些善意执念推着往前，专注做点东西，去交给光阴与岁月。”读来荡气回肠，那种在浮躁年代深藏的感人匠心才是超越艺术的珍品。

岁月如白驹过隙，飞跃中带来浮躁喧嚣，生活节奏的飞快，工作压力的沉重，为生存奔命，为前途追求虚名浮利，浮躁的心理，让人不免急功近利，尽管流水线上的器件透着冰冷，为了生活，也要追随。正如郃立平感叹年画的兴衰。年画的生命力始终在地摊，悲哀地是在剧烈转型的中国，一切传统的东西都在变淡、消散。

与飞速发展的时代节奏格格不入的匠人精神，“一流的匠人，人品比技术更重要”是传统手工艺人的精神内核，是现代快节奏生活缺乏的人生观念。耐得住寂寞，重复劳动，坚持不懈，追求完美，具有满腔的社会责任感；专业、专注、专心，把热情融入到血液中投入做事；虽不是匠人，具备匠心方能成事，有所作为；唯有敬业才能出类拔萃，实现自我价值！

我对“匠”最初的记忆，是儿时的岁月里我经常路过一家铁匠铺。看到里面的脸庞红黑的师傅挥汗如雨，奋力地拉动着风箱，把铁块放在火炉上煅烧，在水中淬火，然后回火，坚硬的铁块在铁匠们的手中如此柔韧服帖，魔术般变成刀剪、农具。每每路过我便驻足观看，火焰跳跃，水与火交融升起的腾腾烟雾常引我浮想联翩。铁匠铺独特的叮当声日夜更迭不息，那仿佛恒久的节奏萦绕耳畔，伴入梦中。不知何时梦中醒来消失了它的声影。

随着时代的变迁，机器代替了手工，批量生产，许多手艺淡出了生活，渐渐成了消失的行当，只留下回忆。日复一日的劳作，为了自家生计，也为方圆百里的生活、农耕提供日常工具。父母说那是手艺人，要拜师学艺数年才能独立，没有恒心就半途而废，做的活计不好也就传不了名，活计是无声的广告。听着感觉比读书认字还要艰难，手艺承担着生活的负重，从小在内心对“匠”和“艺”充满着敬畏的情怀。

我学有所成也没有做成教书匠，也没实现文字匠，在国网电力公司的运维岗位做工人，至今将近二十个春秋。运维岗位主要负责变电设备的巡视、维护、检修试验或事故处理操作，常年驻守变电站内，远离闹市，寂寞单调、重复劳作，与设备打交道。从学员到值班长是对业务技术的肯定，期间从巡视的细枝末节的不放松到操作监护的严照规程，规范，正确，零事故是我最大的安慰。“平缓踏实，心无旁骛”是我当时潜心学习业务的内心写照。欣赏着高压设备及导线对称的优美设计是一种享受；完成操作任务后安然送电是一种成就；巡视在高压设备区听到变压器均匀的响声是最美的旋律；夜幕降临看到万家灯火的次第闪亮是内心最大的荣耀。

因为爱，所以专注，专心，做到实处，做到融入血液中需要投入十几年甚至几十年的时间，不断督促自己，不断地自我批评，找到让自己沉静专注下去的动力，担起职责，从容、投入、享受，发自内心为自己的成果自豪。

我们虽不是匠人，做事应该传承匠人精神，沉淀心性，宠辱不惊，心存理想，不随波逐流。选择一份工作，用心对待，从容执着，坚信：“行之苟有恒，久久自芬芳”。

（作者单位：国网河南开封市祥符供电公司）

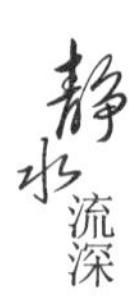

枝繁叶茂累硕果　愿为深处无言根

张　梅

有幸读到《华为优秀员工的7个习惯》中的精华："敬业为魂""天道酬勤""完美执行""团队精神"……字里行间闪烁着华为公司管理智慧的光芒，点燃着生命的激情，给读者点亮了前行的一盏灯，深受鼓舞！

掩卷深思，一个企业如何能够生命之树常青，那还是取决于它的根—员工对责任的担当和完美执行能力，土壤丰厚，根深叶茂！

华为企业的蛋糕之所以在国际市场做大做强，是因为它拥有优秀的，凝聚力强大的员工队伍，他们是企业之树的根源，企业为员工提供高质量的培训和成长土壤，提炼出企业发展管理的精髓—7个良好的工作习惯。

供电企业是国家电网深入人民群众，为社会服务最直接的形象单位，敬业责任、追求完美细节、团队协作、优质服务等基本要素是国网公司树立良好社会形象的必备品质。

企业给我们提供了发展的平台，我们不用担心明日在人才交流市场中拥挤，不必担心明日没有面包。可是，我们作为员工，自己有无扪心自问：我每天是否有为公司尽心尽力的心态和行动？身处国家公司你感到自豪，我们有没有做出令公司骄傲的成绩？公司在发展，你是否在做撞钟的和尚或是充数的吹竽者？是否在"搭便车"而养尊处优，自鸣得意……

无论从哪一个角度我们都应该感恩给我们发展机会，给我们提供生活保障的单位。没有单位，何谈劳动是美丽的激情？何谈幸福和安危？何谈人生价值和理想的实现？没有单位，我们什么都不是；没有单位，我们什么都没有！

诚然，公司的发展离不开各个岗位的精兵强将们的日夜付出，才能让万家灯火照常通明，才能为社会的工业发展的电力先行保驾护航。所以，光明事业的生命之树需要无数条根系的无限延伸、发挥能量，汲取营养，使之茁壮成长，枝繁叶茂。

当夜幕降临，灯火次第闪亮；当机器飞转，工业发展日新月异，那是我们光明事业对社会的支撑和付出，那是我们光明之树的硕果在闪亮，我们作为深处的根啊，是多么欣慰和自豪！

能成为供电公司的一员这已是我今生幸运之事，进而担任供电企业一名班组长更是感恩单位多年对我的锻炼与培养！工作在岗位的基层战线，深入基层员工的工作、生活视年如日。在变电运行，设备操作岗位上摸爬滚打数十年，流逝了青春，沉淀了责任。多少风霜雪雨留下巡视者坚定的足迹，多少次寒夜凝神聚视每一根导线、每一处设备是否安然无恙；每一次设备操作中一丝不苟，规范正确，前后检查是否全然到位……零事故、零误差的背后是责任心和执行力的完美结合，是团队力量的协作，是不畏艰苦，甘于奉献的优秀员工的默默支撑和前行。风雨兼程的岁月，分秒必争，以最快的速度抢修、排除故障、安然送电，是融在血液里的责任；身为操作员工，就要冲在最前线，要顶在压力的最底层。

公司是棵大树，基层员工就是树的根系，牢牢深入土壤，因为有深远的根，任凭风霜雪雨的袭击，树就能挺立不倒，傲立风霜，根深叶茂！华为之树之所以在当今商战的风雨中繁茂葱茏，归根结底是深厚的土壤中，那发达的员工根系在给华为提供源源不断的滋养和动力……

电力员工更是企业深处的根，以敬业为魂，以岗位为家，默默无言，以感恩的汗水浇灌企业之树，等待绿树葱茏，硕果累累……

（作者单位：国网河南开封市祥符供电公司）

女人的姿态

张　梅

当我的心没有一丝负累，我便悠闲地翻开书页，行云流水的文字仿佛是一杯清茶，一轮明月，一双温暖的手，甚至是一剂良药、一盏灯，让人清醒，顿悟，看淡虚华名利，品味岁月中的幸福；寻找女人最美的姿态，该如何在岁月中舒展爱的勇气和能力，担当，快乐，坚强地行走在岁月的风雨中。

《豌豆花的梦想》是一篇童话，豌豆花为实现自己想做“妈妈”的梦想，从不畏惧自己最后的命运：变成枯萎的小黑点。她让蝴蝶帮忙施点儿魔法，有了豆荚，为了孩子的成长，她努力地伸展腰肢，肥茎阔叶，遮挡风雨，滋养培育；当豆子成熟的那一天，炸开豆荚挣脱出来，喊着寻找妈妈，豌豆花的茎和叶早已枯黄，豌豆花也真的枯萎成了一个小黑点，没有了力气回应孩子的呼唤，失去了生息。选择女人，选择为母，结局是枯萎着死去，也感到幸福，这是女人终其一生的梦想吗？

由此我想到了母亲，她在苦难的岁月中降生，像野草一样坚强地生存，只为一纸婚约的承诺，像一头耕耘的牛，从此披星戴月，含辛茹苦，年复一年，从不言累和苦；磨道里，田地间，烛光下，灶台前，岁月无情鬓染霜雪；呼儿唤女声声，袅袅炊烟升起，我的母亲不知何时消失了年轻的模样，不知何时步履蹒跚，再也直不起腰身；捡拾麦穗的身影，儿孙绕膝的夏夜，永不干涸的故事源泉，而如今她生活的身旁没有一人陪伴，当父亲的手再也无力地与她相握，她紧紧地拉在怀里，那是父母一生唯一也是最后一次握手，父亲走了，她真正地陷入从未有过的孤单。

母亲在一天天老去，像豌豆花一样，谁也无法阻挡，她最大的盼望就是我能常在她的旁侧坐坐，哪怕无语。深夜里心酸落泪，为我的母亲，我拿什么回报您？哪一样都无法企及我内心那颗母爱的珍珠，闪烁着无尽的光芒。她更像一棵挺拔的树，在风雨中飘摇而不倒！史铁生的《合欢树》

中母爱深沉悠远，化成眼前那棵合欢树，是孩子内心永远的爱的归宿。生而为一棵树，在季节轮回中固守家园，撑一树浓荫为子女，默默付出，不离不弃，坚韧、朴素、纯洁。

我们会叹息母辈的婚姻缺少爱情，但他们将婚姻进行到底的决心和毅力是吾辈不能企及。常言说：贫贱是富贵，富贵是浮云。苦难岁月中的婚姻能创造爱情，就是因为贫贱中的不离不弃，像母亲一样的女人和男人共同撑起了呵护家的绿荫。女人真是家里一棵制氧的树，庇护的树，荫及子孙的一棵常青树。

我们该以怎样的姿态进入女人和婚姻中的角色？当我们不经意间与爱情撞个满怀，那个男人，就自然地站在了你面前，拉起你的手说已等了好久，终于有一天会约定：执子之手，与之偕老。作为女人，终将让爱有个归宿。

席慕容在她的《一棵开花的树》中描写一棵渴望爱情的女人树："如何让你遇见我？在我最美丽的时刻……仿佛于是把我化作一棵树，长在你必经的路旁，阳光下慎重地开满了花，朵朵都是我前世的盼望！"这是努力完善自我，用真心对爱情的期盼。舒婷在《致橡树》中对于女人在爱情中的形象她用诗描述："我如果爱你，我必须是你近旁的一株木棉，作为树的形象和你站在一起。根，紧握在地下；叶，相触在云里……我们分担寒潮、风雷、霹雳……"这是和男人平等地站在一起，从不攀援，附庸，两棵坚毅的树，扎根于同一块土壤，同甘共苦，冷暖相依！

朱砂在《爱情最美的姿势》中如此呼应：一个女人的身后，能有一个男人，始终站立着，无论风雨，那才是爱情最美的姿势。选择树，便选择了吃苦和付出；正因为爱，才不愿让对方负累，女人选择了承担。张立勤的《树中的女人》更是挖掘和展现女人灵魂深处的巨大潜力，博大的胸怀、坚韧地伸展、风雨中的挣扎、灵魂的舞蹈、有花朵开放时的柔美，有鸟儿做窝鸣叫时的温情。

想起一个故事：女人丽和她的丈夫涛在南方打工，涛得了肺病，喘得没有气力工作甚至走路，丽带着他住在租住的房子三年，自己一人打工养活老家的婆婆、上小学的女儿、生病的丈夫，一半的钱用于给涛看病，三年后家里的亲人才知她的苦。涛的病情恶化，丽一人再也撑不起，带着涛回来向亲朋求救才让人得知。丽没有眼泪在人的面前，眼里闪烁着对于微薄的资助的感激之情。她已习惯了苦，她说若一离开，家就散了，这是不能逃脱的拯救责任，况且又深爱着他。涛知道她的好吗？她说知道，也很歉疚。后来看到涛渐渐康复的模样，依然眉清目秀，英俊明朗。爱到深处便无声，为责任，为承诺，为那颗放不下的心，于是心甘情愿，如飞蛾扑火。这颗爱情的珍珠孕育是如此之苦，风雨、汗滴、甚至鲜血的融入，深爱蕴藏着力量，这颗珍珠熠熠生辉。

爱情女作家张欣在《如何与丈夫相处》的文中谈到：过日子一定要吃些苦，经济上、心理上，都要学会付出，吃苦对女人没有坏处。这就是在具体现实生活上对于女人的要求，唯有吃苦，才能找到真我，才能明白自己的心里需要什么，明白爱的代价和付出的意义。乔叶的自传体小说向我们展示了他们夫妻在贫穷与疾病中相扶相依，一路坎坷，从不言弃的婚姻、生活、创业的奋斗历程。掩卷深思，女人若要获得想要的幸福，不管是婚姻还是事业，必须为爱吃苦，为爱付出，因为爱，心甘情愿，苦也是乐，奉献就是幸福。

一个友人感叹地说：洗衣做饭是一种享受。听了此话颇有同感，不禁对她顿生几分喜爱和敬意。如此女人一定把家收拾得明窗净几，温馨宜人，饭桌上的香甜自不必言说，幸福得让人羡慕。因为爱，所以不觉得是负累，反而因付出而快乐。有人会说女人不能忘了自己，不能亏待自己，要活得智慧，漂亮，自由等。

家有了女人，就有了柔情蜜意；有了女人，就有了温暖的母爱；有了女人，就如同你身后眼前有棵值得依靠的树，就有了安稳的根；有了殷殷的期盼，有了望穿地等待；就有了生机，有了奔头和希望！

掩卷慨叹，女人的形象是如此亮丽、优雅、干练、从容，那便是一棵傲然的树、开花的树、硕果满枝的一棵树！树是女人最美姿态的展现，是精神和力量的化身。选择了树，便选择了独立，树的形象是洁净而美好，创造着爱的氧气；选择树，便选择了自由，可以尽情地伸展腰肢，舞蹈歌唱；选择树，便选择了智慧，树中的女人，她的能量可以孕育照亮黑暗的珍珠，闪耀人性美丽的光芒！

（作者单位：国网河南开封市祥符供电公司）

绽　放

张　涔

在夏日午后邂逅一朵花，嫩黄的颜色，像一整片正午的日光，艳丽得旁若无人，张扬得无所顾忌。连绵的一片绿中，倏地跃入眼中，亮的扎眼。花瓣大片，连成一团，它以一种坚决得有些怪异的姿势昂着头，恍然中有一种错觉，它正在不断地生长，不断地，向着天空生长。那鲜亮的黄色，已经和真正的日光接壤，汇成了一片天。

其实那只是我叫不出名字的小野花，很少有人会为这似曾相识，又微不足道的小花驻足，我也只是不经意间的一个回头才见着它，可只这一回眸，便不得不停下脚步。我不确信是否是那美得有些突兀的鲜明色彩吸引了我，因为我分明感到了更强大的召唤，它牵扯出我身体内的一些我并不清晰的思绪，并与它遥相呼应。

我俯下身仔细看它，看它细细的茎，看起来有些吃力地顶着茂盛的花朵，却挺得笔直；看它嫩绿的叶小小的，软软的，可是没有一片因为懈怠而略微打起卷；最后我看到花，艳丽的色彩上像是涂了一层薄薄的油，发起光来，每一瓣都饱满丰润，毫无缺憾。

我敢保证，这绝对是这朵花最完美的样子。它就这样维持一丝不苟到维持着百分百的美丽，然后像受到了召唤，整株都奋力地向上。有些不自量力的向上——它在一片绿中还是小小的矮矮的。

我在它旁边保持一种半跪的姿势，我看到那些日光洒到花朵上，像是从花朵中开放出金光。那是一种强大的生命力，是万物传承下来的，对于生命极致追求的本能。不在于长短，不在乎好坏，甚至连是否合理都不再重要。只是想着，让自己绽放，让自己向上。

也许现在过于安逸的生活让我们忘记了这种本能，今天我幸运地遇见它，它唤出我对生命追求的愿望。我们的生命只有一次，不能预演，不能重来。这珍贵的一次，我们有什么理由潦草度过，我们有什么理由不用自己最美好的一面去面对世界呢?

世界太美,浩瀚无边,而几十年太短,我们要做的,不就是认真地,努力地,接收这些美好,让自己变得更美好;认真地,努力地,奉献自己的美好,让世界变得更美好!

再经过那条小径,那朵花已经不见了,也许是被风吹远,也许是化成泥土,总之是死了吧,可这并不重要,因为,它已经开过了。这一次的生命,已经绚丽绽放,够了。

(作者单位:国网河南兰考县供电公司)

《罪与罚》读后感

张新伟

《罪与罚》这本书已经在书橱里摆放了两年多，这次终于能够在寒假里去细细地品味它了。

书的作者是陀思妥耶夫斯基，1821年出生在一个俄国贵族家庭，是19世纪著名的现实主义作家，一生充满传奇，28岁时因参与农奴解放运动而获刑，出狱后重返文坛继续写作，被人们公认为是与托尔斯泰、屠格涅夫并驾齐驱的俄国文学巨匠。

每次读完一部小说，心里都会百感交集，这部小说也一样，结局很好。一个人静下来仔细想一想，却深深地被小说中的人物震撼。

小说描述了贫困交迫的大学生拉斯柯尼科夫，因痛恨放高利贷的老板娘的盘剥，愤而行凶，却自认为是伸张正义。然而良心的谴责，使其饱受心灵煎熬，最终在朋友、家人和警官的帮忙下，投案自首。小说中写的最多的就是“罚”，“罪”只占了全书一小部分，但“罚”却贯穿整个文章的中心，这不仅是身体上的惩罚，还有的是比这更严厉的道德上的惩罚。所以法律只是一种惩戒犯罪的一种途径，而另一种就是人内心心灵深处的谴责。

有时候法律不能使人真正认识到自己所犯的罪，可是心灵深处的谴责则会让人更明白自己所犯下的错误，并为之深刻地忏悔、自责。这本优秀的世界名著还包含了很多东西有待我们去理解，或许等以后我再去读它时，等那一朵玫瑰的盛放，等那一段旅途的终点，等一首歌的落音，等一个故事的谢幕。

从小王子离开612星球上独一无二的玫瑰开始，注定了这是一个刻骨铭心而又漫长的旅程。临别的时候，玫瑰还是那样的倔脾气，不肯委声地诉说不舍，像极了我们生活中那些刀子嘴豆腐心的人。应对自我的亲人、爱人，还要死死捍卫着那副尊严的皮囊，直到远送离去的背影，落下斜阳草树中的眼泪。玫瑰当然明白，离开了612星球，她就不是唯一的玫瑰了，指不定是唯二还是唯几，所以她还是无奈自我的倔强，在朦胧中远眺着小王子的背影。想想我们是不是应当在特定的时候，能够放下自我的身段，去诉说自我的情感，人世间没有多少次表达真心的机会，我们应当好好地把握。

小王子之后遇到了别的星球上的一些稀奇古怪的人，让我印象深刻的有两个星球上的人。一个星球上的是自以为全宇宙最富有的一个男人，他坐在自我的小办公室里面，没日没夜地数着星星，他说全宇宙的星星都是他的，所以他要好好管理他们，就必须得每一天都这么数着。小王子不了解这么富有有什么意义，可是那个富有的人却觉得只要拥有了财富就什么都能够做了。

小王子唉声叹气地离开这个星球，留下了心中的一堆疑问。其实那个男人就像是我们生活中那些只懂得去拼命赚钱，而忽略了身边的完美景物的人。为什么要把星星当成钱财去占有呢？为什么不把它们当成美景去欣赏呢，一大片一大片的星空尽在眼底，没有钱财，权利，没有欲望，天下的所有都能够是自我眼中的一番美景。占有不如去欣赏，这是一个道理，有人能读却不必须能够读懂。另一个星球上的一个人也是很有趣味的，小王子看到他的时候，只见他前一秒钟点灯，后一秒钟又把灯熄灭了，一向这么循环。

小王子问："你在干吗呢"点灯人说"我是一个点灯人，这个星球公转太快，天黑天亮很快，我必须不断地点灯灭灯。"小王子说："那你为什么不一向跟着太阳一向走呢，这样你就永远不用点灯了，因为永远都是天亮着的！"点灯人笑了笑，说："或许我存在的意义就是点灯，这样那些需要照明的人才能够看到光亮。"小王子若有所思地离开了。

点灯人存在的意义是点灯，没错啊，尽忠职守，各司其职，是这个社会很需要的，每个人都有自我存在的意义，医生存在的意义就是医治病人，不能为了少医治病人而到一个很健康的地方，警察存在的意义就是为了治安稳定，不能为了业绩，而到一个太平的地方，而减少自我工作次数。明白自我的本分，明白自我存在的意义，是升华灵魂的金钥匙。如果不能成为一个名声大振的人，做一个默默的点灯人也不错，至少在自我一生的旅途中，以往为某某亮起过很重要的点点星光。

小王子曾到过地球上一处的玫瑰园中，他看到满园盛放的玫瑰，玫瑰嘲笑他说：“那里的玫瑰都是一样的，一样的漂亮，没有你的独一无二的玫瑰。”小王子眼神更坚定了，他说：“因为我对我的玫瑰付出过时间，所以她是独一无二的。”背对着一片奚落，小王子离开了玫瑰园。“因为我对我的玫瑰付出过时间，所以是独一无二的”。

世界上上亿的人匆匆而过，身边有珍惜的人是因为我们都对彼此付出过时间，所以对我来说他是独一无二的，以后人生的道路上，相惜相伴。从大爆炸开始，时间就一点一滴开始被我们认知，消耗。把我们短暂的光阴消耗到别人的身上，说明他必定是珍贵的，无可代替的，光阴和人重叠在一起，变成了珍贵的回忆，独一无二的回忆。不论世人怎样看这样的过往，对你来说都是独一无二的。

圣埃克絮佩里为成人的世界写了一部童话，写美了世间的匆忙，点缀了夜里不曾亮起的星星，闪耀在地球这个谜一样的国度，投射出一片红心，照在了612星球那朵孤独的玫瑰上。小王子在沙漠中对我说，他想要回去看玫瑰了，玫瑰一定很孤单，无数个日日夜夜的翘首以盼，他的漂流应当结束了。

无怨无悔的玫瑰，忠诚的狐狸，娇艳的玫瑰园里千万朵玫瑰，执着的点灯人，固执的醉酒人，自以为拥有全宇宙财富的数星星的人。所有都是现实社会中不一样类型的人的投影，写得一针见血，深刻，引人深思。

（作者单位：国网河南兰考县供电公司）

读《林海雪原》有感

闫志博

怀着一股澎湃的心情读完了全书，轻轻合上，望着“林海雪原”四个字，似乎是由火热的血所凝成的，衬着封面上的皑皑白雪，显得更加地艳，更加红了。在那上方，我仿佛看到了一位位亲切和蔼的解放军战士，为了自我的理想，更为了祖国的伟大事业——屏蔽资料事业，在深山老林中奋斗的身影。此时的雪似乎已同他们的笑容与灵魂，融为圣洁的一体。

对这些战士来说，死，毫不可怕，鲜血，更是为了这一片他们深爱着的土地，为了他们那可亲可爱的乡亲们所流的，它见证了一个个赤子之心，它的脉搏将永远在这片郁郁葱葱的老林里跳动。穿山风的狂卷，密集的枪弹雨林，都吓不退他们，因为心中的一把火，一个信念——真正地解放人民，支持着他们在狂风暴雪中·次次站起，直至最后的胜利。

他们对自我人生的目标，执着地追求着，不畏层层险阻，即使是到了“山重水复疑无路”的地步，也甘愿拼死一搏，或许他们认为：应对自我的人生，那高高在上的理想，唯有拼过，才了无遗憾。就像《老人与海》中的老人，《绝顶》中的肖顿河，都为了自我心爱的理想而前进，虽然他们最终都失败了，都只在这茫茫大千世界中留下一副白骨或几行轻轻的痕迹，但在任何人眼里，他们在精神上永远是无法击倒的。耻笑他们对生命无谓浪费的人，必定是一个懦夫，因为只有懦夫，才会耻笑勇者，更因为他们毫不明白倾尽自我一生去追求的感觉，也更因为他们没有这种气魄，没有这种理想。

邓小平说过：“必须要经常教育我们的人民，尤其是我们的青少年，要有理想。”一个没有理想的人，便对自我的前途自我要走的路感到茫然，也许，在徘徊上便像迷途的羔羊，在黑暗中消逝。若没有理想，莱特兄弟不会发明飞机，圆了人类飞向蓝天的梦；若没有理想，袁隆平不可能养殖出杂交水稻，解决中国人多粮少的难题；若没有理想，又哪来中国几千年的悠远文化；若没有理想，中国不会在一次次失败中站起，夺回自我的领土。

理想，是人生的灯塔，更是人生的彼岸。有时为了它，历经几多沧桑几多岁月。中国的2008年奥运会，世界梦想和平，祈求人性的完美，“众里寻他千百度”，圆了与未圆，又有什么区别，总有下一代继续追寻。读《林海雪原》经常会感觉到一个词的含义，那便是“群众”。文中的人物，如少剑波、杨子荣，张口闭口不离群众，可谓已经深入骨髓，同自我的生命融为一体了，风里来，雪里去，是记忆拼搏下的一点一滴。“群众”这个词，更相信无人不知无人不晓，它的意境已将不可计数的心融为一体，有着强烈的群众思维的人，头可断，血可留，此志不可改，永远把群众利益摆在第一位，这似乎是一个很奇怪的特性。

汉朝文学家司马迁曾说过：“人固有一死，或重于泰山，或轻于鸿毛。”为群众而死，必是重于泰山，小高波正是为着这座泰山而永生。生与死，千百年来有人歌颂有人笑，更有人长叹一声：“生死有命，富贵在天。”

其实生与死只是一线之差，便是有气与无气。有人死得气壮山河，那种人，以着另外一种方式存活，死得其所。有人死了，遭千古唾骂，万人践踏，那种人，为求一丝生机拼命乞怜，却终为土灰。不必太看重生死，该来的时候会来，该去的时候会去，无愧于自我的生命，更无愧于自我在世界上存活，又何必执着于一个想法或一个将来的结果。关天培身上的刀疤，黄继光胸膛的枪洞，都一次次地说明了这个道理。

《林海雪原》中，讲述的不仅仅是解放战争初期的剿匪斗争，它所表现出的更是一种智慧，一股勇气，一分人性的美，融合为人类近乎完美的形象，成为一个世界的缩影，化为一片蓝天。尽管有时，乌云阻挡了阳光，但在一阵甘霖的挥洒后，清流依旧，白鸽挂着风铃远翔，叶更绿，天更蓝，阳光在露珠上闪烁。世界的循环不停，美不停。依稀间，昨日也是这天的导航。

（作者单位：国网河南兰考县供电公司）

《童年》读后感

徐翠红

我读了一本书，书名叫《童年》，它的作者是著名的作家高尔基，这本书描述了高尔基的童年。我们的童年是美好的、快乐的。但高尔基的童年并不快乐，而是悲惨凄苦的。在这本书中，主人公阿廖沙（高尔基的小名）的父亲在他童年的时候就已经去世了，而且死的很悲惨，这给阿廖沙幼小的心灵造成了很大的伤害。失去了家庭的支柱，只能和母亲外祖母相依为命，后来跟外祖母来到外祖父家里，外祖母经常给阿廖沙讲许多好听的故事，阿廖沙受到外祖母所讲述的故事的熏陶，健康地成长。

阿廖沙从小就喜欢读书，他渴望读书、拼命读书的精神使人感动，他为这吃了不少苦头，经常会因受到屈辱、欺凌而落泪，但是他始终没有放弃，依然坚持读书并最终成为了一位举世闻名的文学家。痛苦的日子固然很长，一次次的风雨洗礼，打下了坚毅的基础，造就了他的一生。如同一杯浓烈的苦咖啡，虽涩涩的，但不乏带着丝丝甜味。的确，漫漫长河，时光固然短暂，给我们留下的却是一份勇气，一份收获。

从这本书中我觉得高尔基小时候就对小市民恶习的痛恨、对自由的追求、对美好生活强烈的向往，我们现在的生活是多么美好，和高尔基的童年相比简直是天壤之别，所以我们要珍惜现在美好的生活。

《童年》揭露了俄国沙皇时期的黑暗、残暴和非人的生活。美好的生活必须要付出才会长久，有所争取，才会得到。在这本书中，我很敬佩善良慈祥的外祖母，她胸怀宽阔，她如同一盏明灯，照亮了阿廖沙孤独的心，外祖母对阿廖沙的爱，给予了阿廖沙坚强不屈的性格，让阿廖沙感觉到自己的存在。

如果在我们这个世界里谁都能关心别人、帮助别人，那还会出现争吵、打架之类的事件吗？如果我们在生活中能将心比心，就会对老人生出一份尊重、对孩子增加一份关爱，就会使人与人之间多一些宽容和理解。

不管在怎样的环境里，都要有理想，要看得见光、要看得见希望。

这本书对苦难的认识，对社会人生的独特见解，字里行间涌动着一股生生不息的热望与坚强。我翻看的时候才让我意识到写高尔基童年的悲惨经历，目的不是为了向人展示他是多么值得同情与可怜，也不仅仅是简单的回忆童年生活，而是用自己的童年的亲身经历告诉读者，无论环境多么恶劣、生活多么艰难，总有一颗善良美好的心。只要怀着一颗向上的心，在龌龊的环境下也能培养出健康、正直的心灵。

（作者单位：国网河南兰考县供电公司）

人间有味是清欢

张金辉

读完梁实秋先生的《人间有味是清欢》，我对生活有了更深刻的认知，亦如梁实秋先生美学五部曲的书名，闲暇处才是生活，人间有味是清欢。在写这篇文章的时候，想自己为文章赋予一个名字，想来想去，竟然发现没有比“人间有味是清欢”更能体现我读完这本书的感受了。

细数从古至今的文人，莫不对饮食有着偏爱，李太白爱酒，苏东坡引出“东坡肉”……梁实秋先生也将美食写的色香味俱全，当读着他的文字，脑海中便浮现出一幅幅的画面，场景活灵活现，仿佛跟着作者体味了一把这份美食。从美食的来源，古人对美食的记载，美食的做法、吃法、工具、产地等无不了解，细细讲来。

平淡的文字将平凡的生活讲述的有滋有味，日常的生活与饮食，在作者笔下仿佛成了一个个仪式和一场场盛宴。先生幽默，文字中不乏有趣的描述，还穿插着一些笑话，引用一些诗词、有趣的句子，让人读之不免笑出声来。

相传的一个笑话：两个不相识的人在一张桌子吃包子，其中一位一口咬下去，包子里的一股汤汁直飙过去，把对面客人喷了个满脸花。肇事的这一位并未察觉，低头猛吃。对面那一位很沉得住气，不动声色。堂倌在一边看不下去，赶快拧了一个热手巾把送了过去，客徐曰：“不忙，他还有两个包子没吃完了哩。”作者描写天津狗不理包子里的一段笑话，甚是有趣，写的活灵活现，满满的画面感，读到这里不忍笑出声来，真是太有趣了。

美食者不必是饕餮客，这句话深得我心。现在的快餐时代，很多人说自己爱吃，喜欢吃的很多，不讲究，吃的还很多，吃坏了自己的身体，却仍然觉得自己太爱美食，不可放弃。相较而言，梁实秋先生的美食真是太“挑剔”了，而我却认为这才真正是美食者的样子。读这本书之前，只知道水果产地不同而味道不同，大抵也是不是真正热爱生活，竟然不知蔬菜也是受产地影响如此之大，甚至，不同产地的相同蔬菜，竟然会做出不相同的菜式。

“烧茄子”是北方很普通的家常菜。茄子不需要削皮，切成一寸多长的块块，用刀在无皮处划出纵横交错的刀痕，像划腰花那样，划得越细越好，入油锅炸。茄子吸油，所以锅里油要多，但是炸到微黄甚至微焦，则油复流出不少。炸好的茄子捞出，然后炒出里脊肉少许，把茄子投入翻炒，加酱油，极速取出成盘，上面撒上大量蒜末。味极甜美，送饭最宜。

我来到台湾，见长茄子，试做烧茄，竟不成功。因为茄子水分太多，无法榨干，久炸则成烂泥。读到这里，才发现，原来地域对于蔬菜的使用竟然差如此之多。与此同时，读到这里的时候，也蓦然发现，梁实秋先生在写美食的同时也是在回忆与怀念，怀念小时候的北平，怀念久未见的故乡。

信息社会的推动，生活节奏的加快，仿佛让时间也开始加速，让人越来越难以平静下心来纯粹品尝美食，更多的则是一边拿着手机玩一边吃饭一边拍照，用心选择食材认真做一顿饭的人便更少了。当然，现在也有很多美食家，却也很少有人能写出先生这样平淡中带着隽永的文字了。

寻常处才是生活。平平淡淡的日常里体味出各种趣味，处处体现出用心，才是真正的生活。平凡的生活是日常，激情与刺激是调剂，将日常的生活过的有趣、有情调，将日常饮食用心做成美味佳肴，是怎样爱生活的样子啊。喜欢梁实秋先生的才情，亦喜欢其人间有味的生活。

（作者单位：国网河南兰考县供电公司）

读《长 征》有 感

杜 霞

自幼就与红色经典名著有着不解的情结，闲暇之余再次拜读了由我国著名报告文学作家王树增历时六年、呕心沥血精心打造的红色经典巨著《长征》，书中以50多万字的篇幅，描述了二万五千里长征中艰苦卓绝的各个细节。一滴一滴的泪，像蒙蒙细雨一样，洒落大地，眼前闪过的画面让我永不难忘，那是一场奇迹的话剧，那是一篇难以忘怀的历史纪录，那更是一段幸福而痛苦的记忆！

当我合上《长征》的一瞬间，那一幅幅惊天动地的画面，那一场场惊心动魄的战争，仍久久萦绕在我的眼前挥之不去，原来它已经深深震撼了我的灵魂，根植于我的心里。

二万五千里长征是人类历史上罕见的军事奇迹，是人类战争史上一部大气磅礴的英雄史诗，在历时两年的时间里，各路红军以非凡的智慧和大无畏的英雄气概，四渡赤水、巧渡金沙江、强渡大渡河、飞夺泸定桥、爬雪山、过草地，突破敌人的围追堵截，战胜无数的艰难险阻，纵横十余省，长驱二万五千里，终于胜利到达陕北。

雄关漫道、险象环生，红军一共爬过18条山脉，其中5条是终年积雪覆盖的，渡过24条河流，经过14个省份，占领过62座大小城市，突破10个地方军阀军队的包围，此外还打败、躲过或胜过敌人派来追击的中央各部队。他们开进和顺利穿过6个不同的少数民族地区，有些地方是中国军队几十年所没有去过的地方，但他们多以野菜、草根甚至牛皮、皮带充饥，他们生死相依、患难与共、同心同德、众志成城征服了一切困难而不被任何困难所征服。

是的，纵使装备极其简陋，给养严重匮乏，环境殿堂艰苦，数十倍敌军前堵后追，但中国共产党人却没有屈服和害怕；没有埋怨和叹息；没有懦弱和退缩。他们把个人命运与党、国家和民族的命运紧紧联系一起，义无反顾地肩负起了拯救中华民族于危难之中的历史重任，他们用百折不挠的坚强意志抒写了一首荡气回肠、感动世界、震惊历史的英雄史诗！

“雄关漫道真如铁，而今迈步从头越”。历史虽已过去，但在国际形势日益紧张、天下尚未太平的现状下，我们依旧更需要虔诚地缅怀革命先辈的不朽功勋，继承光荣革命传统，发扬先辈长征精神，同心同德，艰苦奋斗，在建设富强民主文明和谐的社会主义现代化国家，实现中华民族伟大复兴的新长征道路上奉献自己的一份力量。正如列宁说过：庆祝伟大革命的纪念日，最好的办法是注意力集中在还没有完成的革命任务上。

“少年弱则国弱，少年强则国强”，我们就应树立为中华民族伟大复兴的远大理想。在学校我们应把红军那种不怕苦，不怕累的精神发扬下去，孜孜不倦地学好每一科知识，用科技来强国，沿着先烈们走过的路，继续走下去，把祖国建设得更加繁荣昌盛，永远巨人般屹立于世界强林之列。毕竟，任何辉煌的业绩都需要努力去创造，我们应从红军长征爬雪山、过草地、吃皮带、嚼草根的不断挑战自我、挑战极限、挑战命运的精神中学习他们那种艰苦奋斗精神，无怨无悔的气概，为理想而奋斗的勇气。

而知识就像满目琳琅的大宝库，探寻它的路是坎坷的，不能一遇到困难就退缩，只有经过磨炼的人，才会不停地与困难作斗争，才能取得最后的胜利。就如徐霞客历经千辛万苦终完成千古奇书《徐霞客游记》；就像司马迁饱受屈辱终著成“史家之绝唱，无韵之离骚”的《史记》；就像梵高孤独贫穷一生却为后人留下价值连城的作品；就像贝多芬双耳失聪却抚着琴键谱出优美的惊世曲调。

身处太平盛世，想想那些为了后来者的幸福义无反顾抛头颅、洒热血的长征英雄们，我们还有任何理由和资格去埋怨周围的一切吗？历史的身影渐渐远去，此刻重新聆听《长征》的故事，感受长征先驱们创造的辉煌，体验他们那种以天下为己任为使命不惜一切的精神，感动之余无不对他们充满了无限的热爱和崇敬，同时也对自己身上的使命感到更神圣和光荣。

当我真正静下心来，双手虔诚地捧着《长征》这部卷帙浩繁的经典名著时，才恍然体悟到那段血雨腥风史告诉我们，其实生命是一条美丽曲折的幽径，路旁有妍花的丽蝶，也有荆棘丛生，要想人生美丽辉煌，就应该以一种积极乐观的心态一路虔诚地走过，一路播撒希望的种子。人生的道路九曲十八弯，布满了荆棘，但成功者总是用希望之光照亮前行的旅途，用坚强忍韧的毅力开辟通向辉煌的康庄大道。

（作者单位：国网河南兰考县供电公司）

读《中国梦》有感

高　惠

读完《中国梦》这本书后，我深深懂得中国梦的由来，怎样实现中国梦？实现中国梦后该怎样办？

中国梦就是民族复兴，国家强大，人民安康和幸福。这一梦想我们祖祖辈辈朝思暮想，艰苦奋斗了几千年都难以实现。到1840年鸦片战争以后，中国人开始觉醒。祖国必须强大，民族必须复兴，才不会受外来敌人的欺侮和凌辱。经过广大人民、爱国人士的不懈努力，终因没有强有力的、有卓越远见的先锋队的领导；没有全国各族人民团结一致，凝聚一起，心往一处想，劲往一处使，无法实现这个梦想。

自1921年有了中国共产党这个先锋队，它卓越远见。联系群众，能自身进行监督改造的坚强领导核心，经过艰苦奋斗，蹚过千山万水，克服千难万险，浴血奋战，中国人的梦想才开始逐步实现，赶走了帝国主义，推翻了根深蒂固的封建主义，打倒了官僚资本主义，建立了新中国。这个梦想还不够，它是一个初级的，起码的。我们还要不断升级、改造、创新，要有更高的、符合潮流的、适应民生的梦想。

中国梦既是中华民族的复兴梦，归根结底也是每一位中国人的梦。国家复兴，民族强大与每一位中国人息息相关，互为依托，必须唤起广大民众，万众一心，团结一致；必须紧紧依靠人民群众来完成；必须忠于祖国，忠于人民，克己奉公。要实现这个梦，任重而道远，道路荆棘丛生，需要我们每一位中国人不断地继续付出辛勤的劳动和艰苦的努力。

中国梦的实现，对我们每个人的人生来说是一次大的升华，也是树立一个正确的世界观、人生观、价值观的必修课。还能丰富自身的文化内涵和修养，使自己的精神世界更加精彩动人。建国后，中国共产党带领中国人民，弘扬中国精神，这就是以爱国主义为核心的民族精神，以改革创新为核心的时代精神。我们与时俱进，实现了“两弹一星”；天宫一号上天，神舟十号卫星第二次载人上天与天宫一号对接，从此中国人实现了天空实验室的梦想；深海潜水艇——蛟龙号的出现；大型航母下水航行运用等。这些震慑了敌人的威风，强大了我们国家，长了全国人民的志气；再加上我国农业连续八连冠的增收，人民安居乐业，扬眉吐气。一个强有力的中国屹立在东方，世界上所有的大事小事，没有中国人的参加是不行的。

作为一个中国人，我感到十分骄傲和自豪。要实现更高，更完美的中国梦，必须在能强化纯洁自身的中国共产党的领导下，以中国精神为强国兴国之魂；必须团结全国各族人民艰苦奋斗，披荆斩棘，搞活经济，戒骄戒躁，不满足现状，永不停留的，使中国人民永远屹立于世界之前列。

作为一位中国人的我，绝不袖手旁观，我昂扬奋斗之情犹如旭日东升，对自己理想的实现，对于更高的“中国梦”的实现，我将不惜一切代价努力着，奋斗着，坚信着梦想实现的那一天。

（作者单位：国网河南兰考县供电公司）

读《红 色》有 感

张 妍

对我来说，因为看某部电视剧而产生了翻阅小说的念头，这样的冲动并不多见，一次是《亮剑》，一次是《小姨多鹤》，还有一次则是《红色》。大家的书评都谈到了徐天与田丹的感情，平淡温馨的日常生活，无疑都是《红色》的亮点。除此之外，《红色》叙事塑造的世界和历史背景也同样值得关注。

爱一个人是一种什么样的感觉？曾在知乎上看到这样一个高票答案："忽然就有了软肋也有了铠甲"。午夜，一遍遍地听原声带《未寄出的情书》，这句话放在《红色》的男主角徐天身上颇为合适。正如田丹是徐天眼中唯一看得到的红色，她也是徐天的软肋与铠甲。又何止是田丹，同福里的柴米油盐家长里短，对兄弟铁林的相惜相护，一步步靠近中共信仰，所有徐天珍重爱护的人与事，亦是他抗争的力量之源。

徐天不是清教徒式的英雄，相反沾了许多烟火气。他每次自我介绍总是把"家在同福里，是三角地菜市场的一名会计"放在首要位置；对家人邻居的体贴维护，对田丹的爱克制谦卑，对世情的敏锐洞察等，让人感到十分真实，不像一些脸谱化的正面英雄人物，使得网友对《红色》多有厚爱。这样的"平凡人""小人物"的抗战片段格外熠熠生辉，不知爱家焉知为国。

从温馨的同福里走出，到法租界，到沦陷区的上海，再到 20 世纪 30 年代末硝烟四起的中国，视野逐步放大，《红色》让人动容的不仅仅是爱，还有其历史背景。张鲁一不愧是行走的半部中国近代史，如末代皇帝溥仪、变态的军阀、多面阴险的日军军官、人情味十足的汪伪汉奸、追求学问济世的读书人、中共将才与国军特工等角色，我们在欣赏张鲁一多变形象与演技的同时，也要体会影视剧背后的历史，世人倍感沉重屈辱的近代史也有丰富的多面性，它是人物事件发生变化的催化剂，而非死气沉沉的底板幕布。大概是所学专业的缘故，我总是对常被人忽视的历史背景怀有一丝敏感。

回归《红色》，开篇便是淞沪会战国军失败，高扬的太阳旗，惊慌失措逃难的市民，一人之勇街头喋血的壮士，渲染了肃杀紧迫的氛围。这不是全部，同福里见得到沦陷区人们的日常生活状态，有温情也有生死抉择；法租界看似平静，实则汇集多方政治势力，重庆、中共、日本、武汉、法警当局暗中博弈较量，构成了《红色》的世界，也是同时代中国的缩影。

《红色》有着微观的历史视角，凸显的内涵却远远超出上海法租界的同福里，如在法租界的地盘日本人杀害中国人与中国人杀害日本人处理结果的对比，前者逍遥法外不必偿命，后者却成了争夺利益的牺牲品。何止此时此地，而是租界乃国中之国主权受辱的代表。《潜伏》中李涯曾说“我运即国运”，道理大致如此。个人命运与国家命运兴亡，就像是皮与毛的关系，“皮之不存，毛将焉附?”战乱下的温情与爱、人性的善恶、革命信仰的闪光、个人与国家民族命运的交织。

《红色》留给我们的思索还有许多许多。我们生活习以为常的当下，正是《红色》一书主人公期求的“岁月静好，现世安稳。”掩卷难眠，心绪复杂。我衷心地希望有更多观众了解并喜欢《红色》，不论是小说还是电视剧。

（作者单位：国网河南兰考县供电公司）

《爱的教育》读后有感

王冬菊

《爱的教育》，书名使我思考，在这纷纭的世界里，爱究竟是什么？带着这个思考，我与一个意大利小学生一起跋涉，去探寻一个未知的答案。

《爱的教育》采用日记的形式，讲述一个叫安利柯的小男孩成长的故事，记录了他一年之内在学校、家庭、社会的所见所闻，字里行间洋溢着对祖国、父母、师长、朋友的真挚的爱，有着感人肺腑的力量。文章中孩子们所表现的更多的是闪光的美德，这正是小说极力颂扬的地方。小说记录了长辈们对孩子的教育和启示，附在日记后面还以第二人称写了他们呕心沥血的教子篇。

这本小说在漫长的岁月里，它陪伴了一代又一代的孩子成长。可以说，这是一本永远不会过时的书。它用爱塑造人，引导我们永远保持一颗勇于进取而善良真诚的心，爱祖国，爱人民，同情人民的一切不幸与苦难。这本书一出版就受到教育界的重视和欢迎，可以说超过了任何一种《教育学》或《教育概论》。有夏先生的推崇当然是个原因，还有个更重要的原因，当时有许多教师要求冲破封建主义的束缚，而这部小说给他们塑造了一个可以让他们仿效的模型。当然，实际上体现的是小资产阶级知识分子的理想。

爱，像空气，每天在我们身边，因其无影无形就总被我们忽略。其实它的意义已经融入生命。就如父母的爱，不说操劳奔波，单是往书架上新置一本孩子爱看的书，一有咳嗽，药片就摆放在眼前，临睡前不忘再看一眼孩子，就是我们需要张开双臂才能拥抱的深深的爱。当我们陷入困境，没人支持，是父母依然陪在身边，晚上不忘叮嘱一句：早点睡。读了安利柯的故事，我认识到天下父母都有一颗深爱子女的心。安利柯有本与父母共同读写的日记，而现在很多学生的日记上还挂着一把小锁。最简单的东西却最容易忽略，正如这博大的爱中深沉的亲子之爱，很多人都无法感受到。

如果说爱是一次旅游，也许有人会有异议。但爱正是没有尽头的，愉快的旅游。就像生活，如果把生活看成一次服刑，人们为了某一天刑满释放，得到超脱而干沉重的活儿；那么这样的生活必将使人痛苦厌倦。反之，把生活看成旅游，一路上边走边看，就会很轻松，每天也会有因对新东西的感悟，学习而充实起来。于是，就想继续走下去，甚至投入热情，不在乎它将持续多久。这时候，这种情怀已升华为一种爱，一种对于生活的爱。读《爱的教育》，我走入安利柯的生活，我走入安利柯的生活，目睹了他们是怎样学习。生活，怎样去爱。在感动中，我发现爱中包含着对于生活的追求。

如果爱是奔腾的热血，是跳跃的心灵，那么，我认为这就是对于国家的崇高的爱。也许它听起来很“口号”，但作为一个有良知的人，这种爱应牢牢植入我们的心田。当读到安利柯描绘的一幅幅意大利人民为国炸断了双腿，淋弹死守家园的动人场面时，我不禁想到我们祖国大地上也曾浸透了中华儿女的血。同样是为了自己国家的光明，同样可以抛弃一切地厮拼，我被这至高无上的爱的境界折服。我不需为祖国抛头颅了，但祖国需要我们的地方还有很多。爱之所以伟大，是因为它不仅仅对个人而言，更是以整个民族为荣的尊严与情绪。

转眼间，我们离开《爱的教育》所记载的那个年代已经很久了，但是“爱”这种教育的方式却永远不应该远离我们，特别是远离我们这些教育战线上的工作者。我们要全身心的去爱我们的每一个学生，关心他们的成长，为他们的每一点进步而欣慰，用爱的泉水去滋润孩子们幼小的心灵，让孩子们沐浴在爱的阳光中，自由，健康的成长！

《爱的教育》中，把爱比成很多东西，确是这样，又不仅仅是这些。我想，“爱是什么”不会有明确的答案，但我已经完成了对于爱的思考——爱是博大的，无穷的，伟大的力量，是教育中所不能缺少的。

（作者单位：国网河南兰考县供电公司）

《千顷澄碧的时代》观后感

史良燕

元宵佳节，作为全面建成小康社会重点献礼片，《千顷澄碧的时代》在全国上映，我走进电影院，观看了这部讲述一个中国故事，向世界展现我国的道路自信、理论自信、制度自信、文化自信，并记录下中国人谱写人类反贫困历史新篇章的一部重大现实题材影片。

《千顷澄碧的时代》以兰考县脱贫攻坚战为原型，讲述了青年挂职干部芦靖生被派到兰考扶贫，与兰考县委副书记范中州、兰考四方乡党委书记韩素云等为代表的兰考干部在脱贫攻坚一线，和群众一同奋战，让兰考县实现了脱贫。在坚守、成长和理解中触动着每一个深耕一线扶贫者的心，正是那股拼劲儿和韧劲儿，让奔腾五千年的黄河在九曲十八弯的最后一个弯腾空而起，绘就出今日兰考蓬勃发展的瑰丽画卷。

影片展现了一个开放、创新、生机勃勃的新兰考，以及新时代兰考干部忠诚、奉献、担当的精神，呈现了中国脱贫攻坚一线人物形象，描绘了新时代中国农村的小康画卷。“未来中国的千顷澄碧，有我的一份力量！”影片中的人物，以平实、感人的话语，可以看出脱贫攻坚一线干部的心酸、付出与坚持。这当中既有脱贫路上几代人的精神传承、相互扶持，也有新时代女性扎根一线、敢为人先的巾帼力量，更让我们看到了青年一代投身国家建设的使命与希望。

放眼全球，贫穷问题是一个世界难题。“兰考经验”，为全国、为世界树立了典范。影片中的“芦靖生”，让我们看到了奋战在脱贫攻坚一线成千上万个“第一书记”，让我想到了西北空管局落实《关于做好干部驻村联户扶贫工作的通知》等上级有关精神，从 2017 年起，至今已连续选派 2 名西北空管局干部赴西北民航“两联一包”帮扶重点村——陕西省安康市旬阳县金寨镇张河村挂职任驻村干部，他们舍弃在西安的舒适环境，吃苦在前，任劳任怨，先后带着“增强扶贫点造血功能，帮助村民脱贫致富的使命”精神驻村后，对村里的基础设施情况全面摸底，深入走访调研，对村民活动室环境进行了整治、新建了应急通信网络，有效解决了村中手机无信号问题，特别是在党建、教育、医疗方面成效显著。

西北空管局将按照制定的扶贫计划尽最大的努力让老百姓拥有获得感和幸福感，并将一如既往地支持扶贫工作。西北空管局一名驻村干部说：“我还要继续努力，要继续帮大家的腰包再鼓一些，脸上的笑容再多一些。”这体现出驻村干部的决心、奉献和担当精神。

影片结尾的一句“绿我涓滴，会它千顷澄碧”铿锵有力，从兰考出发，放眼河山，千顷澄碧。涓涓细流，足以汇成江河，众人合力，定能聚起磅礴力量。

在脱贫攻坚的伟大事业中，无数个扶贫干部坚持“不忘初心，牢记使命”，不懈奋斗的敬业精神，迎难而上，以担当无悔的责任感和使命感把泪水和汗水挥洒在脱贫攻坚大地上昼夜兼程，砥砺前行，让我们向最美脱贫攻坚奋斗者致敬！

（作者单位：国网河南兰考县供电公司）

《红岩》读后有感

胡鸿雁

在中国共产党发展壮大的漫长道路上，在中华人民共和国历史的丰碑上永远刻着一个个刚铮铁骨的名字：江雪琴、成岗、许云峰、刘思扬……他们不怕严刑、不怕死亡；他们只相信真理，他们不向残暴的敌人低头，他们是真正的共产党员！他们是我心中的丰碑！读着《红岩》这本与中国共产党有关的革命小说，让我的思绪又回到了70年前那段黑暗的历史。

1948年，革命迎来胜利的曙光，也是黎明前最黑暗的一段时光。国民党即将土崩瓦解，做最后的垂死挣扎。军统组织派出特务，疯狂地搜捕共产党员，企图从刑讯中得到情报。但是，他们再严厉的毒刑，也打倒不了共产党员的坚强意志！

《红岩》里最令我敬佩的是江雪琴同志，就是大家熟悉的江姐。她大学时，就开始从事党的秘密工作。1948年，由于叛徒甫志高的出卖，江姐被捕。她受尽了国民党特务的折磨——老虎凳、电刑、带刺的钢鞭……敌人为了从她的嘴里套出情报，甚至残暴地将竹签子钉进了她的手指里！竹签子一根一根插进江姐的手指，血不断地从江姐的手上流出来。但不管敌人如何折磨江姐，也休想从江姐咬紧牙关的嘴里获得情报！江姐大声地说：“竹签子只是竹子做的，而共产党人的意志是用钢铁做的!”这是一种何等伟大的坚强意志！非常人所能想象，也非常人所能做到!

江姐的坚强意志深深触动了我的心。面对敌人，她没有退缩；面对酷刑，她那颗火热的心仍没有动摇！在我们的日常生活中，有无数的困难成为你的绊脚石。一次，一道数学难题难住了我。我试图抓住一切的线索，几乎用尽了每一种方法，但仍旧一筹莫展。当我正想扔下题目，出去休息时，江姐高大的革命形象浮现在我面前，她那知难而进、坚强不屈的精神再一次振奋了我。我重新静下心来，耐心寻找题目的突破口。经过半小时的“猛攻”，题目终于被我迎刃而解。

书中还有两个人物让我久久不能忘怀，那就是刘思扬和余新江。他们对同志的爱护之情也打动了我的心。刘思扬的室友龙光华原是一名新四军，被捕后也被关进了渣滓洞。在一次重刑之后，龙光华受了重伤。之后的几天里，同志们对他无微不至的关怀，为他疗伤照顾。可是，几天后，龙光华还是不幸地去世了。同志们挥起了愤怒的拳头，矛头指向了阴险的特务。同志们坚决要求举办追悼会，但特务找尽借口，反对他们的主张。刘思扬与余新江领导着同志们与特务展开了勇敢的斗争，甚至用绝食来迫使特务同意条件。最终，特务被迫同意举办追悼会。在追悼会上，悲愤交加的同志们纷纷潸然泪下。这是多么感人的红岩精神！

1949 年 11 月 27 日，一个山河为之变色的日子！特务集中力量，召集美国行刑队，准备对渣滓洞和白公馆中的政治犯进行疯狂地屠杀！一位位共产党员前仆后继，与敌人展开英勇斗争，但最终大多数同志都随着敌人的枪响永远地倒了下去。一位位同志逝去了，与他们一样被秘密屠杀的，还有江姐、许云峰等人。司马迁曾说过：人固有一死，或轻于鸿毛，或重于泰山。像这些共产党员一样，为人民、为党、为国家献出生命的，固然是“重于泰山”！

读了这本书，我仿佛长大了。我不再像以前那样惧怕困难，不再像以前那样为了个人的利益而不顾大局，不再像以前那样经不起诱惑。因为，我知道，《红岩》里的同志们面对的种种困难，我是根本无法想象的。我们应该从小学习他们的精神，长大成为国家的栋梁之才！

读着谭嗣同的诗句：“我自横刀向天笑，去留肝胆两昆仑”，我眼前仿佛又浮现出了江姐、刘思扬、许云峰等革命烈士的光辉形象。他们是真正的英雄！他们拥有英雄的本色！死亡对他们来说，是多么的微不足道！共产党员的意志是钢铁铸成的！我坚信，只要有像江姐、刘思扬、许云峰这样的共产党员，中国永远有希望，中华民族伟大复兴的中国梦也必将实现！

（作者单位：国网河南兰考县供电公司）

《人生不过如此》读后感

陈先丽

生活不过如此，我亦一直如此以为自己是孤高自傲般的活着，后来才发现也不过苟且于“繁花似锦”中。

当别人在掏鸟窝的时候，我捧着本哲学美文书，对他们野孩子般的行为嗤之以鼻；当别人在雨水里奔跑时，我穿着政界的衣服蹑手蹑脚的轻踏着，翘着嘴翻着白眼看着他们远去的背影；当别人被老师罚罚站门外时，我仰着头一脸不屑地从他面前走过……尽管这样的我朋友寥寥无几，但那又如何，依然挡不住我这样活着的方式。

依稀记得那节语文课老师要求全班同学每四人一组进行朗读比赛，我是班里的语文课代表，朗读对我来说丝毫没有什么难度，我并没有主动融合到身边的同学之中去，自信到以为会有人主动来邀请我。出乎预料，等老师喊停的时候都没有任何一个人跟我说一句话，抬头看身边的同学都早已组好了队。呵！我落单了，竟然落单了。清楚记得，当我被点名出来时，同学脸上幸灾乐祸的表情以及那刺耳的笑声。怎样？清高的人都是这么地孤独啊。

人生不长甚至是苦短，能真真切切记在心里的事不多。虽多年过去了，但有些打击怎是想抹去就可以抹去的。现在的我又是怎样一个我，你知道吗？反正我自己也挺摸不清复制此页面内容的。每天都重复着一样的生活，是否同样重复着那份孤傲清高呢？在闹心的闹钟铃声中，满心不愿的起床洗脸刷牙，然后出门。在拥挤的公交站台每天都上演着缩骨功，无聊之际拿出手机，刷着空间，关注着别人的动态，那与我又有什么关系呢？但说实话，我也不知道有什么事是可以和我系上关联的。在杂乱的办公桌前和电脑彼此大脸对小脸，键盘上指头却一刻也不敢偷闲。揉着发酸的眼睛自问道：这么努力是为什么，不过是在帮别人做事，何苦这样卖命。可抬头看去，更卖命的人比比皆是，我又抱怨什么呢？在嘈杂的餐厅独自一人端着工作餐找位置，无所谓食物的味美与否，饱腹即可。

没什么比健康地活下去更重要，在多余的加班时间疲倦的仍停不下手头的工作，钦佩地望着那一副副气定神闲的表情，他们的样子让我感到害怕，不由得想神经般的呐喊：“我不想过如此安分的生活”。我怕有天我也会习惯一切甚至麻木了，一年，两年，五年，十年，时间会带走一个什么样的我，又随意的抛掷下一个什么样的我。在下班的又一次拥挤中，我又紧紧地夹在了车厢的人群中，尴尬的竟动弹不得，耳边只能控制不了地听着上班族们义愤填膺般的对工作的抱怨，对上司的不满，乐此不疲地说着公司同事间的八卦，更令人难以忍受的还有那横飞的唾沫星子和难闻的口气。为什么人与人贴得如此之近，可彼此的心却相聚的那么遥远？

在钥匙打开房门的那一刻，我大大地松了一口气，就这样一天又过复制此页面内容去了，为什么想象和现实总是有一段差距，这样一份工作应该是自己理想中的最佳选择，为什么热情消退后，竟感到无尽的累呢。冲着凉水澡，竟不觉得有凉意，还记得自己当初年少的梦想吗？是被尘封了还是早已烟消云散不复存在了呢？

曾经认识这样一位跳广场舞的阿姨，她总是那么的开心充满活力，问她怎么活得这么快乐，她说这样一段话，让我感触颇深：“你们这代人就是活得太明白，想要的东西太多了，事事较真，所以你们的问题烦恼才会那么多，感觉活得才会那么累。我们那个年代到该谈恋爱的年纪就谈恋爱，该结婚的年纪就结婚，该工作的年纪就工作，大半辈子也就过来了，你看，我们不也活得挺好，挺潇洒嘛”。思忖着这样的人生感悟，不由感叹我是否也该这样的活。再回想着那时的自己，孤傲？清高？也都不过是我给自己加上的无谓的代名词，我的这个时代不适合这样。如此的世界怎能容忍一个别样的我呢？

最后我能说我似乎明白一些了吗？一个人总要走陌生的路，看陌生的风景，听陌生的歌，然后在某个不经意的瞬间发现，原本费尽心机想做的事不重要了，生活并不需要无谓的执著，没什么绝对不能割舍。物极必反，无欲则刚，所以明白的人懂得放弃，真情的人懂得牺牲，幸福的人懂得超脱。

（作者单位：国网河南兰考县供电公司）

读书让我体会百味人生

常　娥

我是国家电网的一名基层工作人员，人到中年，生活安稳，很久以来都满足于平淡安逸的生活。说到读书，大多数时间都抱着一种功利之心，很少主动读书，只有在遇到技术难题时，才手忙脚乱地去找规范、标准、手册、专业论文看看，从这些专业书中寻找答案。解决问题后，并没有成功的喜悦感，反而更多的是一种侥幸心理在潜滋暗长，然后悄悄地把“书中自有颜如玉，书中自有千钟粟”在嘴里念叨一遍又一遍，成为了一个典型的实用主义者。

后来经过领导的点拨，我逐渐认识到了自己错误认知的危害性，并在部门领导的帮助下，主动参与公司组织的读书活动，变被动读书为主动读书，变几乎不读书为经常挤时间读书，变囫囵吞枣地读书为细嚼慢咽、回味再三地读书，终于渐渐找到了读书的乐趣。现在，读书已经成为了我业余生活中最重要的一项休闲活动，也成为了加强修养、自我提升的最好的方式。

在读书内容方面，我不拘文体，不论朝代，不分国家和民族，坚持开卷有益的原则，几年来读了许多所谓的“闲书”。但正如大诗人陆游所言：“汝果欲学诗，功夫在诗外。”闲书不闲，许多看似和工作没有什么联系的诗歌，却让我体会到了许多以往生活中被有意无意忽略掉的闲情雅致。比如我读到唐代大诗人刘禹锡的许多诗歌时，就读到了诗豪笔下“我言了秋日胜春朝”“沉舟侧畔千帆过，病树前头万木春”的志趣美，读到了“杨柳青青江水平”“遥望洞庭山水色”的意境美。北大王一川教授说：“美就是孔子在泰山之巅瞥见的茫茫云雾中的天下，就是梅杜萨木筏上人们在天边的苦海中遥望到的远方若隐若现的航船，就是陈子昂在幽州台上为之‘涕下’的‘悠悠天地’，就是浮士德一生不懈追求的终极目的，就是李商隐朝思暮想的永恒的美人幻想……”

爱国，一个喊了近5000年的口号，在尧禹时期，爱国是炎黄与蚩尤战时，那句“为了部落”；爱国是中山先生所喊的，“驱除鞑虏，恢复中华”；爱国是鲁迅先生“我以我血荐轩辕”，引领亿万万中国人民的呐喊；现在爱国又是什么呢？虽然是简单的问题，可我相信大多数人心中并没有明确答案，对于人民来说爱国不仅仅是一种情怀，它更是一种实际行动。

我们也许不能成为屈原，纵身一跃跳入滚滚的汨罗江，以身殉国，不一定要轰轰烈烈，只要满腔热血，在自己的岗位上认真奉献，你便是一个爱国的人。回望过去有我爱国将士，以弓弩巨石，抵御铁甲炮火；有爱国诗人为祖国之复兴挺身而出，还记得周恩来总理“为中华之崛起而读书”，此乃国家之大爱。展望当今“杂交水稻之父”袁隆平解决中国上亿人的温饱问题；我也看到如今走在脱贫前线的社会热心人士，为中华之复兴奉献力量。每一个驰援湖北医疗队的队员，为举国安康只身赶赴抗疫一线。

手不释卷，博览群书，让我对美的感受更加丰满。读书培养了我的审美精神和诗意情怀，懂得了生命与自然和谐之美；懂得了疏离物欲世界中如何净化心灵，提升思想境界之美；懂得了以诗意的眼光去审视自我，融入社会之美。

（作者单位：国网河南通许县供电公司）

向着梦想奔跑

张　杰

2021 年 2 月 25 日上午，全国脱贫攻坚总结表彰大会在北京人民大会堂隆重举行，大会对全国脱贫攻坚楷模、先进个人、先进集体进行表彰，国网西藏电力有限公司农电工作部被授予“全国脱贫攻坚楷模”荣誉称号。2 月 26 日上午，国网公司脱贫攻坚总结表彰大会上辛保安董事长满怀深情地说：全国共十个楷模，国网西藏电力有限公司农电工作部是唯一一家央企单位，习近平总书记亲自颁授奖牌。这是中央对公司服务脱贫攻坚工作最高的褒奖，让广大员工备受鼓舞，倍感自豪。

由于机缘巧合，我成为国网公司 2014—2015 年援藏帮扶专家之一，国网西藏电力公司农电工作部财务管理岗位。

记得 2014 年 6 月 8 日到达拉萨贡嘎机场，走出机场，湛蓝的天空、朵朵的白云、连绵的远山、清澈的空气让我惊喜，雄伟的布达拉宫和蜿蜒的拉萨河让我赞叹。但是随着时间消逝，体内携带的氧气消耗，后脑勺特别疼、憋闷的呼吸，加快的心跳，使我对这片神奇的土地产生了畏惧。

刚到西藏，因为高反整晚睡不着，胸口疼，眼眶疼，憋气难受，只有拼命地喝水缓解。实在睡不着，打开舒缓的音乐闭着眼睛听。高原有三不：不知道生没生病，不知道吃没吃饱，不知道睡没睡着。开始思念孩子、家人、朋友、同事、领导，我也迷茫，我不知道援藏的经历会给我什么，但是我知道使人成熟的不是年龄，而是经历，这些经历就是宝贵的人生财富。

援藏的经历使我心怀感激之情。援藏期间，省市公司各级领导多次打电话、到现场，关心工作、生活情况。援藏结束后，市公司领导又召开专题座谈会，所有的点点滴滴都让我感动，心怀感恩，觉得自己仅仅做了该做的，得到太多太多。

通过内地与西藏生活工作的对比，如果我就在西藏出生、成长、工作，又会是什么样呢？使我联想到，人的生存发展离不开周围环境的影响，我以前只看到自己的努力，自鸣得意的成绩，是多么幼稚！

西藏120万平方公里占我国国土八分之一的面积，正是西藏作为天然屏障，我们在内地才能安居乐业，体会不到边境争端和国家防御的巨大投入。我所得到的是别人辛苦付出的结果。众生皆苦，没有人会被命运额外眷顾，如果你活得格外轻松顺遂，一定是有人替你承担了你该承担的重量。

援藏的经历使我心存敬佩之心。阿里地区的行署所在地噶尔县距离拉萨1800公里，属于西藏的西藏，那里缺医少药，蔬菜、水果比肉贵，物资匮乏。宾馆也是经常停电，夜里冻得不行。县公司介绍有的村子去抄表，需要开车走一天、骑马走一天、步行还要一天才能到现场。每当出差回到拉萨，都会觉得拉萨真好！在拉萨好幸福！

在支援西藏的同时，当地干部群众的精神更时刻感染着我。我当时的农电部主任王照岐，1968年人，大学毕业分到那曲供电公司，一干就是25年，由于恶劣环境，他看上去年近6旬。“吃苦不怕艰苦，缺氧不缺精神”的思想境界和实际行动，让我随时随地感受着“老西藏精神”的熏陶，被当地干部群众的奋斗精神打动。

援藏的经历使我心存敬畏之心。休息时我会到大昭寺、宗角禄康公园、布达拉宫广场看转经的人群、看奔跑的孩子、看行色匆匆的游客。有一次我在大昭寺广场，看着磕长头的藏民，突然间眼泪止不住留下来，这儿土地贫瘠，环境恶劣，也许正是他们的信仰，才支撑起藏民祖祖辈辈在这繁衍生息。他们尊敬自然，信奉天葬，认为把肉体供奉给秃鹫食用是最后一次回馈自然，灵魂得以升入天堂。

过去我不太理解先人为何对日月星辰、天地山川那么敬畏、虔诚、顶礼膜拜。当我发现在火山、地震、山体滑坡等自然灾害面前，人们是那么渺小和无助。在人类的能力还不足以破解自然密码，为了与自然和谐相处，敬畏自然是多么明智的选择。因此，人立天地间，要生存、成长、发展，就要心存敬畏，这样才能把握自己，有所为，有所不为，不能恣意妄为。

援藏的经历使我收获到友谊。当我来到西藏，遇到来自国网系统各单位的援藏兄弟们，他们都非常优秀，都很努力，积极进取，他们性格迥异，幽默风趣，和他们讨论问题的看法，结伴出行，分享做事的方法和读书的心得，他们都很年轻，大部分都是研究生学历，而且很有生活情趣。和他们一块，我看到我的不足，他们也亲切地叫我：张姐。

2020 年 12 月 4 日，阿里与藏中联网工程全面投运，国家大电网也实现了大陆所有县域的全覆盖，再也不会在夜里冻得睡不着了。

当我获悉国网西藏电力有限公司农电工作部获得的荣誉，忍不住在朋友圈发了相关动态，一块援藏的战友纷纷点赞。西藏公司副总经理高应云留言：何主任是代表大家上台领奖，有你们的功劳！农电代管干得漂亮！

“功成不必在我，功成必定有我”正是援藏经历，磨炼了我的意志，锻炼了我的能力。工作的历练，也转化为生活的感悟，对待生活更加从容。

（作者单位：国网河南省电力公司信阳供电公司）

眼眸有星辰，心中有山海

胡　杨

在迎来中国共产党成立100周年的重要时刻，习近平总书记庄严宣告：我国脱贫攻坚战取得了全面胜利。2月25日，在全国脱贫攻坚总结表彰大会上，光山县委被授予“全国脱贫攻坚先进集体”荣誉称号。恰逢此刻，光山县县委组织部赠阅了一本讲述光山县脱贫攻坚的书，我迫不及待地想要了解这至高荣誉背后的故事，一鼓作气读完了这本《时代答卷》，就像聆听了一曲脱贫攻坚的新时代壮歌，心潮澎湃，久久不能平静。

《时代答卷》以新时代为背景，讲述了光山县全县干部群众以习近平总书记“精准脱贫”重要思想为指南，眼眸有星辰，心中有大海，直面时代转型中的各种矛盾，励精图治、排除万难、智慧创新，瞄准“创一流·走前列”的高质量脱贫目标，历经各种“大考”，最终取得脱贫攻坚的决定性胜利，向党和人民交上了一份优秀的时代答卷。

艰难方显勇毅，磨砺始得玉成。近几年，光山公司完成了72个贫困村、42个中心村电网改造工程，实现了户户通电、村村通动力电，贫困村户均配变容量达到2.4千伏安，达到全省平均水平。为光山县贫困村的茶叶、油茶加工、特色养殖、羽绒加工等产业发展提供了充足的电力保障。定点扶贫村文殊乡沈堂村134户582名贫困人口全部实现脱贫。这是光山公司精准扶贫、电力先行、砥砺奋进的结果，也是全体光电人披荆斩棘、乘风破浪、共同努力的成果。

成绩写入历史，奋斗永向前方。辛丑牛年春节前夕，在曾经是深度贫困村的贵州省毕节市化屋村，习近平总书记亲切地对乡亲们说：“脱贫之后，要继续推进乡村振兴，加快推进农业农村现代化。”对于“农为邦本、本固邦宁”，没有人比我们认识得更为深刻。纵览历朝历代，农业兴旺、农民安定，则国家统一、社会稳定；反之则国家分裂、社会动荡。民族要复兴，乡村必振兴。乡村振兴是实现中华民族伟大复兴的一项重大任务。

在脱贫摘帽后，我们光电人没有任何理由骄傲自满、固步自封，必须乘势而上、再接再厉，凝心聚力再出发，在实现乡村振兴的伟大征程中科学规划建设农村电网，实施农村电网巩固提升工程，提升农村电力普遍服务水平、乡村用能电气化水平，全面助力乡村振兴战略实施。

习近平总书记来信阳调研时提出“要把革命老区建设得更好，让老区人民过上更好的生活”，这殷殷嘱托，是沉甸甸的责任，是光荣任务，更是神圣使命。

作为公司的一名青年员工，为了实现乡村振兴，为了实现“两个更好”，我对自己的期待就是做更好的自己，像《时代答卷》里的一线扶贫干部那样，眼眸有星辰，心中有大海，从此以梦为马，不负韶华。

（作者单位：国网河南光山县供电公司）

我的心里话

李海燕

100年前，在那风雨如磐的旧中国诞生了中国共产党，她像一盏明灯冲破了漫漫长夜的黑暗，像初升的朝阳给沉睡的大地带来了希望的曙光。从她诞生的那一刻起，神州大地就有了一群引路人，中华民族就有了更加挺拔的脊梁骨，这个坚强、光荣的集体在黑暗的灰烬中爆出一个崭新的新中国。

100个风雨春秋，100年的奋斗不息，中国共产党历经沧桑，经历了初创时的艰难、北伐战争的洗礼、土地革命的探索、抗日战争的硝烟、解放战争的炮火，又历经社会主义改造和建设、改革开放等历史阶段，共产党一次次面临历史的重要关头，又一次次实现历史性的抉择。

不管是雪山草地大渡河的霏霏雪雨，还是井冈山太行山的腥风血雨；不管是延安窑洞的斜风细雨，还是改革开放的惊风急雨，中国共产党同全国人民始终紧紧地团结在一起，与中国命运的脉搏一起跳动，从单薄走向厚实，从年轻走向成熟。从20世纪20年代走来，驶向一个新的世纪。

我，生在红旗下，沐浴着党的雨露，度过幸福的童年，乘着改革开放的春风，走进知识的海洋，党把我从一个无知的孩童，培养成为一名电力职工。在孩童时代，我心目中的党神圣而伟大，可亲又可爱。

我学会唱的第一支歌是没有共产党就没有新中国。这支歌伴随我长大，并随着岁月的流逝，我越来越能理解其深刻的内涵。当我从一名少先队员成为一名共青团员时，共产主义成为我的理想信仰，她犹如心灵的翅膀，催我奋进。当我走进国家电网这个大家庭后，她犹如夜航的明灯、天空的星斗引导我走向理想的彼岸。我默默地为之努力，我知道不积跬步，无以至千里；不积小流，无以成江海。

通过工会的“流动小书箱”，看名著、小说、诗歌和散文后，深深感悟到只有信仰，能使生命充满意义，唯有奋斗，才使生活更加充实。法国作家阿贝尔·加缪的《鼠疫》就是通过描写北非一个叫奥兰的城市在突发鼠疫后以主人公里厄医生为代表的一大批人面对瘟疫奋力抗争的故事，淋漓尽致地表现出那些敢于直面惨淡人生、拥有“知其不可而为之”的大无畏精神的真正勇者不绝望不颓丧，在荒诞中奋起反抗，在绝望中坚持真理和正义的伟大的自由人道主义精神。让我想起了生的伟大、死的光荣的刘胡兰，想起了慷慨悲歌、从容就义的吉鸿昌，想起了鞠躬尽瘁、死而后已的周恩来，想起了蜡炬成灰、春蚕到死的蒋筑英……

这一刻我也陡然意识到了为什么要把党比作母亲？因为这一生我将和她同荣辱、共命运。我就像一滴水融入了长江、大河，去奔向浩瀚的大海。在共产党的大集体中奋斗，心灵获得充实，生命变得更有价值。二十多年来，我一直在电网运行岗位上，为电力系统的安全稳定运行默默奉献自己的力量，为党的电力事业添砖加瓦。

我们的党哺育了成千上万的优秀儿女，也曾牺牲了无数的优秀儿女，才使日月变新天，如今我们母亲生息之地的繁荣昌盛，我们作为儿女义无反顾，责无旁贷；要铮铮铁骨，耿耿正气；要先天下忧、后天下乐。

（作者单位：国网河南范县供电公司）

你我同心，砥砺前行

董英霞

一百年前的那一天，中国发生的巨变，我只能从历史课本中去了解。但是在迄今为止的三十多年间，我真切地体会到并且亲眼看到了祖国的变化就发生在我的身边。

从 1921 年到 2021 年，中国共产党走过百年历程。百年间，中国共产党从积贫积弱到走向复兴，从几十个人到 9500 多万人，它在战火中出生，从荒芜中起步，带领着中国站起来，富起来，强起来！

一百年对于我来说太过于漫长，我错过了祖国最艰难困苦的时期，但在我有记忆的这些岁月里，我用心地记录了她的点点滴滴。从 2003 的非典到 2008 年的汶川地震，再到 2020 年的新冠肺炎疫情。在这一次次波澜壮阔的斗争中，中国始终以坚决果敢的勇气和决心，始终把人民生命安全和身体健康放在第一位。全国人民同舟共济，共克时艰，在党中央的领导下，我们战胜了一次又一次的灾难。

为了打赢抗击新冠肺炎疫情防控阻击战，为了 2020 年那个不出门的假期里千家万户的温暖，国家电网人始终牢记初心使命，全力确保电网完全稳定运行，努力做好国家的后勤保障工作，为打赢这场战斗贡献了自己的力量。没有人愿意迎接漫天的狂沙，他们苛责、埋怨甚至厌弃这泥泞的道路，这无可厚非。但是当我们回首走过的道路，只会发现路旁的姹紫嫣红，依旧笑春风。

我也曾经觉得“两个一百年”离我们还很遥远，可是 2020 年悄然已至，脱贫攻坚取得全面胜利，全面建成小康社会取得伟大成就就发生在眼前。举世瞩目的成就之下，是每一步都对人民负责，对历史负责的态度。民族复兴路上，一步一个脚印，坚实有力。在此刻，我真正地体会到，我们之间并不存在隔阂，我们浑然一体，我们休戚与共，我们有着共同的愿景。

中国的伟大发展成就是中国人用自己的双手创造的，是一代又一代中国人接力奋斗创造的。而每个人的奋斗目标都是独特的，我也始终将对美好生活的追求，转化为自己的奋斗目标，努力工作，脚踏实地，持续奋斗，扎扎实实做事，为国家电网的发展做出自己的贡献。我从工作中汲取经验，团结合作；你对全世界开放包容，互利共赢。我们都在学习，我们都在进步，我们都有收获，我们共同成长。我相信努力就有回报，你坚信明天会更好。国富民强大树的茂盛离不开基层根系的壮实，作为党的一分子，我更积极做好带头作用，要撸起袖子加油干，将“十四五”规划与自身现阶段工作的职能职责相结合，朝着正确的方向前进，努力做好自己工作领域上的螺丝钉，以实干续写中国辉煌，用奋斗托起民族梦想。

今年全国两会，“碳达峰”“碳中和”备受关注。为应对气候变化，我国提出“二氧化碳排放力争于2030年前达到峰值，努力争取2060年前实现碳中和”等庄严的目标承诺。在这种背景下，我们电网公司也发布了“碳达峰，碳中和”的行动方案，发挥“大国重器”和“顶梁柱”作用，当好能源清洁低碳转型的“引领者”“推动者”“先行者”。而作为员工的我们，也要切实增强责任感和使命感，做政治坚定、担当奉献、能力过硬、用心服务、弘扬正气的表率。更要胸怀大局，拼搏进取，勤于学习，真抓实干，推动自己的工作再上新水平。

2021年，对中国而言是一个历史大年，这个中国“十四五”规划的开局之年，恰逢中国共产党成立100周年，也是处于在两个“一百年”奋斗目标的历史交会路口，回望过去，人间正道，百年沧桑；展望远方，星辰大海，扬帆起航。而我也将全心奋斗，燃起“百尺竿头须进步，十方世界是全身”的行动自觉，脚踏实地，勇做“十四五”伟大征程上的铺路石！

（作者单位：国网河南范县供电公司）

以史为鉴，以史育人

——读《苦难辉煌》有感

闫俊丽

今日捧读完金一南教授写的《苦难辉煌》，我的内心久久难平。他用厚重的笔墨把我们带到了那个血雨腥风的年代，一群共产党人领导的工农红军，正在进行着一场艰苦卓绝的抗争。他们用马克思主义的真理，点起星星之火，实践着中国革命的道路。当那星星之火，终于形成燎原之势，中华民族这头沉睡的雄狮，幡然猛醒了，一个崭新的中国，从此巍然屹立在世界的东方。

金一南教授说“人与人的差别主要在八小时以外；人活一辈子要有热情、有理想、有追求，要做个能干实事的实干家……”他的这些话对我无疑是金玉良言。苦难之后是辉煌，不经历苦难，哪里来辉煌？回顾我国的历史，正是在经历无数的苦难后，一步步孕育成功，一步步走向辉煌。生活在现代和平年代的我们，已经无法想象天上敌机轰炸，地上敌人围追堵截是什么样的场景；也无法想象二万五千里长征越过皑皑雪山，淌过湍湍急流是何等的危险。“勿忘昨天的苦难辉煌，无愧今天的使命担当，不负明天的伟大梦想。”无论历史、现实还是未来，感知历史、铭记历史，就在当下，就在眼前。

今天我们进入新时代站在浩大的历史巨轮上，乘风破浪，中国梦需要我们必须做好自己的职责续写历史，接住先辈们的接力棒，跑好自己的历程，脚踏实地地走好每一步。新时代的电力劳动者，用自己的勤劳与智慧，铸就了一座座巍峨的铁塔，编织着一道道穿空的银线，为千千万万家庭送去光明和温暖。曾几何时，电力人在风雪中巡线，饮冰踏雪；炎炎烈日下，线路施工传来的激情放歌；千家万户走访备案，火急火燎现场救援，想客户之所想，急客户之所急。

新中国成立以来，街道上的一盏盏路灯，电杆的悄然入地，线路的蓦然腾空，都凝聚着电力人的无私奉献。他们践行着“你用电，我用心”的承诺，诠释着“人民电业为人民”的宗旨。

我作为一名电力职工，感到无比的动容和骄傲。作为党员干部更应该时刻保持“本领恐慌”的紧迫感，充分发扬斗争精神，增强斗争本领，发挥“干一行、爱一行、钻一行、精一行”的精神，练就过硬本领。还记得，我刚到变电站生产运行岗位，天天要和高压打交道，容不得丝毫马虎和大意，稍有闪失就可能造成停电风险，甚至造成重大事故。为了争取早日胜任变电工作，我每天坚持刻苦学习，钻研业务技能，挤出时间学习最新技术，还经常深入现场，查找隐患，堵塞漏洞，解决了生产运行中的一个个实际问题，以实际行动为电力事业奉献了自己的青春和热情。

合上《苦难辉煌》这本书，眼前依然呈现一个个可歌可泣的感人画面，那段刻骨铭心的民族抗争史让我永远铭记。古人云“生于忧患，死于安乐”，在当今经济繁荣、国力昌盛的年代，我们要牢牢记住“忧劳足以兴国，逸豫足以亡身”的古训。以不愿做奴隶的革命前辈们为楷模，充盈艰苦奋斗、自强不息的精神力量，不忘初心，重整行装再出发，坚定理想信念，不断提升服务能力和业务水平，沉下心来撸起袖子加油干，努力为公司高质量持续发展、实现“十四五”良好开局贡献力量。

（作者单位：国网河南省电力公司三门峡供电公司）

读党史，悟初心，促发展

——读《中国共产党简史》有感

闫俊丽

岁月如歌，在中国共产党成立一百年之际，我翻开《中国共产党简史》，手里感到沉甸甸的，重温了一段光荣而又辉煌的历史，对中国共产党有了更深刻的认识，这是一段不朽的传奇。党和人民一百年的奋斗、求索，开拓出今天的局面，来之不易。

翻阅着这本《中国共产党简史》，我好像穿越了时空隧道，感受到了革命先烈的铮铮铁骨和凛然气概，经受了一次灵魂的震撼、精神的洗礼。我的脑海出现了一幕幕场景。抗日战争、解放战争、爬雪山、过草地、横渡金沙，我们可爱的战士们抛头颅、洒热血，不顾一切只为革命的胜利。

回顾中国共产党的历史，是一部跌宕、苦难而又辉煌的历史。一百年光辉历程，贯穿着我们党立党为公、执政为民的本质，体现着我们党全心全意为人民服务的宗旨。在党的领导下，中国的社会状况和人民生活都发生着翻天覆地的变化，政治、经济、文化、社会建设方面都取得了举世瞩目的成就，中国的强国地位也在世界舞台逐渐显现。

在血雨纷争的年代，一个党坚持自我，不受嗟来之食的刚强意志打动了我，我们这一代没有经历先辈们的艰难困顿，却又有更多挑战等着我们攻克。当城市的夜色天空因我们而绚丽多彩，当我们的辛勤付出为千千万万家庭送去光明和温暖，当老百姓竖起大拇指对我们说到“我们用电，你们用心”的时候，我知道这是电力人走出苦难、走向辉煌的时候。

还记得，我在经研所那段工作最忙的时候，已经怀孕 8 个多月，克服身体种种不适，坚持和队友们做三门峡供电区“十四五”配电网规划，因为没有外围单位的技术支持，再加上时间紧任务重，常常加班熬夜，超强度的脑力、体力透支，多少个假日、周末无法陪伴家人，可我心中却始终坚定信念：我一定要坚持下去，用行动诠释新时代长征路上电力劳动者的人生价值，最终圆满完成三门峡供电区“十四五”配电网规划工作任务。

“以铜为鉴可正衣冠，以古为鉴可知兴衰，以人为鉴可以明得失，以史为鉴可以知兴替。”历史是一面镜子，它可以折射过去，也可以昭示未来。回眸历史，我们走过了千山万水，放眼未来，我们还要迎战暴风骤雨。学习党史，让我们时刻不忘老共产党人的牺牲和奉献，也告诫我们不要忘记过去，要懂得今天幸福生活来之不易，让我们更清楚地意识到自己身上的使命和任务。

2021 年是“十四五”规划的开局之年，也是乘势而上开启全面建设社会主义现代化国家新征程、向第二个百年奋斗目标进军的关键之年。作为一名共产党员，国家电网的一名职工，我们应该学习他们的长征精神，不怕吃苦，向着困难前进。道路是曲折的，前途是光明的。为了公司创新发展的美好明天，我们要始终保持奋发有为的精神状态，踏踏实实地做好本职工作，坚定不移地为事业而奋斗，向党交出一份合格的答卷。

合上《中国共产党简史》，我的心灵受到了深深的震撼。国运兴则电力兴，电力兴助国运兴。我们要在建设“三型两网、世界一流”的征程中勇担重任，坚定理想信念，传承红色基因，坚守人民情怀，奋力担当作为，用实实在在的工作成果检验党史学习成效，以优异成绩迎接中国共产党百年华诞。

（作者单位：国网河南省电力公司三门峡供电公司）

我 的 家 乡

孙晓芳

呲、呲、呲……屋内昏黄的灯光忽亮忽暗，照亮了地面上浅浅的几片水迹，最终一闪后，屋内陷入了长久的黑暗。周围黑黢黢的一片，院子里是瓢泼大雨砸向地面的声音，遮盖住了厨房里父母的交谈声，主屋内只有我自己刻意放缓的呼吸声和雨水滴落下来的声音。这个景象虽已过去将近二十年了，但我记忆犹新。

夏季多雨易断电，不仅是我家断电了，全村都断了，因为村东头的变压器太脆弱了，大风一刮，大雨一淋，它就自动跳闸了。村里的人见怪不怪，待雨小了，手持长棍直接把闸推上去就行了，连电工都不用请。

蓝砖与土坯的混合墙体，修修补补的瓦屋顶，低矮单薄的院墙，缺了一角的木大门，烟火燎黑的小厨房对面是简陋搭建的羊圈，两只羊住的安逸悠闲，这是我记忆中小时候家的模样，我长大的地方，温暖且穷。

村子里大多都是低矮的泥瓦房，也有个别让人羡慕的红砖小平房，这都是村里有本事的人家的房子。纵横交错的泥土小路，布满大大小小各式各样的鞋印，主干道上有自行车留下的车印子，尘土紧紧地包裹着路人的脚，鞋面上一层黄色的细土。

随着我长大，我也见证了家乡的一系列变化。我在乡镇的中学上学，离家十二里地，村里到乡镇上是一条较为宽阔的土路，因经常有运沙子的车辆行驶，路面坑坑洼洼的，下雨天都变成了大大小小的水坑。每周我就往返于这条路，主要交通工具是一辆二手自行车。中学这几年我与我的自行车经历了坑坑洼洼的土路、灰尘飞扬的煤渣路、平坦宽阔的水泥路，这条路反映出家乡的发展变化。

“要想富，先修路”的标语铺满大街小巷，交通主干道修好了，村民出行更方便了，也就带动了经济的发展。后来我去更远的地方上学了，每一次回家都能看到一个不一样的家乡面貌。进村的道路修好了，雨天出入再也不用踩的满腿是泥了；村子里的泥瓦房少了，一栋栋两层小楼建起来了；进村后，狭窄的阡陌小路没有了，都变成平坦耐用的水泥路了；朱红的铁大门替换了吱吱呀呀的木门，家庭安全更有保障了；路上的自行车少了，电动自行车、电动三轮车多了；现在村里的路灯，自来水管道都安装好了，这一切都在证明人民生活水平的提高。

我家也建起了两层的小楼房，高高的院墙阻挡了路人探究的视线，厨房焕然一新，羊圈没有了，院子里经常长青苔的地面被水泥覆盖了，屋内被电视、冰箱、空调、沙发填充装饰，最让人高兴的是刮风下雨天不用害怕停电了。

我的家乡的变化真切地体现了普通农村生活的变化，停电次数少了，电动工具多了，用电更加方便，证明我们的电网也是在不断的向前发展着，正是这些变化反映了我们国家在党的领导下越来越富强，百姓生活逐步步入小康水平，我相信我们的生活会越来越好，国家会越来越强。

（作者单位：国网河南省电力公司漯河供电公司）

我与祖国共奋进

辛明洋

1921年，在嘉兴的一艘船上中国共产党庄严宣布诞生。100年来，在中国共产党的优秀领导下，中华儿女不畏惧艰难险阻，迎难而上缔造出了一个又一个的中国奇迹。

100多年前西方列强惨无人道地打开了中国的大门，中国人民开始奋力抗争。70多年前，天安门城楼上一声“中华人民共和国中国人民从此站起来了”代表着中国进入一个伟大的新时代，踏上了实现中华民族伟大复兴的新征程。经百年沧桑，中华民族实现了从站起来、富起来到强起来的历史性飞跃。不忘初心，砥砺前行，追求进步，奋斗不息，我与祖国共奋进。

2020年是全人类接受至今为止最大考验的一年，疫情的肆虐让每个国家都陷入了恐慌。而我国却又是第一个接受考验的国家，面对具有极强传染性的病毒，我们也曾害怕过、担忧过，但即使是这样，我们依然能够团结一致。

我们国家在面对这次突如其来的疫情中，临危不乱，指挥体系集中统一，全国上下一盘棋，集中力量办大事，一方有难八方支援。在统一指挥下，统筹调度全国医疗资源支援湖北，各地方数万名白衣天使紧急集结、驰援湖北。以人民群众生命安全高于一切的理念，果断应对，坚决施策。以雷霆万钧之势多管齐下共同发力，阻断传播途径，控制和消灭传播源，隔离易感染人群和感染者。

我们国家强大的组织能力、动员能力和协调能力使这场“战疫”以最快的速度被控制。也正是因为在一个月内基本控制了疫情，这让全世界看到了中国的凝聚力和伟大，这就是伟大的中华民族，在万众一心的凝聚下赢得了几千年来的古国宝座。

几千年后的今天，世界再次看到了中国人民的凝聚力，不但没有下降，反而越来越强，这反映了一个民族的力量和一个民族的凝聚力，这也彰显了中华儿女同民族共奋斗，与国家共奋进的精神。

8年间，中国832个贫困县全部摘帽，现行标准下近1亿农村贫困人口全部脱贫，12.8万个贫困村全部出列，提前10年实现了联合国2030年可持续发展议程减贫目标，创造了又一个彪炳史册的人间奇迹！这是中国人民的伟大光荣，是中国共产党的伟大光荣，是中华民族的伟大光荣！

千百年来中华民族历经苦难，但没有任何一次苦难能够打垮我们，最终都推动了我们民族精神意志力量的一次次升华。奋斗的道路不会一帆风顺，往往荆棘丛生，充满坎坷。强者总是从挫折中不断奋起，永不气馁。如习近平总书记所说："在奋斗中摸爬滚打，观察世间冷暖、民众忧乐、现实矛盾，从中找到人生真谛、生命价值、事业方向。"

作为电力企业的一名基层党员，时刻抱着一颗感恩的心，全心全意为客户为社会贡献力量，入乡村农户调研，为贫困户讲政策话脱贫之技，真正做到扶贫先扶志，疫情期间积极投身到防控第一线。

因为深知作为一名共产党人，更应把自己的小我融入国家的大我、人民的大我之中，与时代同步伐，与人民共命运，才能实现人生的价值，升华人生的境界。

（作者单位：国网河南省电力公司漯河供电公司）

同 事 老 浩

赵 芳

我有很多同事，他们阳光生活，努力工作，坦诚相待身边每个人，可能有时怒气冲冲，有时笑脸相迎，他们都是那么真实不虚，如果让我先写一写有趣的他们，我觉得应该先写老浩。

老浩是运维检修部的主任，她皮肤黝黑，齐耳短发，说话利索，干起活儿来那是绝对不拖泥带水，属下工作不努力，她训起来那也是手到擒来。十几年前，我当过她的手下，那时还在生产一线，属于输变电工区管操作队，她是副主任。副主任除了辅助主任做一切工作，还有万能钥匙的功效。主任忙了副主任得上，职员忙了副主任还得上，除了会干活儿，还得会管理。

“咚，咚，咚……”一阵儿半高跟皮鞋敲着水泥地板的声响，大家赶紧坐好，该干嘛干嘛，那感觉仿佛面对特务的盘查，而又临危不苟的共产党。一点儿也不夸张，跟她年龄相仿的也罢了，她还稍微有个笑脸儿，看见年轻人如果一闲聊，她训人那是张口就来话：“不要拉闲话儿，有空看点儿有用的技术书籍，年纪轻轻的不学习能行吗？电网设备、系统、模块每年都在更新换代，你们这样能跟上趟儿不能？”

有一次，一阵“咚咚咚……”我们赶紧坐好假装忙碌起来，一看，虚惊一场，原来是同办公室的女同事那天也穿了一双半高跟鞋，咚咚咚的，大家以为老浩来了。旁边的人骂了起来：“吓死人了，你这个龟孙家的媳妇儿，这两天你穿啥高跟鞋呢，吓人不带这样吧!”旁边的人都心有余悸地笑了。年轻人那是都怕她，可也有尊重的成分，不过带人去下面干活儿时她也不惜力，为了防止设备锈蚀，需要每年都要清扫，试验的，看着简单，却也要分层次按照规范进行的。

我记得那次去的是金牛岭变电站清扫，老浩是带班人，她是带班的人，更是干活儿的人，那次的工作任务是清扫电缆沟，老浩她分派好任务，即可拿起清扫设备的工具，一跃跳进齐腰的电缆沟里，弯起腰干了起来，整个过程那是行云流水，一气呵成。说着挺简单，其实真的干起了还是有点儿小麻烦的，因为清扫电缆的过程中，这些电缆沟的盖板是间隔地掀起来的，这就需要不但会干活儿，还要巧干活儿了，弯腰、伸手，时而蹲下、时而仰头，蹲着蹲着脚麻，腿还酸，关键是有的人胖，需要勉强地弯下腰来才能进行工作。我有位男同事打趣说："哎呀，这是工作吗？这是利用工作的机会来了个通透的瑜伽锻炼啊！"老浩手脚不停，说："要干就快点儿，这磨瞌睡不当死。"这事儿过去很多年了，但是我记忆犹新，可见就是因为我就是觉得老浩这句话太有哲理性了。

我这人墨迹、还很邋遢，不管做什么总是时间节点的最后一刻做好，偶然那次把工作提前做好，估计也是多多少少受老浩的影响吧！老浩对工作认真，对同事也好，2013 年，我调动工作，到了生产技术部，她是主任，更忙了，但是她总没有怨言，她的事儿我不一一列举，但是有些话我仍然记忆犹新。"单位发工资了，咱们得对得起那份工资，人要学会感恩"。"去哪儿，都得好好干。"

我们的世界就是一个又一个普通人组成的，老浩她很真实，她也有缺点，也有这样那样的不足，但是她会努力把自己分内工作做好，她会真心对待身边每位同事，还有比这个更重要的吗？

（作者单位：国网河南淇县供电公司）

细节的力量

卫 璞

老子在《道德经》中说过："天下难事，必作于易；天下大事，必作于细。"它精辟地指出，想成就一番事业，必须从简单的事情做起，从细微之处入手。在一心渴望伟大、追求伟大时，伟大却了无踪影；而真正甘于平淡，认真做好每个细节后，成就却不期而至，这就是细节的力量。

我们都听说过英国广为流传的那个因为一枚马掌钉而导致战争失败的故事。1485 年，在决定由谁统治英格兰的波斯沃思战役打响前，查理三世的马夫因急于求成，自作主张用其他材料代替缺少的铁钉，为国王的战马钉上了最后一枚马掌钉。结果导致马掌掉落，战马翻倒，国王被擒，最终这场战役以失败而告终。一个伟大的王朝，就这样被一个铁钉毁掉，为历史留下了沉重的叹息。

荒唐的失误不只发生在科技落后、消息闭塞的时期，2013 年 5 月，西班牙 TheLocal 新闻网报道了一则新闻：由于造船工程师点错了小数点，一艘已接近完工的 S－80 级潜艇超重了 70 吨，无法投入使用，致使西班牙这一价值 163 亿元人民币的潜艇计划被迫搁浅。

正所谓巨厦非一木所能支，却可为一木所能毁，稍有疏漏，千里之堤也会毁于蚁穴。被忽略的细节往往会引起蝴蝶效应，导致不可预知的灾难，造成不可挽回的损失。

我国的科研工作者也早就深知这一道理，二十世纪五六十年代，担负教学任务的钱学森给学生规定，如果考试 5 道题做对了 4 道，按常理应得 80 分，但如果错了一个小数点，就得再扣 20 分。他还特别强调："科学上不能有一点失误，小数点错一个，打出去的导弹就可能飞回来打到自己。"做科研、做学问容不得半点马虎，我们做人做事亦是如此。

严谨的工作作风、严肃的做事态度、严格的遵守规定以及严密的流程操作，这些无不是我们在工作中注重细节的具体体现。在工作团队中，细节是办事时周密详尽的计划、精准无误的执行、精确到位的分析，也是做研究时对理论的钻研推敲，对成果的精益求精。在处室部门里，细节是统筹管理中由上到下构建起的完善的条例制度，也是具体落实时对规章条例的严格遵守，对操作流程的一丝不苟。

细节无处不在，它渗透于一言一行，表现在一举一动。良好的气质，来自过硬的能力、蓬勃的自信，也源于沉稳的步伐、温馨的问候；恢弘的文章，既有赖于视野开阔、高瞻远瞩，也得益于字斟句酌、日积月累；还有广博的才学、高明的技术、突出的成果……这些最终成就的大事，无不是成千上万细节的积淀，小事的累加。

我们每天都在奋力拼搏，渴望获得成功，实现自身的价值。而伟大的成功者都具有共同的特点，他们总是能够抓住细节，注意到他人不屑一顾的小事，通过不断地努力去改变和完善，从而成就千古的丰功伟绩。

我们工作中绝不缺少雄韬伟略的战略家，缺少的是精益求精的执行者。一件没有预料的事件可能引起一场空前的混乱，一个被忽视的问题可能导致一次致命的危机，在这个细节制胜的时代，任何一件事都需要特别用心地去处理。尤其对于身处基层岗位上的我们，更要把小事做细，把细节做好，要用认真负责的态度、周到细心的言行，去赢得我们所期待的成功，开创我们所梦想的未来。

（作者单位：国网河南省电力公司经济技术研究院）

《你好，李焕英》观后感

张雅真

今年的贺岁档电影共有7部，《你好，李焕英》突出重围成为黑马，板上钉钉的贺岁档电影票房冠军。这部电影并没有什么跌宕起伏的情节，也没有令人震撼的视觉特效，而是以一种生活化的表达方式，讲述了质朴温暖的感情，单纯而真挚，温馨又美好。

《你好，李焕英》的前半部分其实只是一部正常的喜剧电影，贾玲看着电视机穿越到了过去，看到了自己年轻时的母亲，画面也随着贾玲的视角逐渐由黑白变成了彩色。贾玲认为自己从小到大没有让母亲开心过一次，所以回到过去以后她拼命改变从前。从买电视到打排球，再到撮合李焕英与沈光林，这些过程中充满笑点，比如贾玲去挤公交车，自己上去了可是张叔和玉梅却被挤下来了；又或是冷特起初是去警告贾玲和李焕英的，但后来却帮贾玲一起割麦子，看到这些情节时，满厅的观众都在哈哈大笑。

但随着情节的发展，电影逐渐地揭示了真相，贾玲的一句“但她现在还不会缝啊”成为闪光点，让电影视角开始发生变化，从一个女儿的视角，变为一个母亲的视角，这部电影也因此脱离了一般穿越电影的俗套情节，电影中后段为什么李焕英的眼眶看上去总是红红的也得到了解释。不只是贾玲在努力改变过去，李焕英也在迎合贾玲，她和贾玲一起穿越回到过去，她希望贾玲觉得自己开心了，这样贾玲才会开心。

从李焕英的一句“我宝!”再到喝酒后李焕英对贾玲说“我未来的女儿，我希望她健康快乐就好。”最简单不过的几句话，但当中蕴含着最真挚动人的感情，多少观众因为这几句话潸然泪下。电影到这里其实更像是贾玲对自己母亲的回忆了，这份回忆被母爱包围，贾玲为母亲哭的撕心裂肺，而这种真情就像一个火把，点燃了我们内心深处被压抑的感情，可能是子欲养而亲不待的遗憾；可能是自己漂泊异乡对家人的思念；可能是对生活有了新的感悟。我们自己仿佛就是电影中的贾玲，让你情不自禁地想和妈妈说一句：妈，我想你了。

《你好，李焕英》的英文译名是《Hi，Mom》，无疑，李焕英这个名字便代表了母亲这个伟大的角色，电影是贾玲对母亲的告白，但当中也有愧疚与遗憾，女儿有出息了，可惜妈妈看不到了，没有母亲参与的快乐，永远都缺了一角。电影中总有一些情节会与无数观众和自己母亲之间的经历巧妙重合，于是注入真情的表演便击中了我们内心最柔软的地方，勾起我们对于亲情、对于家庭的无限眷恋。

看完电影我给《你好，李焕英》打分时选择了满分，因为这是当年天天闯祸和“妈，我拉裤兜里了”的小王八蛋写给母亲的一封温暖的家书。

（作者单位：河南送变电建设有限公司）

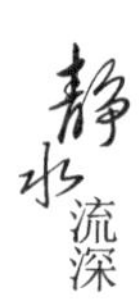

心怀感恩、母爱至真

——写给我的“李焕英”

高　玥

母爱，一个永恒的主题，它存在于诗词中、歌曲里、荧幕上，被赞美、被歌颂、被宣扬了无数次，让人们为之动容，感慨母爱的伟大与无私。我们不必去寻找，试图在别人的故事里领悟母爱的真谛，它早已融入我们生活中的点点滴滴。

每当有一个新生命诞生，往往意味着有一位母亲从此要为这个孩子牵挂一生。无论是蹒跚学步，还是初露锋芒，甚至到后来的成家立业，每个阶段都有母爱在伴随着我们前进，潜移默化地影响着我们的方方面面。

女校校长张桂梅说过：“一个女孩可以影响三代人。”是的，一位女性的思想和行为，可以影响到父母辈和同辈人，若成为了母亲，又会对下一代产生影响。母亲不应该被定义，不应该是千人一面。一位母亲，也许是温柔娴静，对孩子百般呵护照顾，也可以是精明强干，严肃认真，对孩子严格要求，每一位母亲对孩子来说都是独一无二的。

我一直很怕黑，尤其是小时候刚开始和大人分床时，总是怕得在被窝里哭到深夜也不敢睡，每每在父母睡着后把他们叫醒，母亲并没有因此生气，每次都是坐在我床边，耐心地拍着哭泣的我，哄我入睡后她才又回到卧室。母亲的温柔与包容填补了我幼小的心灵，带给我无比的安全感。

人的一生不总是一帆风顺的，难免会遇到大大小小的坎坷，每当我因此难过无比灰心丧气的时候，母亲总是会鼓励我，安慰我，在我取得了一些小成功，或有所进步的时候，母亲总是会毫无保留地夸奖我，看到能让母亲高兴，我的快乐也愈发增加。母亲就是那个让我的难过不再更加难过，让我的快乐更加快乐的人。

母亲总是会看到事情积极的一面。很多事情并不是按我们期望的方向发展，但母亲总能找到其中的有利之处。母亲的这种乐观的态度和善于发现的眼睛仿佛在冥冥之中改变了什么，很多事情发展到后来大有“山重水复疑无路，柳暗花明又一村”的感觉。

被母亲乐观积极的心态所影响，在遇到困难和挫折的时候，我会以“塞翁失马，焉知非福”的心态去看待事情，努力不让自己太久陷入低迷的漩涡里。现在的我不需要母亲每天接送，我不在家的时候，她可以去走亲戚，可以和朋友出去旅游，可如果我在家，她一定哪里也不去。我发现，不是母亲离不开我，而是我离不开母亲，有妈的孩子像块宝，一个人在外的我可以独自面对很多事情，可回到家里，回到母亲身边，我便变成一个想被母亲宠爱、包容的孩子，这是母亲的爱赋予我的权力，是一种幸运、一种恩赐。母亲在的地方就是我栖息的家园。

母爱往往并不轰轰烈烈，它融入生活中的一点一滴，润物无声，它是母亲赠予孩子最珍贵的、享尽一生的礼物，每一个得到母爱的孩子都是极其幸运的，我也是其中的一个。我不敢说如何去报答那无尽的母爱，只期望我的努力能够使母亲的心灵得到些许慰藉。

（作者单位：国网河南省电力公司检修公司）

加油！李焕英

厉祥岚

我家的“李焕英”退休好几年了，为什么还让她“加油”呢？其中原因咱先不表明，还请读者像影片中一样，看看我家“李焕英”年轻时的样子。

母亲的性格有些“汉子”，“刚”胜过“柔”。我小时候觉得她是一个标准的“严母”，饭总是粗拉拉做一下，千年不变的韭菜鸡蛋捞面条让我现在都对“妈妈的味道”有阴影，最令人害怕的是那不许你剩饭时的凌厉的眼神。总之，在母亲面前，哭也得有个度，她的一个眼神就能让我立马停止哭泣，因为若是再哭，便是太软弱或是太胡闹了。

但那时的我不明白，母亲的“刚”在关键时候出于母爱的本能。那是月黑风高的一个夜晚，像往常一样，母亲从夜校下课后，骑着80式老摩托带着我行驶在回家的路上。谁知，往常走的路上那天却多了许多土坷垃。母亲不知道，轧上了一块儿，摩托瞬间失去平衡。就在这千钧一发的时刻，她反伸出右臂，护住了坐在后座的我。夸嚓一声，摩托车歪倒了。我虽一脸模糊却毫发无损，她的右臂却被压在了摩托车下。好心的路人把我们扶起，她第一时间来查看我的安危，待路人问起她来，她才发现自己的右臂好像动不了了。那次的骨折让母亲练成了左撇子。现在回想起来，正是那反折手臂来护我的动作，那母爱的本能让她受了伤，也让她成为我的“钢铁侠”。

后来才知道，我小时候那几年是母亲最刚强的时段。母亲“事业”“家庭”两手抓，一边上夜校考注册会计师，一边亲自带我。和影片中一样，印象中的母亲总是那个骑着80式老摩托，绷紧全身神经应对生活挑战的中年妇女。当我看到相册中还有一张老照片：她一袭白色长裙，戴着茶色墨镜，轻松地斜倚在自行车旁。我竟难以想象，那是没我时的她。

女性本柔，母亲的“柔”让我很幸福。儿时叫我起床时，母亲可温柔了。她总是先捏捏我的小鼻子，见我赖床，她拉出我的胳膊，展开我的胳肢窝，在我的胳膊上点来点去。“这儿疼，那儿痒，这儿杀猪，那儿拜年……”“咯咯咯……”我被她的土味民谣逗笑了，接着又被她咯吱得发痒，只好一骨碌坐起来了。大一点儿时，母亲开始教我背诗。热爱大自然的她有一套独特的教学方法。她让我带着诗本儿到外面玩，边玩边背。看到荷花，她让我背“映日荷花别样红”；看到月亮，她让我背“举杯邀明月，对影成三人”。还是一天晚上，我搂着她的腰坐在 80 式老摩托上，仰着小脑瓜看天上的月亮。看了一会儿，我喊道：“妈，月亮跟我们一起回家!”不知她当时是否欣慰地笑了，后来，这句话是我家公认的最有诗意的话。

岁月如梭，母亲的刚强让我以为她从来不会老。印象中她几乎没生过病。直到有一天，一场不太累的旅行过后，她就因为肠胃不适哇哇地吐起来。我的心一颤，好像第一次看到她脸上爬了皱纹。退休以后，母亲的“柔”才得以发展起来。她爱种菜，结交了三两个“菜友”，到处“开荒”，家中总有吃不完的新鲜时蔬；她爱插花，信手拈来一枝寒梅，便能给家中增添几分韵致。

近来，母亲还成了南阳科技馆的志愿者，专教孩子们做手工艺品。人海茫茫，我家的“李焕英”也许很普通。但在我眼里，她活得真我，活得精彩，是我的榜样。继续加油，李焕英！对了，李焕英，我们一起加油好吗?

（作者单位：国网河南省电力公司检修公司）

感恩父母，与爱同行

李　倩

父亲的爱像大山，让我依靠，不论风吹雨打都屹立、挺拔。母亲的爱如清泉，给我滋润，让我在爱的呵护下成长。

是母亲，在炎炎夏日的夜晚为我扇扇子，驱赶蚊虫；在每个清晨起来为我做早饭；在我生病时，半夜起来喂我吃药。母爱是细腻的，就像泉水，清澈透明。

是父亲，在小时候每天背着我上下学；在考试失意时，给我的不是一顿责备，而是一个鼓励的笑容。父爱是伟大的，不拘小节，就像大山，永远的坚韧、不息。

记得小学的时候，一天放学，忽然下起了暴雨。我无助地看着天空，只期望它越下越小，越下越小。同学们渐渐离去的背影，酸透了我的心。我该怎样办？冲回去？离家这么远，不行，明天要毕业考呢，等下感冒了怎样办？在这等？等下就要关校门了，不行，爸妈会担心的，他们会来吗？啊，不对，妈妈在医院打点滴，爸爸在外地出差，怎样办啊？正当我急着跺脚的时候，一个熟悉的身影晃过我眼前，是妈妈！她苍白的身影似乎禁不住狂风暴雨的袭击。她怎么来了？她不是在打点滴吗？“来，快到伞底下，回家了。”妈妈朝我伸出一只手，仔细看，上方还有针头的印子。“妈”“别说了，我们回家啊!”

鲜花感恩雨露，因为雨露滋润它成长；苍鹰感恩长空，因为长空让它飞翔；高山感恩大地，因为大地让它高耸；我感恩我的父母，因为他们让我体会到这世间拥有着这么多的美丽。

当我们第一句话说出时，支支吾吾的是爸爸妈妈的快乐；当我们的第一步路迈出时，跌跌撞撞的是爸爸妈妈的幸福；当我们第一个字写出时，歪歪扭扭的是爸爸妈妈的成就。爸爸妈妈给了我们许多的人生第一次，这些第一次的背后又凝聚了爸爸妈妈多少的汗水啊！忘不了那份笑容，忘不了那温和的话语，如音符一样奏出美妙的乐章，让我们如痴如醉。

如果有一天，你的耳旁少了一份唠叨；如果有一天，你的身上少了一件外套；如果有一天，你的桌上少了一杯热水。你，会习惯吗？也许，他们在的时候，我们会厌倦他们的唠叨，甚至会认为他们是那么的碍眼。可当他们不在的时候，我们就只有后悔，后悔为什么不帮他们添衣做饭？让我们再端详一次爸爸的脸吧，那已不再是精力充沛，一条条皱纹在脸上“安居乐业”，这分明已是一位历经沧桑、筋疲力尽的老父亲了吧；让我们再紧握一下妈妈的手吧，记忆中那双柔软又温暖的大手去哪里了？这分明已经是一双经历了生活的种种磨难、艰辛的手！

“树欲静而风不止，子欲养而亲不待”。此刻让我们紧紧抓住时光的尾巴，好好地去报答、感恩、回馈我们的父母吧。“谁言寸草心，报得二春晖”。感恩父母，我相信我能做得更好！

父母的爱犹如一块块基石鼓励我成长，在我的生命中都是不可或缺的，外面寒风刺骨，大雪纷飞，有家多么温暖！有爱多么温暖！父爱如山，母爱如水。我爱山水。我愿以山水构成一幅美好的画卷。

（作者单位：国网河南省电力公司检修公司）

传递爱与救赎

——解忧杂货铺

彭佳薇

一口气读完东野圭吾的《解忧杂货店》，突然想起这几天和两位朋友分别聊到的“才华”与“书写价值”，仿佛在这本书上都得到了印证。很多人写作，但并不代表写作的人都能称得上“作家”，就像不是所有唱歌或写歌的人都能成为“音乐人”。自我标签与他人认定往往有一定的距离，唯有真正打动人心的作品，才能对人产生深刻的影响。

《解忧杂货店》缜密的故事架构与精妙的情节设计，让人不得不叹服：“才华”这东西，真是与生俱来啊！更重要的是，东野圭吾在洞悉世情与人心之余，愿以善意回应，让人明白在这破洞不断的世界里，仍有人竭尽所能地在用心填补，知道每个人活在这世上都不容易，都有各自的难题，都有难以启齿而感觉被世界孤立的那一刻，也明白人们需要的未必是如何解决的答案，而是那一刻有人愿意认真倾听，且愿意与孤绝的自己同在。这就是《解忧杂货店》的精神，也是我心中书写价值的所在。

解忧杂货店，因杂货店老板浪矢老爷爷为来信者解忧排难而闻名。一开始收到的也只是孩子们恶作剧的问题，但浪矢爷爷仍用心回复，这在一般人眼里简直不可思议！但浪矢爷爷却说：“不管是骚扰还是恶作剧，写这些信给浪矢杂货店的人，和普通咨询者在本质上是一样。他们都是内心破了个洞，重要的东西正从那个洞流失，人的心声是绝对不能无视的。”结果，确实如浪矢爷爷所料，那些用心回复的答案真的对当年恶作剧的孩子起了决定性的作用。浪矢爷爷深谙人心的秘诀就在于“认真对待”四个字，我非常喜欢《解忧杂货店》书信往返的部分。无论是来信者俱细靡遗的叙述，浪矢老爷爷温和真挚的笔触，还是小偷三人组犀利直白的回复，都能感受到彼此之间的“认真对待”。

穿越时空，回到三十年前，最令人怀念的是一切看似匮乏却比现在更丰饶的人心。当时网络还不发达，无法实时传递讯息，也没有现在如影随形的手机，“写信”是不在一处的人们最常见的沟通方式。而写信与说话最大的不同在于写下的一字一句都经过思考，对方的来信也会因反复阅读而产生不同的想法。记忆中难忘的人都有一段美好的通信时光，那种将对方当作日记般倾诉的信任感现在想来真是弥足珍贵！虽然不能像现在一样立刻收到回信，却也让等待的时间因期盼而生暖意。在这个科技进步的时代，通讯便利，一切讲求效率，什么都很快，似乎不及时回应就会有失礼数。然而，没有任何缓慢的空间，怎么都停不下来，也让人心生焦虑！人与人之间的交流比以往更多，可有时说了半天，却又像什么都没说。看起来很近，实际上却很远。

我想，我真正喜欢的也许是“静下心”的感觉。阅读《解忧杂货店》与东野圭吾一贯的推理小说截然不同，虽然一样有悬念，却没有停不下来的急迫感！会一直想看下去，但每一章节有所关联却又独自成篇的架构，仿佛以往等信的时间，让人觉得不着急慢慢来也很好。许多动物都需要冬眠，我觉得人也一样需要自我沉淀的时间。人生总会有层出不穷的问题，疑惑也不是年岁渐长就能找到正确答案。如同浪矢爷爷所说：“如果自己不想积极认真地生活，不管得到什么答案都没用。”其实那些寄信到浪矢杂货店的人们在发问的同时，心里早已有了答案，只是需要别人的认同来支持自己不够强大的信念。真实生活中的我们也是如此，需要时间与空间让自己好好想一想，在得到答案的同时，也需要一点支撑的力量，那力量就是被人“认真对待”。

我一直觉得人与人之间最可贵的是互相善待的心意。浪矢爷爷与小偷三人组绞尽脑汁为写信咨询者排忧解难，也在他们一封封认真的回复中得到了比金钱更有价值的存在感。浪矢爷爷的杂货店生意萧条，几乎是在做赔本生意，唯一的儿子也不愿留在乡下，独自生活的浪矢爷爷其实很孤独，为人解忧成为他生活的寄托。印象最深的是浪矢爷爷对那封空白信的回复，在人人都强调自我的时代，能设身处地为他人着想，慎重对待别人的心声，让看起来一无所有的浪矢爷爷成为最富足的人。而旁人看来在社会底层的小偷三人组，本非奸恶之人，无法选择的出身，命运残酷的捉弄，让即便想力争上游也无能为力的他们走上歹路。然而他们并未因此对其他人充满恶念，在力所能及的范围下，他们成为年轻版的浪矢爷爷，人生第一次有了存在感，并因为一念之差奇妙地扭转了原本必然走向悲剧的人生。

有人说《解忧杂货店》是东野圭吾版的心灵鸡汤，但我认为这样的说法就像只看到小偷是“小偷”一样。小偷确实是小偷，但小偷绝不只是小偷。把表面看到的当作是全部，是这世界惯有的粗暴思维，却也是看到这本书的我们得以放下单一思考模式的机会。对就是对，错就是错，但在对错之间人的挣扎与改变似乎更值得一探究竟，这本小说隐而未言的重要部分或许就在此。“心灵鸡汤”未必是贬义词，一碗能让人想一喝再喝，且喝完能脱胎换骨、丰富心灵的鸡汤，有何不可呢？

“有时伤害，有时相助，人们总在不经意的时候与他人的人生紧密相连。”这是对《解忧杂货店》的贴切批注，也让我想起以前看完《刺猬的优雅》的感受。我们浑身的刺因被他人误解而益发尖锐，只想躲在自己的世界里，却也因为他人善意的相助，开始变得柔软，愿意面向虽然阴暗却偶有阳光的真实世界。我们是什么样子？世界就是什么样子？《解忧杂货店》解的是别人的忧，却在无形中填补了我们内心的破洞，并用最巧妙的方式告诉你：微小却长存的善意，才是解忧的不二之法。

（作者单位：国网河南省电力公司检修公司）

志合者，不以山海为远

——《山海情》观后感

张 维

日前，一部被观众称为“土味扶贫剧”的《山海情》主旋律电视剧圆满收官，一路走红。这部剧主要讲述的是在福建省的支援帮助下，宁夏西海固从荒漠戈壁到塞上江南的发展变迁，当地人民的日子逐渐好起来的故事。

从《人民的名义》到《大江大河》再到《山海情》，一系列现实主义作品的走红，释放着一个鲜明的信号——文艺要为人民抒怀，为时代放歌。《山海情》之所以能在偶像剧、仙侠剧遍布的市场中写进年轻人的心里，其秘诀就是通过普通人的喜怒哀乐与命运变迁展开历史画卷，用有筋骨、有温度的故事把年轻人带入历史现场，抓住年轻人的心产生共鸣。

在荒凉的戈壁滩上开荒拓土，从无到有建设新家园的西海固人民；整天操心村民搬迁、用电、灌溉等问题的基层干部；为了让孩子们接受更多的教育，数十年坚守贫困村小学的老师；为了帮村民掌握一技之长，钻菇棚、自掏腰包补贴村民的技术专家……正是这些善良、淳朴、有韧劲、有干劲的奋斗者，书写了闽宁镇的发展故事，成就了今日中国的脱贫奇迹。

脱贫攻坚的本质其实就是人的故事，扶贫的背后是许多人几十年如一日的坚守和付出，是曾经贫瘠土地上千千万万人为之奋斗的一生。

《山海情》里的水花唱着走远咧，拖着老公孩子在黄土地上足足走了七天七夜，看到她用微笑诠释生活的苦难和贫穷，今日的我们真的是无法开口说自己当下的不易和艰辛。从最开始的迟迟不愿搬迁，到最后涌泉村的集体迁村，老村长的最后一次广播，有对新生活的向往，也有对家乡的不舍。那满天的飞沙，一望无际的黄沙挡不住人们对幸福生活的向往，这种不畏艰险的抗争故事时刻感染和鼓舞着无数人。

“芦苇轻轻荡，圆溜溜的金蛋蛋满口香”，花儿一唱幸福来，干沙滩变成了金沙滩。从南方来到戈壁滩，一待就是几十年的小学校长白老师，更是为了一个孩子都不能少，为了让每一个孩子都能穿上校服参加歌唱比赛，他宁愿革职卖掉电脑，带着孩子们唱出了心声“春天在哪里？村里的教育什么时候才能够被重视”。

白老师的坚持，浪漫而坚毅，为贫困的孩子们插上了梦的翅膀。晓燕的歌声清脆嘹亮，孩子们的合唱生机勃勃，唱出了他们对美好生活的渴望，唱出了他们对灿烂未来的期盼。所谓志隔山海，山海皆可平。山海情，是宁夏的山和福建的海，是西海固祖祖辈辈几代人的情谊，更是如今，宁夏景点始终对福建人免门票的情谊。

贫困是我们曾经的底色，是埋藏在中国人心里共有的痛感。真实最有力量，《山海情》的成功，恰恰是对真实的回归，是对贴近实际、贴近生活、贴近群众信条的再次证明。进入乡村振兴，我们更期待这样的“神作”不断。不怕亮短，不怕揭丑，是脱贫胜利后的全民自信，是真正摆脱贫困走向未来最应具备的心态。

（作者单位：国网河南省电力公司物资公司）

传承“大国工匠”精神，我们在路上

王海霞

“让灯先亮起来，我们永不止步”，“穿越严寒酷暑，高压线上的舞者”，“妙手匠心，摘取水电皇冠上的明珠”，一幕幕感人的画面，一声声铿锵有力的声音，国网劳模工匠展播视频将一个个国网劳模工匠呈现在我们面前。

自古以来，我们国家就是一个讲究匠心传承的国家，一座座雕梁画栋、大气磅礴的古建筑，展示着我国古时匠人巧夺天工的技艺；一件件精美绝伦的瓷器，唐三彩，宋瓷，元青花等，正时刻在向全世界展示着中国工匠曾经的累累硕果。而如今，在盲目追求经济利益的过程中，我们很多人似乎忘却了，忘却了匠心精神的传承，忘却了我们中华民族的瑰宝！

现在的中国正在崛起，中华民族觉醒了，“大国工匠”的精神推广开来，一个个伟大而平凡的工匠，从十三亿的中国人中站了出来。其中，就有一个个奋斗在国网公司一线的劳模工匠们，用一双双灵巧的双手，独具的匠心，构筑了国网公司的中国梦！一个个国网劳模工匠努力践行着“努力超越，追求卓越”的国网精神，传承着国网特色的工匠精神。正如国网工匠姜广敏所说，“大国工匠”精神就像一双无形的大手推着大家向前走！

对于“大国工匠”精神，国网的工匠们是如何传承的？通过对各位劳模工匠先进事迹的学习，让我感受颇多。

“大国工匠”精神的传承最离不开创新。创新能更新现有的设备，现有的生产运行方式，现有的管理模式。各位国网工匠的积极创新，使一项项创新专利，一项项科技成果投入生产运行，节约了数以亿计的生产运行成本，创造了一项项领先世界的工程项目，如世界最高电压等级的输电线路 1000kV 晋东南—荆门特高压工程。纵观整部视频介绍的这些劳模工匠，还有我身边先进的劳模，他们共同的闪光点，就是开拓创新。

“大国工匠”精神的传承离不开专注。专注是一种敬业态度，是一种人生境界。专注是几十年如一日，专心于一件事，努力锻炼，勤奋钻研，辛苦付出，才能打造愈加精湛的技术，才能成就一双灵巧妙手，才能妙手匠心，拥有舞在高压线，摘取水电皇冠上的明珠的能力和魄力！

“大国工匠”精神的传承离不开大爱。美哉我大中国，巍巍高山，荡荡流水，更有可亲可敬的人民，每一个中国人都可以自豪地说，我爱我的国家，与天不老！这是大爱！同时也有我们的劳模工匠刘源，扶弱济困，像一个爱心天使，心系人民，把小善书写成大爱，谱就一曲同样跌宕的大爱之歌！

无数个国网工匠，努力锻造品牌，以真诚之举彰显公司形象；与时俱进，以明睿之智突破创新！作为公司一名年轻的员工，应时刻以各位劳模工匠的先进事迹勉励自己，摆正态度，以国网工匠精神为引领，共同致力于“大国工匠”精神的传承，路漫漫其修远兮，吾将上下而求索！

（作者单位：国网河南省电力公司技能培训中心）

读《少有人走的路》有感

李旭贞

《少有人走的路》是一本在畅销书排行榜连续上榜 20 年的书籍，作者斯科特·派克是美国著名作家、顶级心理治疗师，所以这也算是一本入门级的心理学著作。但是内容却非常的生活化并且浅显易懂，书中列举了大量的案例来帮助我们认识自我、理解自我、改变自我。

读完这本书，我发现作者主要在和我们探讨这样一个主题：什么才是真正的心智成熟？他给出的答案是自律和爱。自律是解决人生问题最主要的工具，而自爱是推动人们自律的原动力。

作者一开篇就指出，人生苦难重重，唯有自律方能消除人生的痛苦，所谓的自律就是要求自己以积极的态度去承受痛苦，解决问题。当一个人能够学会自律，也就离心智成熟更近了。要实现自律，我们需要遵循四个原则：推迟满足感，做事不能贪图暂时的安逸，先苦后甜，先要面对问题并感受痛苦，然后解决问题才能享受更大的快乐；承担责任，我们必须要对自己的人生和所经历的一切完全负责，当我们有了这种承担责任的态度，我们才能够把人生真正地掌握在自己的手中；忠于事实，就是要求我们不要被自己所绘制的充满虚假、错觉和幻想的人生地图所蒙蔽，只有了解并忠于事实，解决问题才会变的得心应手；保持平衡，就是既要承担责任，也要有能力拒绝不该承担的责任。它需要我们为自己的生活设立一个富有弹性的约束机制，既要延迟满足，又要珍惜当下的生活，既要承担责任，又要清晰什么最重要，从而做出调整或放弃，这样才是对于自律达到更高境界的要求。

自律的原动力是爱。关于爱这个话题，我认为一个人只有懂得什么是真正的爱，才能够成为一个心智成熟的人。那么究竟什么是爱呢？古往今来有很多人写关于爱的书，但其实都没有一个确切的定义，如果非要给爱一个定义，那就是为了促进自我和他人心智成熟，而不断拓展自我界限、实现自我完善的一种意愿。这听起来可能比较抽象，简单来说，真心爱一个人，就会承认对方是一个与自己截然不同、完全独立的个体。

爱是实际行动，是真正的付出，能够看到彼此真正的需要。真正意义上的爱是爱自己，也是爱他人，爱可以让自己和他人都获得成长，一个不爱自己的人，绝不可能有能力爱他人。同时，爱也是责任和克制。真正懂得爱的人，也必须懂得自我约束，并愿意投入精力促进双方的心智成熟。

《少有人走的路》让我们看到人生是一段艰辛的旅程，想要成为一个心智成熟的人并非易事，没有任何一位先哲会拉着手带领我们向前走，一切只能靠自己。这是一条少有人走的路，你愿意踏上这段旅程吗?

（作者单位：国网河南省电力公司技能培训中心）

奋斗中的幸福

刘芳芳

习近平总书记在2021年新年贺词中说道："惟愿山河锦绣、国泰民安！惟愿和顺致祥、幸福美满！"短短的几句话，道出了普通老百姓对美好生活的期盼！我们的美好生活从来都不是轻易得来的，有国家的努力，更有普通老百姓的奋斗，而为美好生活奋斗的人们，必定是幸福的！

2020年，是极不平凡的一年，中国人民用人民至上、生命至上的大爱书写了抗疫史诗，困难凝聚人心，新时代下的中国人民展现了前所未有的中国自信。2020年，是艰难的，相信对于很多普通老百姓来说都是刻骨铭心的。面对2021年的顺利复工复产，内心的愉悦、自豪，激励着我们撸起袖子加油干！

全新的2021年，是中国共产党100周年诞辰。回顾中国共产党的百年奋斗历程，感慨万分。从1921年到2021年，中国共产党走过了一百年的历程。这是用鲜血、汗水、泪水、勇气和智慧写就的一百年，中国共产党对中国革命道路艰辛探索，对怎样建设社会主义、如何推进中国现代化艰难开拓，对国家的经济建设改革开放坚定实施，对新时代坚持和发展什么样的中国特色社会主义、怎样坚持和发展中国特色社会主义的重大时代课题深刻回答。我党在百年奋斗历程中，谱写了一幅困难铸就辉煌的壮丽画卷。

2021年开年，我有幸赴兰考，深入了解焦裕禄同志的英雄事迹，兰考的过去是艰难的，面对内涝、风沙、盐碱"三害"，焦裕禄同志带领兰考人民，战天斗地，奋力改变兰考的贫穷面貌。而此去兰考，除了学习到焦裕禄同志无私奉献、心中有人民的焦裕禄精神外，面对全新的兰考，更不禁感叹，苦难铸就英雄，凝聚人心，激发斗志。奋斗过的兰考人民，给后人留下了弥足珍贵的精神财富，造福一代又一代的兰考人民不断向前。

兰考供电公司，作为国网公司的基层单位，秉承焦裕禄"三股劲"精神，创新工作，积极践行国网公司战略目标，努力建设新能源项目，做出了骄人的成绩。作为一名普通青年党员，应该深刻汲取我党百年奋斗精神、焦裕禄同志“三股劲”精神，在工作和生活中主动作为，勇创佳绩！

三十而立，正处于生活和工作的关键时期，需扛起孝敬父母、抚养子女的重任，更需在工作中主动作为、勇担一面。面对生活的现状，工作的困难，我是否真正做到了“努力奋斗”四个字呢？这是我常常思考的问题。

我想，青年人的努力奋斗，就是要确定人生的那道光，秉承初心，勇担使命，才有奋斗的意义；生活中，更需内心向阳，努力奔跑，带领自己的小家在奔小康的道路上冲锋在前。奋斗中的幸福，相信定会是日后弥足珍贵的时光财富！

（作者单位：国网河南省电力公司技能培训中心）

父亲的遗憾

——读《大道：从站起来、富起来到强起来》有感

付红艳

2020 年秋季的一天，卧病在床的父亲急召我们兄弟姐妹 4 人到床前，向我们展示他刚刚拿到的“抗美援朝出国作战 70 周年”纪念章，言语中不乏自豪与满足，却又流出一丝遗憾地说：“明年，就是 100 周年了。”我们不解，他费力地咳嗽几声后，带着责怪的口气说：“建党嘛!”原来，老人家还惦记着这个重要的日子。

父亲看到我们领悟了他的意思，便又加上一句：“还是‘十四五’的第一年。”我不禁转头哽咽，因为从父亲的言语之中，我已经感受到他心存遗憾：兴许是等不到这个重要的时刻了！我顺势安慰父亲：“嗯嗯放心哈！我们都记得明年您就 61 年党龄了，一定在党的生日那天给您好好纪念一下。”父亲艰难地微笑点点头。那天，距离“抗美援朝出国作战 70 周年”纪念日 10 月 25 日还有 3 天。而仅仅不到一个月之后，父亲便带着未尽的心愿溘然长逝。

今天，带着一种敬仰的心情，读完了这本新书《大道：从站起来、富起来到强起来》，更加体会到父亲的遗憾有多么深重，多么刻骨。老一代革命者，经历了戎马兵戈到和平发展的大跨步，比我们后几辈对中华民族伟大复兴战略和世界百年大变局有着更为深刻的思考和见地。

书中对话的 15 位思想者总结了改革开放的成功经验，分析了中国道路的成功之处，讲述了复兴之路的奋进历程，更是解答了中华民族何以实现和迎来三个伟大飞跃，中国为什么能、中国道路为什么能、中国共产党为什么能等一系列问题，是一本不可多得的深度对话访谈录，一部回答时代之问、解疑释惑的诚意之作。

从站起来、到富起来、再到强起来，中国人民始终是在中国共产党的正确领导下，艰苦卓绝地建设自己的国家，在百年大党的科学引领下，敞

开改革开放的大门走向富裕，在博大精深的民族文化自信中，将红色基因更深、更广地播撒在中华大地。

读过这本书，我更加理解了父亲的临终遗憾，也更读懂了父亲眼中的期待和信任。中华民族的伟大复兴，赋予新一代的我们更为光荣艰巨的使命，那就是不忘初心，继续秉承老一辈的遗志，更好地做好中国事情，讲好中国故事，走好中国道路！

（作者单位：国网河南省电力公司技能培训中心）